浙江省社科联研究课题（2024N0
受浙江科技学院学术著作出版专项资助

来自德国的声音

阿尔方斯·帕凯
与中国文化关系

陈 巧 著

ZHEJIANG UNIVERSITY PRESS
浙江大学出版社
·杭州·

CONTENTS

1

Einleitung

1.1 Der vergessene Dichter

Wie es in der Biographie[1] steht, war Alfons Paquet ein Journalist und Schriftsteller mit dem Doktortitel im Bereich der Nationalökonomie, dessen Schaffen „Gedichte und Balladen, Erzählungen, Romane und Dramen, Essays und Vorträge, Korrespondentenberichte, Tagebuchaufzeichnungen und Briefe, Rundfunksendungen, Aufrufe und Antworten auf Umfragen"[2] umfasst. Er war nicht in der künstlerischen Welt versunken, sondern der realen Welt zugewandt und reagierte immer auf die aktuelle innerdeutsche und internationale Gesellschafts- und Politiksituation. Er war einer der Wenigen, die sich mit den Problemen der Kultur beschäftigten, wie Albert Schweitzer in seinem Erinnerungsartikel über Alfons Paquet formuliert hat: „Ich empfand, daß ich es mit einer eigenartigen und bedeutenden Persönlichkeit zu tun hatte, die in einer Weise auf das Problem der Kultur aufmerksam geworden und mit ihm beschäftigt

---

[1] Der Lebenslauf befindet sich im Anhang.

[2] Bernhard Koßmann: *Führer durch die Ausstellung*. In: Stadt- und Universitätsbibliothek (Hrsg.): *Begleitheft zur Ausstellung der Stadt- und Universitätsbibliothek Frankfurt am Main*, Neuaufl., Frankfurt am Main 1994, S. 19-34. Hier S. 19.

war, wie dies damals noch selten anzutreffen war."[1]

Außerdem unternahm Alfons Paquet zahlreiche Reisen und verfasste Reiseberichte, die gewissermaßen als Geschichtsschreibung dienten. Sein Mut, seine Kühnheit und Verantwortung gegenüber der eigenen Kultur und Gesellschaft auf der einen Seite sowie seine Weltoffenheit auf der anderen Seite machten ihn exemplarisch in seiner Zeit. Mit seiner vielseitigen Persönlichkeit und seiner eifrigen Beschäftigung mit den aktuellen Gegebenheiten ist das Schaffen von Alfons Paquet ohne jeden Zweifel ein interessanter Forschungsgegenstand, und zwar sowohl im Bereich der Literaturwissenschaft als auch im Bereich der interkulturellen Kommunikation.

Nichtsdestotrotz geriet er nach seinem Tod leider in die Vergessenheit.[2] Auch seine Beschäftigung mit China wurde fast vergessen. Anhand der Schriften Paquets lässt sich ersehen, dass er China in seinem ganzen Leben immer vor Augen hatte. Er hat sich sowohl in seinen journalistischen Berichten als auch in seinen dichterischen Schriften mit der Geographie, Wirtschaft, Politik und Kultur usw. Chinas beschäftigt. Paquets Schriften über China zeigen, dass er sich nicht nur für das aktuelle China, sondern auch für die klassische chinesische Kultur, vor allem den Konfuzianismus und Taoismus, interessierte. Aber seine Beschäftigung mit China bzw. der chinesischen Kultur ist bisher immer noch ohne gebührende Beachtung geblieben und wurde nicht vollständig erforscht.

Herbert Heckmann hat über Paquet Folgendes ausgeführt: „Die Chancen, daß dem Gefeierten daraufhin die Anerkennung zukommt, die ihm zusteht, bleiben gering, was nicht heißen soll, daß man den Kampf gegen die Vergeßlichkeit nicht

---

[1] Albert Schweitzer: *Begegnungen mit Alfons Paquet*. In: Marie-Henriette Paquet, Henriette Klingmüller, Dr. Sebastian Paquet und Wilhelmine Woeller-Paquet: *Bibliographie. Alfons Paquet*, Frankfurt am Main 1958, S. 21-34. Hier S. 21.

[2] Gertrude Cepl-Kaufmann hat darauf hingewiesen: „War Paquet vor allem in den zwanziger und frühen dreißiger Jahren ein vielbeachteter Mahner in schwerer Zeit, war es nicht zuletzt sein früher Tod, der verhinderte, daß die Frankfurter seinem Werk nach dem Zweiten Weltkrieg die nötige Beachtung schenkten. Sein sorgsam bewachter Nachlaß in der Stadt- und Universitätsbibliothek verdiente gewiß mehr Aufmerksamkeit". Vgl. Gertrude Cepl-Kaufmann: *Alfons Paquet und die Lebensreform*. In: Oliver M. Piecha, Sabine Brenner (Hrsg.): *»In der ganzen Welt zu Hause«. Tagungsband Alfons Paquet*, Düsseldorf 2003, S. 21.

immer weiterführen soll. Vergeßlichkeit ist Kulturverlust."[1] Heckmann weist also darauf hin, dass einerseits die vorhandene – eher bescheidene – Anerkennung Paquet nicht gerecht wird; gleichzeitig appelliert er andererseits auch an die Zeitgenossen in der Gegenwart, dem Vergessen entgegenzuarbeiten. Letzteres bildet denn auch den Beweggrund der vorliegenden Arbeit. Die Ergebnisse der Arbeit könnten nicht zuletzt die Forschungen im Bereich der chinesisch-deutschen Literaturbeziehung erweitern.

1.2 Alfons Paquets Beschäftigung mit China und chinesischer Kultur

In diesem Teil wird Paquets Verhältnis zu China bzw. chinesischer Kultur anhand seiner Schriften in Bezug auf seine Gedankenveränderung in den damaligen sozialhistorischen Konstellationen dargestellt. In diesem interkulturellen Kommunikationsprozess verhielt sich Paquet der Veränderung seiner Denkweise entsprechend immer humanistischer. Zugleich war er auf der Suche nach kulturellen Ähnlichkeiten, um so eine Synthese von Ost und West zu erreichen und war bereit, von der chinesischen Kultur zu lernen.

1.2.1 Vor 1914

Mit der Industrialisierung sowie der Entfaltung der Weltpolitik wurde Deutschland immer internationaler. Die jüngere Generation in Deutschland um die Jahrhundertwende wollte dem alltäglichen Leben entgehen und ihren Horizont erweitern. Der Großstadt-Komplex war typisch für die damalige junge Generation. "[T]hey chose to escape the confining atmosphere of pretty-bourgeois life and to enjoy the cultural diversity available in larger cities which had shed their provincial character"[2], wie es Vera Niebuhr in ihrer Dissertation formuliert

---

[1] Herbert Heckmann: *Alfons Paquet – ein Frankfurter Weltbürger*. In: Stadt- und Universitätsbibliothek (Hrsg.): *Begleitheft zur Ausstellung der Stadt- und Universitätsbibliothek Frankfurt am Main*, Neuaufl., Frankfurt am Main 1994, S. 9-18. Hier S. 9.

[2] Vera Niebuhr: *Alfons Paquet: The development of his thought in Wilhelmian and Weimar Germany*, Dissertation at the University of Wisconsin-Madison, Madison 1977, p. 10.

hat. Vor diesem Hintergrund war Paquet entschieden gegen die Bestimmung seines Vaters, als ein Geschäftsmann berufstätig zu sein und suchte nach der geistigen Freiheit im Schreiben und Reisen.

Seine Begegnung mit China war von den zeitlichen Umständen bedingt und ein Teil von seiner Suche. Im Jahr 1903 nahm er als einer der ersten den Zug gen Osten bis zum Stillen Ozean. Das war seine erste Begegnung mit China. Nach dieser Reise hat er 1903 eine Serie von Reisebriefen mit dem Titel *Eine Herbstfahrt durch die Mandschurei und Sibirien*[①] in der *Deutschen Zeitung* veröffentlicht. Im Jahr 1908 ist er wieder nach dem Fernen Osten gefahren und hat zum zweiten Mal China gesehen.[②] Vor diesem Hintergrund hat er in dem Buch *Asiatische Reibungen* (München/Leipzig 1909) ein paar politische Studien über die Situation in Asien zusammengestellt und das Buch *Südsibirien und Nordostmongolei* (Jena 1909) als politisch-geographische Studie und Reisebericht veröffentlicht. Im Vorwort des Buches *Asiatische Reibungen* zitiert er die Worte von Mengtse: „Diejenigen, die geistig arbeiten, beherrschen die Menschen."[③] Das zeigt ganz deutlich, dass er bereits um diese Zeit seine Aufmerksamkeit der chinesischen Philosophie geschenkt hat. Während er in den ersten zwei Ostasienreisen nur den Nordosten Chinas kurz besucht hatte, hat er 1910, während seiner dritten Ostasienreise, die Möglichkeit bekommen, mehrere damalige Großstädte Chinas zu besichtigen. Nach der dritten Reise hat er nicht nur Reiseberichte in der *Frankfurter Zeitung* mit dem Titel *Briefe aus China* (1910), sondern auch ein Buch mit dem Titel *Li oder Im neuen Osten* (Frankfurt a. M. 1912) veröffentlicht. Diese Reiseberichte sollten vor allem für das deutsche

---

① In diesen Artikeln hat Paquet über seine Erlebnisse von Wladiwostok aus mit der „Chinesischen Ostbahn" durch die Mandschurei berichtet. Er hat in den Berichten vor allem seine Beobachtung im Zug und seine Reise in Wladiwostok und in Harbin erzählt.

② Vgl. Alfons Paquet: *Tagebuch*, Nr. 13 (1908), Nr. 14 (1908) und Nr. 16 (1908). In: Nachlass Alfons Paquets, Teil II, A7. Paquet hat in den Tagebüchern Nr. 13 und 14 Notiz zu seiner Vorbereitung für seine Reise nach China gemacht, z.B. Bücher zum Lesen, Temperatur in Tsingtau, Shanghai, Shenyang usw. Im Tagebuch Nr. 16 hat Paquet seine Reise von Inkustsk nach Mukden (Shenyang) dokumentiert.

③ Alfons Paquet: *Asiatische Reibung. Politische Studien*, München/Leipzig 1909, Vorwort, VI.

koloniale Interesse vorteilhaft sein.[1]

In dem Artikel *Chinamüdigkeit* (1912) analysierte Paquet die Probleme der Vertretung Deutschlands in China und machte zugleich Vorschläge. Während der anfänglichen Regierungszeit von Yuan Shikai dachte Paquet an die deutschen Interessen in China. Damals bemühten sich andere Länder wie Frankreich, England, Japan und Russland sehr aktiv darum, sich in die Angelegenheiten Chinas einzumischen, während die deutschen diplomatischen Beziehungen zu China nicht erfolgreich waren und scheinbar „müde" geworden waren. Paquet machte sich Sorgen darüber, dass Deutschland in der Konkurrenz mit anderen Mächten verlieren würde.[2]

In dem Artikel *Deutsche Industriepolitik in China* (1914) sprach sich Paquet für die damalige Friedenspolitik in China aus. In diesem Aufsatz machte er auch Vorschläge für die deutschen Interessen in China. Er schlug vor, dass die Deutschen in Tsingtau eine Baumwollindustrie gründen und ein Stahl- und Eisenwerk errichten sollten. Außerdem wäre auch das Petroleumvorkommen in China eine gute Möglichkeit. Dabei sollten Ausbildungsschulen für Handwerker und Fachleute gegründet werden, was für die deutsche Industrie vorteilhaft sei. Hinter diesen Kulturtätigkeiten stehen die wirtschaftlichen Interessen. Im Wortlaut heißt es bei Paquet: „Unsere reinen Kulturbestrebungen in China, hochwichtig wie sie sind, finden ihre feste Unterlage in den nur von wenigen in ihrer ganzen erstaunlichen Ausdehnung gekannten wirtschaftlichen Interessen."[3] Außerdem betrachtete er diesen Prozess nicht als einen „Selbstmordprozess". Er begründet das folgendermaßen :

Die Industrialisierung Chinas [...] wird Rechte und Forderungen

[1] In der Dissertation Vera Niebuhrs werden die Reiseberichte aus Ostasien während der Vorkriegszeit als Berichte über die wirtschaftliche, soziale und politische Situation betrachtet, die für die deutschen kolonialen Interessen vorteilhaft waren. Vgl. Vera Niebuhr: *Alfons Paquet: The development of his thought in Wilhelmian and Weimar Germany*, Dissertation at the University of Wisconsin-Madison, Madison 1977, pp. 38.

[2] Vgl. Alfons Paquet: *Chinamüdigkeit?* In: *Frankfurter Zeitung*, 6.10.1912, 4. Morgenblatt. In: Nachlass Alfons Paquets, Teil II, A5.

[3] Alfons Paquet: *Deutsche Industriepolitik in China*. In: *Magazin für Technik und Industriepolitik*, 22.1.1914, IV/14, S. 596-599. Hier S. 598. In: Nachlass Alfons Paquets, Teil II, A5.

vorbereiten, die neben denen anderer auswärtiger Staaten vorhanden sein müssen, wenn nicht[1] ein politisches Gesamteuropa entstehen soll unter dem Zwange, die in Ostasien von ihm in der Gegenwart getrennt geschaffenen Werte vereint zu schützen und anzuwenden.[2]

Somit ist ersichtlich, dass Paquet in dieser Zeit an die Interessen Deutschlands bzw. Europas gedacht und China als ein Konkurrenzland betrachtet hat. Dabei sprach er sich aber gegen Krieg und Gewalt aus. Paquets Fürsprache für die Weltpolitik in dieser Phase entsprach einigermaßen dem Zeitgeist. Vor dem Ersten Weltkrieg war er wie viele andere deutsche Intellektuelle, die von den damaligen leitenden politischen und sozialen Gedanken beeinflusst worden waren, dieser einfach zustimmten. Paquet war auch ein Schriftsteller, der sich mit der damaligen Politik in Deutschland beschäftigte. Seine Fürsprache für die Weltpolitik wurde von seiner religiösen Anschauung und seiner Aufmerksamkeit gegenüber der unteren Klasse geprägt. Niebuhr liefert folgende Interpretation:

> In Paquet's case, a strong religious undercurrend in his thought and a genuine concern for the well-being of the lower classes sonn attracted him to the teachings of Friedrich Naumann. Accordingly, in the decade before the First World War, Paquet was a proponent of "social imperialism". This was a progressive political force that stood for internal democratization, but which neither questioned the foundations of German militarism nor swerved from its basic allegiance to the monarchy.[3]

In der damaligen deutschen Öffentlichkeit herrschte Euphorie über den

---

[1] Im Nachlass Alfons Paquets wird das Wort „nicht" mit Bleistift gelöscht und am rechten Rand mit Bleistift „-einmal" geschrieben.

[2] Alfons Paquet: *Deutsche Industriepolitik in China*. In: *Magazin für Technik und Industriepolitik*, 22.1.1914, IV/14, S. 596-599. Hier S. 599. In: Nachlass Alfons Paquets, Teil II, A5.

[3] Vera Niebuhr: *Alfons Paquet: The development of his thought in Wilhelmian and Weimar Germany*, Dissertation at the University of Wisconsin-Madison, Madison 1977, Introduction, p. 2.

Krieg. Viele Künstler waren begeistert vom Krieg.[1] Paquet sprach sich auch für die Weltpolitik aus, wie Vera Niebuhr erläutert:

> Paquet had a dual preoccupation with aestheticism and Weltpolitik [Herv. im Orig.; Q. C.]. Extremely devoted to his own artistic creativity, he also identified in a vicarious way with the industrial and military might of the young German Empire. One or both of these elements could be found in most bourgeois intellectuals of the period.[2]

Paquet dachte zwar an die Interessen seines Landes, war aber im Wesentlichen gegen den Krieg. Das zeigt sich auch in seiner Reflexion gegenüber dem Krieg in seinem Reisebericht *Li oder Im neuen Osten* und in der Wahrnehmung der konfuzianischen und taoistischen Weisheit in seinem dramatischen Gedicht *Limo*. Er versuchte, im chinesischen Gedankengut die nötige Weisheit zu finden und Gewalt zu vermeiden. Außerdem zeigte er in seinen Schriften seine Sympathie gegenüber dem damaligen China. Während er in den Berichten *Briefe aus China,* die er aufgrund von seiner Reise im Jahr 1910 verfasst, und in denen er vor allem das von ihm erlebte aktuelle China dargestellt hat, hat er im Reisebericht *Li oder Im neuen Osten* seine Sympathie gegenüber China und dem chinesischen Volk sowie seine religiöse Gesinnung ausgedrückt. Gerade wie Niebuhr notiert hat: Paquet zeigte sich als religiös-mystisch und zugleich auch politisch-pragmatisch, was typisch für die Wilhelminische Zeit

---

[1] „Der kriegsbegeisterten Stimmung in diesen Monaten vermochten sich auch unter den jungen Künstlern viele nicht zu entziehen. Oskar Kokoschka, Rudolf Leonhard, Franz Marc, Ernst Toller meldeten sich als Kriegsfreiwillige. Andere, wie Alfred Lichtenstein, Ernst Wilhelm Lotz oder Reinhard J. Sorge, drückten feierlich ihre Schicksalsbereitschaft aus. In der Neuen Rundschau publizierten die literarisch Arrivierteren ihre Kriegsapologien, neben Thomas Mann auch die dem Expressionismus verbundenen Autoren Alfred Kerr, Franz Blei, Robert Musil und Alfred Döblin (alle 1914)", so führt Thomas Anz an. Vgl. Thomas Anz: *Literatur des Expressionismus*, Stuttgart/Weimar 2002, S. 133.

[2] Vera Niebuhr: *Alfons Paquet: The development of his thought in Wilhelmian and Weimar Germany*, Dissertation at the University of Wisconsin-Madison, Madison 1977, Introduction, p. 2.

war und auch Paquets Gedanken in diesen Jahren dominierte.[1] Aufgrund seiner Wahrnehmung kann seine Beschäftigung mit China in der Phase vor dem Ersten Weltkrieg in Anlehnung an einen Begriff bei Nibuhr als „romantischen Imperialismus"[2] bezeichnet werden. Alfons Paquet dachte einerseits an die kolonialen Interessen Deutschlands, andererseits zeigte er aber auch seine Sympathie gegenüber China und seine Begeisterung der chinesischen Kultur. In dieser Hinsicht stimme ich denjenigen Forschern im einschlägigen Paquets-Diskurs zu, die meinen, dass Paquet sich widersprüchlich gegenüber China positionierte.[3]

In dieser Phase zeigte Paquet schon großes Interesse sowohl an der damaligen aktuellen gesellschaftspolitischen Situation in China als auch an der klassischen chinesischen Kultur. Dieses Interesse spiegelt sich in seinem Dichten wider. In seinen Tagebüchern im Nachlass ist zu lesen, dass er Schaffenspläne für

---

[1] Vgl. Vera Niebuhr: Alfons Paquet: *The development of his thought in Wilhelmian and Weimar Germany*, Dissertation at the University of Wisconsin-Madison, Madison 1977, p. 58.

[2] Vera Niebuhr: Alfons Paquet: *The development of his thought in Wilhelmian and Weimar Germany*, Dissertation at the University of Wisconsin-Madison, Madison 1977, pp. 45.

[3] Vgl. Weigui Fang: *Das Chinabild in der deutschen Literatur, 1871-1933. Ein Beitrag zur komparatistischen Imagologie*, Frankfurt am Main 1992, zugl. Dissertation an der technischen Hochschule Aachen, Aachen 1992. S. 205 ff. Vgl. auch Christiane Günther: *Aufbruch nach Asien. Kulturelle Fremde in der deutschen Literatur um 1900*, München 1988, S. 126.

ein Drama, Epen[1], einen Harbin-Roman[2] und einen China-Roman[3] hatte. Im Jahr 1911 gab er das Buch *Chinas Verteidigung gegen Europa* von Ku Hung-Ming heraus, das von Richard Wilhelm übersetzt worden ist – dies kann durchaus als ein Beispiel für den Kulturaustausch zwischen der deutschen und der chinesischen Kultur betrachtet werden. Paquets Aufmerksamkeit gegenüber der chinesischen Kultur spiegelt sich auch in seinen Rezensionen wider, in denen er die deutschen Übersetzungen der klassischen chinesischen Werke (*Lun Yü, Taoteking, Buch vom quellenden Urgrund* sowie *Dschuang Dsi*) kommentiert.[4] Außerdem lässt sich dem Reisebericht *Li oder Im neuen Osten* (1912) entnehmen, dass Paquet Interesse an der chinesischen Kultur bzw. Philosophie hatte.

Außerdem ist das Chinabild, das er in seinem Reisebericht *Li oder Im neuen Osten* und wie er im Vorwort zu seinem Buch *Chinas Verteidigung gegen*

---

[1] Im *Tagebuch* Nr. 17 (1908/09) sind Paquets Schaffenspläne für Drama, Epen und Balladen wie folgt dargestellt:
„Drama: Ein Schattenspiel: Reisende, Europäer, in einem chines. Gasthaus, mit einem Mandarin. ...
Manschurei als politisch. Kutlurelles Bilderbuch ...
Epen: Das philosophiesche, über meine Reisen x Mit-Leiden nachdenkliche Buch aus 7 Aufsätze wie in VIII. Heft Ende.
Bericht über Sibri-Wirtschaftsleben, Mongolei, Mandschurei in halbwissenschaftl. A[?] mit Abbildungen. Buch aus meinen Aufsätzen in der „Frankf. Ztg" usw.
Bericht an die Geogr. Gesellschaft Jena.
Novellenbuch Inhalt: Charbin
Balladen: Die kleine grande Dame bei Charbin."
Vgl. Alfons Paquet: *Tagebuch*, Nr. 17, 1908/09. In: Nachlass Alfons Paquets, Teil II, A7.

[2] Auf der Seite 13 des *Tagebuches* Nr. 31 (1911) befindet sich der Plan für einen Harbin-Roman: „1900, 1903, 1908, 1910 Schmutz, Unordnung, Zustand bei der Pest. Das frauenlose, Das Neue Reich und [?] von der Pest". Vgl. Alfons Paquet: *Tagebuch*, Nr. 31, 1911. In: Nachlass Alfons Paquets, Teil II, A7.

[3] Vgl. Im *Tagebuch* Nr. 34 hat Paquet über den China-Roman geschrieben. Vgl. Alfons Paquet: *Tagebuch*, Nr. 34. In: Nachlass Alfons Paquets, Teil II, A7. Im *Tagebuch* Nr. 37 (1911/12) hat er einen ausgeschnittenen Bericht über Nanjing, Tang Shaoyi und Sun Jatsen aufgeklebt und auf der gleichen Seite notiert, dass er einen China-Roman verfassen wollte. Vgl. Alfons Paquet: *Tagebuch*, Nr. 37, 1911/12. In: Nachlass Alfons Paquets, Teil II, A7.

[4] Vgl. Alfons Paquet: *Vom chinesischen Geist*. In: *Frankfurter Zeitung*, 16.4.1911. In: Confucius: *Gespräche*. Übersetzt u. hrsg. von Richard Wilhelm, Düsseldorf/Köln 1980. Am Ende: „Zwei Stimmen zur Erstveröffentlichung der »Gespräche« des Kungfutse in der Übertragung Richard Wilhelms (1910)". Alfons Paquet: *Chinesische Denker*. Rez. In: *Die Post* (Berlin), 13.6.1913. In: Nachlass Alfons Paquets, Teil II, A4.

europäische Ideen dargestellt hat, facettenreich. Das gilt als Beweis dafür, dass Paquet versuchte, ein umfassendes Chinabild zu vermitteln. Es ist deutlich erkennbar, dass er während des Kulturaustauschs dialogbereit war. Im Jahr 1913 veröffentlichte er das dramatische Gedicht *Limo*, in dem er sich mit dem Konfuzianismus und Taoismus beschäftigt und nach den Ähnlichkeiten und der Synthese zwischen der chinesischen und westlichen Kultur sucht. Seine interkulturelle Umgangsweise machte es ihm möglich, Weisheiten von der chinesischen Kultur zu lernen.

1.2.2   1914 – 1919

Vera Niebuhr hat ausgeführt, dass Paquets Ideen zwischen 1914 und 1916 von der Weltpolitik hin zum Konzept des Mitteleuropa geändert hatte, was der Gedankenveränderung von Friedrich Naumann entsprach,[1] obwohl Paquet von der Idee des Imperiums überzeugt war, während Naumen für eine demokratische Regierung plädierte.[2] Die Veränderungen in Paquets Denken sind in seinen Schriften sichtbar. Niebuhr konstatiert einen ideologischen Wandel in Paquets Gedanken in dem Zeitraum von 1916 bis 1918, und zwar entwickelt er sich vom imperialistischen Nationalisten hin zu einem Sozialisten, weil Paquet in dieser Zeit als Korrespondent außerhalb von Deutschland lebte und Möglichkeiten zum Nachdenken und Reflektieren hatte.[3] Für die ganze Phase bis zum Ende des Ersten Weltkrieges fasst Niebuhr Paquets Gedankentransformation so zusammen:

> As World War I lingered on, Paquet grew more and more dissatisfied
> with German goals. He had supported first Weltpolitik and then
> Mitteleuropa, because he had believed that these policies would improve
> the lot of all people, especially the proletariat. But in the time he realized

---

[1]   Vgl. Vera Niebuhr: *Alfons Paquet: The development of his thought in Wilhelmian and Weimar Germany*, Dissertation at the University of Wisconsin-Madison, Madison 1977, p. 64.

[2]   Vgl. Vera Niebuhr: *Alfons Paquet: The development of his thought in Wilhelmian and Weimar Germany*, Dissertation at the University of Wisconsin-Madison, Madison 1977, p. 70.

[3]   Vgl. Vera Niebuhr: *Alfons Paquet: The development of his thought in Wilhelmian and Weimar Germany*, Dissertation at the University of Wisconsin-Madison, Madison 1977, pp. 71. Detaillierte Ausführung s. pp. 89.

that the Wilhelmian government would not achieve such goals and that he had been blinded by delusions.[1]

Er betonte nach und nach die Kraft des Volkes. Seine gedanklichen Veränderungen lassen sich auch anhand seiner Beschäftigung mit der chinesischen Kultur erkennen. In dieser Zeit hat er versucht, mittels der Weisheit im chinesischen Gedankengut Lösungen für die Probleme in Deutschland bzw. Europa zu finden.

Im Jahr 1917 verfasste Paquet einen kurzen Artikel mit dem Titel *Der fünfte Akt*. Trotz der Kürze dieses Textes gelang es ihm, seine Enttäuschung über den Krieg und sein Streben nach Frieden auszudrücken.

> Es ist nun an uns, das zwingende Wort für den neuen Geist zu finden, den eines Tages auch jene werden begreifen müssen, die den Geist der alten Sittlichkeit am meisten höhnen; einen Geist, der in alle Härten der Wirklichkeit die Verantwortung vor der Zukunft hineingießt [...].[2]

Diese Sätze zeigen, dass Paquet an die Kraft des Geistes glaubte und den Frieden hoch schätzte. Seine Aufmerksamkeit gegenüber dem Geist ermöglichte es ihm, Weisheit von der chinesischen Kultur zu lernen.

Seine persönlichen Erlebnisse während des Ersten Weltkrieges führten ihn zu einem radikalen Gedankenwandel. „In the case of Paquet, initial rejection and abhorrence of the conditions in Russia gradually turned into understanding and sympathy."[3] Dieser Wandel prägte auch seine politischen Ideen, die sich unmittelbar in seinen Schriften zeigten. Aufgrund seiner Erlebnisse war er immer mehr unzufrieden mit der politischen Situation in Deutschland und

---

[1] Vera Niebuhr: *Alfons Paquet: The development of his thought in Wilhelmian and Weimar Germany*, Dissertation at the University of Wisconsin-Madison, Madison 1977, p. 80.

[2] Alfons Paquet: *Der fünfte Akt*. In: Zeit und Streitfragen. Korrespondenz des Bundes Deutscher Gelehrter und Künstler, Berlin 23.2.1917, Nr. 7. In: Nachlass Alfons Paquets, Teil II, A5.

[3] Vera Niebuhr: *Alfons Paquet: The development of his thought in Wilhelmian and Weimar Germany*, Dissertation at the University of Wisconsin-Madison, Madison 1977, p. 98.

hat sich mehr und mehr dem Sozialismus angenähert.[1] Nachdem er 1918 aus Rußland zurückgekommen war, hielt er Reden in verschiedenen Städten (Frankfurt, München, Heilbronn, Stuttgart und Heidelberg) über die russische Oktoberrevolution, die später in dem Buch *Der Geist der russischen Revolution* (Leipzig 1919) erschienen sind.[2] Paquet erwartete die Establierung einer sozialistischen Gesellschaft in Deutschland, die durch die Zusammenarbeit von Intellektuellen und dem Proletariat ohne Gewalt vollzogen werden würde. Aber schon 1919 bemerkte er, dass Deutschland zwar zu keinem sozialistischen Land werden würde, aber doch eine enge wirtschaftliche Beziehung zum Osten hatte. Angesichts dessen plädierte er für eine enge Zusammenarbeit mit der sowjetischen Regierung.[3]

Die Gedankenveränderung, die er in dieser Phase durchmachte, geht einher mit den Veränderungen bei seiner Beschäftigung mit der chinesischen Kultur, die sich auch in seinen Aufsätzen *Der Kaisergedanke* und *Chinesierung* spiegeln. In dem Aufsatz *Der Kaisergedanke* hat er sich unmittelbar an die politischen Ansprüche des chinesischen Konfuzianismus angelehnt und versucht, einerseits aus der Tradition der eigenen Kultur, andererseits aber auch aus der Weisheit der chinesischen Kultur einen Ausweg aus der Not Europas zu finden und den Krieg zu vermeiden, der seines Erachtens der Kraft eines jeden Landes schaden würde. Er hoffte, dass die europäischen Länder sich, wie im Altertum, vereinigen würden und ein nach dem platonischen Ideal erzogener philosophischer Kaiser, der humanistisch ist und nach dem Frieden strebt, die Weltordnung verwalten könnte. In dem Essay *Chinesierung* aus dem Jahr 1916 hat Paquet sich für die Chinesierung in Europa ausgesprochen und glaubte, in der konfuzianischen Lehre eine Lösung für den Krieg gefunden zu haben. Er übernahm die kulturellen Ideen

---

[1] Vgl. Vera Niebuhr: *Alfons Paquet: The development of his thought in Wilhelmian and Weimar Germany*, Dissertation at the University of Wisconsin-Madison, Madison 1977, pp. 103.

[2] Vgl. Vera Niebuhr: *Alfons Paquet: The development of his thought in Wilhelmian and Weimar Germany*, Dissertation at the University of Wisconsin-Madison, Madison 1977, p. 108.

[3] Vgl. Vera Niebuhr: *Alfons Paquet: The development of his thought in Wilhelmian and Weimar Germany*, Dissertation at the University of Wisconsin-Madison, Madison 1977, pp. 113.

von Ku Hung-Ming und sah die Hoffnung in der Treue. Dabei setzte Paquet seine Hoffnung in die Völker und nicht mehr – wie Ku – in einen autoritären Kaiser. In diesem Essay verabschiedete er sich von dem Gedanken über das Kaisertum und die Macht des Kaisers in dem dramatischen Gedicht *Limo* sowie in dem Essay *Der Kaisergedanke* und zeigte seine Aufmerksamkeit gegenüber der Kraft des Volkes.[1]

Vera Niebuhr hat in ihrer Arbeit betont, dass Paquet in dieser Phase mehr nach dem interkulturellen Austausch gestrebt hat,[2] was denn auch von seiner Beschäftigung mit China beobachtet werden kann. Aber seine Anschauung über das Kulturverständnis und gegenseitige Lernen hat nicht erst ab dieser Periode begonnen; bereits vor dieser Phase ist seine Bereitschaft für den interkulturellen Austausch durch seine Beschäftigung mit China zu sehen. In dieser Phase ermöglichte ihm sein Kulturverständnis weitgehend, über die eigene Kultur zu reflektieren und in der chinesischen Kultur nach Lösungen für die Probleme im eigenen Land zu suchen. Das Chinabild in seinen Schriften blieb immer noch differenziert und vernünftig, wie er es in dem Reisebericht *Li oder Im neuen Osten* sowie im Vorwort zu dem Buch *Chinas Verteidigung gegen europäische Ideen* dargestellt hat. Genau so hat er es auch in dem Text *Chinesierung* ausgedrückt. Er hat China in Bezug auf die Menschenvermehrung in Europa erwähnt: „Will man zugeben, daß dank der gewaltigen [...] Menschenvermehrung in Europa Probleme auftauchen und Lösungen wahrscheinlich sind, die uns in dem seit vielen Jahrhunderten so überaus dicht bevölkerten China schon vorgelebt erscheinen"[3], dann – wie er seine Erläuterung fortsetzt – :

> kennt man zugleich dieses China selbst mit seinem krassen und doch so natürlich wirkenden Nebeneinander von außerordentlich weisen und außerordentlich törichten oder abstoßenden sozialen Gewohnheiten und

---

[1] Alfons Paquet: *Chinesierung*. In: *Frankfurter Zeiung*, I., 12.9.1916. In: Nachlass Alfons Paquets, Teil II, A5.

[2] Vgl. Vera Niebuhr: *Alfons Paquet: The development of his thought in Wilhelmian and Weimar Germany*, Dissertation at the University of Wisconsin-Madison, Madison 1977, p. 70.

[3] Alfons Paquet: *Chinesierung*. In: *Frankfurter Zeiung*, I., 12.9.1916. In: Nachlass Alfons Paquets, Teil II, A5.

Einrichtungen, so kommt es eigentlich nur noch darauf an, welche von den vielen möglichen Formen der Chinesierung man für vernünftig hält und welche man schließlich wählt.[1]

1.2.3 1919 – 1933

In dem Zeitraum von 1919 bis 1933, also während der Weimarer Republik, war Alfons Paquet ein Befürworter der Arbeiterkämpfe, was nicht nur aus seinen Dramen *Fahnen* (München 1923) und *Sturmflut* (Berlin [u.a.] 1926) in den zwanziger Jahren zum Ausdruck kommt, sondern sich auch in seinem Handeln äußert. Sein Aufruf zur Gerechtigkeit gegenüber der Arbeiterklasse weist eine Ähnlichkeit mit der Position der linken Intellektuellen in der Weimarer Zeit auf.

Zwar war er kein Mitglied in irgendeiner Partei, war jedoch ein unabhängiger und humaner politischer Denker. Er nahm an vielen verschiedenen Kongressen teil, z.B. an dem Kongress der Kolonialen Völker in Brüssel im Jahr 1927, bei dem es sich um die Idee gegen den kapitalistischen Imperialismus handelt,[2] und an dem Internationalen Kongress gegen den Krieg in Frankfurt a.M. im Jahr 1929. Er hat sich auch an vielen Umfragen in Bezug auf Politik und Religion beteiligt und seine Meinung dazu geäußert. Außerdem hat Paquet bei der Internationalen Arbeiterhilfe (IAH) gearbeitet, wodurch vielen Arbeitern in verschiedenen Ländern geholfen wurde. In dem Artikel *Das Licht in der Wolke* hat Paquet mehrere Organisationen genannt, die durch ihr humanistisches Handeln die menschliche Wärme auf der ganzen Welt verbreitet haben. Die Taten waren ein Zeichen und zugleich auch ein Hilfsmittel für die Verständigung zwischen den Völkern. Besonders seien diese Taten in der Nachkriegszeit wie ein Licht gewesen.[3]

Paquets Mitarbeit in der IAH, seine Fürsprache für die Arbeiterbewegung sowie sein Anspruch, gegen den Kolonialismus zu kämpfen, zeigen seine

---

[1] Alfons Paquet: *Chinesierung.* In: *Frankfurter Zeiung*, I., 12.9.1916. In: Nachlass Alfons Paquets, Teil II, A5.

[2] Vgl. Alfons Paquet: *Völker, hört die Signale. Zum Kongreß der kolonialen Völker.* In: *Dresdener Volkszeitung*, 3.3.1927, N. 52. In: Nachlass Alfons Paquets, Teil II, A5.

[3] Vgl. Alfons Paquet: *Das Licht in der Wolke.* In: *Frankfurter Zeitung*, I., 25.12.1923. In: Nachlass Alfons Paquets, Teil III, Zeitungsartikel.

Humanität; seine humanistischen Tätigkeiten hatten dabei auch mit China zu tun. In den 1920er Jahren sprachen sich die Internationale Arbeiterhilfe (IAH) und andere Massenorganisationen von der KPD (Kommunistische Partei Deutschlands) für die kommunistische Revolution und gegen die Sklaverei und Unterdrückung sowie Ausbeutung in China aus. Im Jahr 1925 äußerte sich Paquet beispielsweise für die revolutionären Professoren und Studenten, für den Freiheitskampf der chinesischen Bevölkerung und gegen den Imperialismus. 1929 verfasste Paquet ein Responsorium mit dem Titel *Sklaverei ist abschafft*[1]. Die Figuren „die gelbe Frau" und „der blaue Mann" sollten Chinesen sein und sie klagen über die Unterdrückung und kämpfen mit den revolutionären Kräften aus der ganzen Welt gegen den Kolonialismus.[2]

Ein Artikel aus den frühen 1930er Jahren zeigte Paquets Kontakt zu der Left Writers League of China. Diesem Artikel zufolge hat Paquet einen Protestaufruf bekommen. Dann hat er den Aufruf der Zeitung übergeben und ließ den Aufruf und die Situation in China bekannt werden. In dem Aufruf geht es um die Klage über den „Weißen Terror", der im damaligen China herrschte und unter dessen Einfluss viele Schriftsteller, Revolutionäre, Kommunisten sowie Unschuldige ermordet worden oder von der Ermordung bedroht gewesen waren und die über die regierende Partei klagten, unter deren Herrschaft die Arbeiterklasse großes Elend erleiden musste. Obwohl der Aufruf anonym geblieben ist und die Glaubwürdigkeit nicht bestätigt worden ist, willigte der Redakteur doch ein, es zu akzeptieren, dass die Situation in China unerträglich war und das alles als Kulturschande betrachtet wurde.[3]

---

[1] Alfons Paquet: *Sklaverei ist abgeschafft*. In: *Arbeiter-Bühne*, Heft 8/9, August/September 1929, S. 5-10. In: Nachlass Alfons Paquets, Teil II, A5.

[2] Die gelbe Frau singt z.B.: „Wir lebten den zehntausend Ahnen nach. / Bauten das Reisfeld nach Väterbrauch. / Aus dem Backofen stieg abends der Rauch. / Da war Geburt, Hochzeit, Sterben; das Schicksal / rann still wie ein Bach. / Die Götter sangen, die Geister webten. / Goldfäden in unseren Kleidern lebten". Der blaube Mann singt weiter: „Schiffe kamen den Yangtse hinaufgefahren. / Vor Jahren. / Da erhoben Dampfer ihr Trompetenmaul im Hafen. / Die Fabrikpfeifen lassen uns nicht mehr schlafen. / Die Götter sind fort, der Traum ist vorbei". Vgl. Alfons Paquet: *Sklaverei ist abgeschafft*. In: *Arbeiter-Bühne*, Heft 8/9, August/September 1929, S. 5-10. In: Nachlass Alfons Paquets, Teil II, A5. Hier S. 5.

[3] Vgl. *Bermerkungen. Chinesische Kulturschande*, II., 4.8.1931. In: Nachlass Alfons Paquets, Teil III, Zeitungsartikel.

Paquet hat in dieser Zeit sein Augenmerk auf die historische Gegenwart Chinas gelegt und zugleich die damalige aktuelle Situation vermittelt. Im Jahr 1932 hat er einen Zeitungsartikel *Schanghai* über Schanghai veröffentlicht.[1] Dem später veröffentlichten Artikel *Städte und Völkerschicksale. Stockholm und Schanghai* zufolge hat Paquet einen Vortrag über Schanghai für die Volksbildung gehalten.[2] In dem Artikel zeigt Paquet anschaulich mit Lichtbildern die Stadt Schanghai als ein Gemisch aus chinesischen und europäischen Elementen.[3]

Außerdem beschäftigt er sich auch mit der chinesischen Kultur, was besonders seine Mitgliedschaft in dem China-Institut[4] und seine Rezensionen zu Richard Wilhelms Buch *Die Seele Chinas*[5] beweisen. In seinem Essay *Glauben und Technik* (1924) hat er z.B. die Pietät des chinesischen Volkes vorgestellt und als Argument gegen die einseitige Entwicklung der Technik bei gleichzeitiger Vernachlässigung der seelischen Schätze in der westlichen Kultur vorgetragen.

---

[1] Vgl. Alfons Paquet: *Schanghai*. In: *Frankfurter Zeitung*, Reichsausgabe, 9.2.1932. In: Nachlass Alfons Paquets, Teil II, A5.

[2] Vgl. *Städte und Völkerschicksale. Stockholm und Schanghai*, Autor unklar, St., 15.5.1932. In: Nachlass Alfons Paquets, Teil III, Zeitungsartikel. Schätzungsweise hat der Artikel *Schanghai* vom 9. Februar als Grundlage für diesen Vortrag gedient. „Am folgenden Abend sprach Alfons Paquet über Schanghai." So steht es im Artikel *Städte und Völkerschicksale. Stockholm und Schanghai*.

[3] Vgl. *Städte und Völkerschicksale. Stockholm und Schanghai*, Autor unklar, St., 15.5.1932.

[4] Am 25.8.1925 hat Paquet die Einladung zum Mitglied des China-Instituts bekommen. Vgl. China-Institut an Alfons Paquet, 25.8.1925. In: Nachlass Alfons Paquets, Teil III, China-Mappe. Briefwechsel mit der Körperschaft: China-Institut Frankfurt a.M. Am 1.10.1925 hat Richard Wilhelm an Paquet geschrieben: „Lieber Herr Dr. Paquet, nehmen Sie meinen besten Dank für Ihre freundliche Zusage unserem China-Institut beizutreten [...]". Vgl. Richard Wilhelm an Alfons Paquet, 1.10.1925. In: Nachlass Alfons Paquets, Teil II, A 8 III. Am 28.12.1928 hat R. Wilhelm an Paquet geschrieben und ihn eingeladen, in das Frankfurter Buddhismus-Forschungsinstitut einzutreten. Am 4.1.1929 hat Paquet eine Zustimmung zu dieser Einladung geschickt. In einem Brief am 6.6.1929 vom China-Institut an Paquet stehen die Aufgaben des Buddhismus-Forschungsinstituts. Vgl. China-Institut an Alfons Paquet am 28.12.1928 und 6.6.1929; Alfons Paquet an China-Institut am 4.1.1929. In: Nachlass Alfons Paquets, Teil III, China-Mappe. Briefwechsel mit der Körperschaft: China-Institut Frankfurt a.M.

[5] In dieser Rezension hat Paquet nicht nur das Buch *Die Seele Chinas* hoch geschätzt, sondern auch die beiden chinesischen Intellektuellen Ku Hung-Ming und Kang Youwei erwähnt. Am Ende der Rezension hat er betont, dass die westliche Kultur die Weisheit aus der alten chinesischen Kultur lernen kann. Vgl. Alfons Paquet: *Die Seele Chinas*. Rez. In: *Der Kunstwart*, 40/1, 10.1926, S. 54-56. In: Nachlass Alfons Paquets, Teil II, A4.

Vor diesem Hintergrund wird deutlich, dass Paquet sich in dieser Zeit sehr intensiv mit der chinesischen Kultur beschäftigt und in der chinesischen traditionellen Kultur ein großes Vorbild für die europäische Kultur gesehen hat.

In den zwanziger Jahren zeigte sich Paquet, also durch seine Unterstützung des Proletariats auf der ganzen Welt und seine Sehnsucht nach dem Frieden und Kulturverständnis zwischen der westlichen und östlichen Kultur als ein Internationalist. Seine Ideen stammen aus seinen religiösen und kulturellen Wertvorstellungen und sind mit seiner politischen Meinung über Deutschland verbunden. Niebuhr hat es prägnant auf den Punkt gebracht: "Socialist ideology, Christian values, and a staunch allegiance to his native Rhineland produced in him a sense of the need for solidarity among all peoples of the East and West."[1] In den 1920er bis Anfang der 1930er Jahre war Paquet in verschiedenen Organisationen aktiv, und zwar in der Internationalen Arbeiterhilfe, bei den Quäkern sowie dem Bund der Rheinischen Dichter. Seine sozialistische Ideologie, religiöse Anschauung und seine Liebe zum Rheinland führten zu seinem Internationalismus und zur Idee der kulturellen Synthese und des Kulturverständnisses. Doch auch seine Beschäftigung mit verschiedenen Kulturen hat zu seinem internationalen Bewußtsein beigetragen.

Paquets antikolonialistische Haltung und sein Plädoyer für den Kampf gegen die Unterdrückung in den zwanziger Jahren, die jenen von den Kommunisten sowie einem Teil der Sozialdemokraten in Deutschland entsprach, machen deutlich, dass er versucht hat, rassische und nationale Grenzen zu überschreiten und das deutsche und chinesische Volk einander näher zu bringen.[2] In dieser Zeit galt seine Aufmerksamkeit der historischen Gegenwart Chinas, die er seinen Zeitgenossen in Deutschland vermittelte. In China sah er in dieser Phase kein zu eroberndes Objekt mehr, sondern ein unterdrücktes Land, dem gegenüber er seine Sympathie zeigte. Außerdem dachte er daran, dass die chinesische Kultur als ein Vorbild für die europäischen Kulturen dienen sollte. Kurz: Sein Eintreten ins China-

---

[1] Vera Niebuhr: *Alfons Paquet: The development of his thought in Wilhelmian and Weimar Germany*, Dissertation at the University of Wisconsin-Madison, Madison 1977, p. 153.

[2] Vgl. Eun-Jeung Lee: *„Anti-Europa": Die Geschichte der Rezeption des Konfuzianismus und der konfuzianischen Gesellschaft seit der frühen Aufklärung,* Münster/Hambug/London 2003, S. 372.

Institut und seine Essays bringen sein Interesse an der chinesischen Kultur zum Ausdruck.

1.2.4   Nach 1933

In den letzten Jahren der Weimarer Republik ahnte Paquet schon den faschistischen Keim. Er war stark dagegen und appellierte an die Vernunft. Er erläuterte in dem Essay *Deutschlands Verantwortung* (1932) die Verantwortung in der Weisheit von Tschuangtse. Nach 1933 lebte er in der inneren Emigration: "Paquet [···] grudgingly resigned himself to 'inner emigration' under the Nazi regime. Subject to a sonsiderable amount of political pressure, he was compelled not to publish anything controversial in the decade before his death."[1] Er durfte da keine disputablen Schriften veröffentlichen. In dieser Zeit hat er für das China-Institut offensichtlich mehr Artikel geschrieben als in den zwanziger Jahren.

Am 12.10.1935 hat er einen Bericht *Vom China-Institut* veröffentlicht, in dem von der Feier des zehnjährigen Bestehens des China-Instituts berichtet wird.[2] Im August 1936 wurde ein chinesischer Boxabend von dem Fachamt „Boxen" des Gaues Südwest im Deutschen Reichsbund für Leibesübungen organisiert. Anläßlich dieser Veranstaltung hat Paquet einige Ausführungen zum Thema *Chinesischer Sport* bezüglich der chinesischen Gymnastik geschrieben. Er erzählt über die Entwicklung der chinesischen Gymnastik, die als Lehrmeisterin Japans gilt und „vor allem der Beherrschung des Körpers, der höchsten Gelenkigkeit und der Ausbildung des Gleichgewichts dien[t]"[3]. Hier vergleicht er wieder die ursprüngliche Gymnastik mit der griechischen Kultur. „Der Sinn dieser Leibesübungen dürfte ursprünglich dem griechischen Ideal der Einheit von Leib und Seele nahe verwandt gewesen sein."[4] Im Zuge ihrer Entwicklung wurde die

---

①   Vera Niebuhr: *Alfons Paquet: The development of his thought in Wilhelmian and Weimar Germany*, Dissertation at the University of Wisconsin-Madison, Madison 1977, Introduction, pp. 4.

②   Vgl. Alfons Paquet: *Vom China-Institut*. In: *Frankfurter Zeitung,* I., 12.10.1935. In: Nachlass Alfons Paquets, Teil III, Zeitungsartikel.

③   Alfons Paquet: *Chinesischer Sport*. In: *Frankfurter Zeitung*, Stadtbl., 25.8.1936. In: Nachlass Alfons Paquets, Teil II, A5.

④   Alfons Paquet: *Chinesischer Sport*. In: *Frankfurter Zeitung*, Stadtbl., 25.8.1936. In: Nachlass Alfons Paquets, Teil II, A5.

Gymnastik zunehmend für das Kämpfen geübt, wozu auch das Boxen gehört. Außerdem stehen auch Akrobaten und chinesische Schauspieler mit chinesischer Gymnastik in enger Verbindung. Er weist auf die neue Entwicklung der Gymnastik und auf die Unterschiede zwischen der chinesischen und europäischen Lehre hin.[1] Seine Auffassung bezüglich der Wahrnehmung der Fremden kommt in dem letzten Satz des Artikels zum Ausdruck: „Die europäischen Zuschauer werden erstaunliche Dinge zu sehen bekommen, um so erstaunlichere Dinge, je sachkundiger sie sind und je mehr Verständnis für gymnastische Leistungen sie mitbringen."[2]

Im Jahr 1937 hat er auch über einen China-Abend berichtet, der von der Akademischen Auslandsstelle der Goethe Universität Frankfurt organisiert worden war. An diesem Abend wurden viele Proben chinesischer geistiger Kultur dargestellt. Was Paquet beeindruckt hat, war der Vortrag von dem Führer der chinesischen Studentenschaft in Frankfurt, Dr. Ning Yu, in dem er die Aufbauarbeit im damaligen China mithilfe von Filmstreifen vorgestellt hat.[3] Im Jahr 1941 hat Paquet über die Sonderausstellung „Schifffahrt und Fischerei des chinesischen Volkes" im China-Institut[4] sowie über die Veranstaltung zum chinesischen Neujahr vom China-Institut berichtet. Vor allem sind die räumliche Dekoration und der Vortrag von Herrn Professor Erwin Rousselle über das gegenwärtige China und über die Türhüter beeindruckend für ihn gewesen. Am 3.1.1942 hat Paquet einen Bericht über die Feier des Silvesters im China-Institut verfasst, in dem er den Vortrag von Prof. Rousselle über die

---

[1] Paquet hat so ausgeführt: „Die Erneuerung der chinesischen Gymnastik läßt die veralteten akrobatischen Tricks beiseite. Sie baut, unabhängig von europäischer Lehre, das System der Körperbeherrschung und des Gleichgewichtsempfindens aus einer Grundstellung des Körpers auf, die nicht, wie etwa beim deutschen Turner, die gerade Haltung mit geschlossenen Füßen ist, sondern eine Art Hockerstellung mit gespreizten Beinen". Vgl. Alfons Paquet: *Chinesischer Sport*. In: *Frankfurter Zeitung*, Stadtbl., 25.8.1936. In: Nachlass Alfons Paquets, Teil II, A5.

[2] Alfons Paquet: *Chinesischer Sport*. In: *Frankfurter Zeitung*, Stadtbl., 25.8.1936. In: Nachlass Alfons Paquets, Teil II, A5.

[3] Vgl. Alfons Paquet: *Chinesischer Abend*. In: *Frankfurter Zeitung*, St., 20.2.1937. In: Nachlass Alfons Paquets, Teil II, A5.

[4] Vgl. Alfons Paquet: *China zu Wasser. Eine Sonderausstellung im Frankfurter China-Institut*. In: *Frankfurter Zeitung*, St., 10.8.1941. In: Nachlass Alfons Paquets, Teil II, A5.

alten Neujahrsbräuche, z.B. die Türgötter, auch göttliche Wächter und Helden, vorgestellt hat. In seiner Analyse reflektiert Paquet wieder: „[...] Das alles erinnert, bis auf Einzelzüge an die bei den germanischen Bastarnen verehrten sagenhaften Brüder, aber auch an Polydeukes und Kastor in der hellenischen Sage."[1] In seiner Beschäftigung mit der chinesischen Kultur ist die Reflexion nicht selten zu finden.

In dieser Phase hat Paquet sich auch mit der klassischen chinesischen Kultur beschäftigt und die chinesische klassische Lehre verwendet, um die aktuellen Probleme in seiner Heimat zu lösen. In seinem Essay *Politik im Unscheinbaren* (1933) hat er die Verantwortlichkeit und Hoffnung bei Tschuangtse erläutert. Aber nach 1933 ist er ins innerliche Exil gegangen. Er beschäftigte sich zunehmend mit den chinesischen Veranstaltungen, die vom China-Institut organisiert worden sind. Obwohl er keine Schriften über Politik veröffentlichen durfte, scheint seine Reflexion über die damalige gesellschaftliche und politische Situation in seinen Schriften durch. Im Jahr 1942 hat er z.B. einen kleinen Artikel über das chinesische *li* veröffentlicht, woran erkennbar wird, dass er immer darum bemüht war, auf der Grundlage der chinesischen Kultur etwas für die eigene Gesellschaft zu tun.

1.2.5 Kleines Fazit

Erstens, Paquets Beschäftigung mit China und der chinesischer Kultur ist von der sozialen und politischen Geschichte geprägt worden. Anhand seiner Schriften über China kann man auch seine Gedankenveränderungen beobachten. Zweitens, anfangs war China in seinen Schriften ein zu eroberndes Objekt. Nach dem Ersten Weltkrieg ist China eher ein Land geworden, das Alfons Paquet mit Sympathie behandelte. Drittens, er versuchte in der chinesischen Kultur eine Lösung für die damaligen Probleme in Deutschland bzw. Europa zu finden. Bei der Beschäftigung mit der chinesischen Kultur zeigt sich Paquets Kulturverständnis. In diesem Prozess war er auf der Suche nach einer Synthese zwischen der chinesischen Kultur auf der einen Seite und der westlichen Kultur auf der anderen Seite. Seine Interkulturalität ermöglichte es ihm, Weisheit von der chinesischen Kultur zu lernen und über die eigene Kultur zu reflektieren.

---

[1] Alfons Paquet: *Neujahr im Frankfurter China-Institut.* In: *Frankfurter Zeitung,* II., 3.1.1942. In: Nachlass Alfons Paquets, Teil II, A5.

2

Ernst Cassirers Kulturtheorie als
theoretische Perspektive

Der Grund, weswegen die Kulturtheorie von Ernst Cassirer in der vorliegenden Arbeit verwendet wird, lässt sich durch zwei Aspekte begründen. Erstens hatte Alfons Paquet eine Verbindung zum Marburger Neukantianismus. Gertrude Cepl-Kaufmann hat auf die Beziehung zwischen Paquet und dem Marbuger Neukantianismus wie folgt hingewiesen:

> Unmittelbar im Kontext des Kriegsendes und der damit einsetzenden Suche nach einem Modell, das Deutschland aus seiner existentiellen Krise herausführen konnte, wurden weitere Einflüsse virulent. So stand Paquet in Verbindung zum Marburger Neukantianismus.[1]

Vor allem hatte er eine Verbindung zu „dem dort lehrenden Düsseldorfer Paul Natorp"[2]. Die beiden engagierten sich im »Bund der Sommerhalde«, der sich „als Gemeinschaft Gleichgesinnter, die sich verantwortlich fühlten für die Zukunft

---

[1] Gertrude Cepl-Kaufmann: *Alfons Paquet und die Lebensreform*. In: Oliver M. Piecha, Sabine Brenner (Hrsg.): *»In der ganzen Welt zu Hause«. Tagungsband Alfons Paquet*, Düsseldorf 2003, S. 28.

[2] Gertrude Cepl-Kaufmann: *Alfons Paquet und die Lebensreform*. In: Oliver M. Piecha, Sabine Brenner (Hrsg.): *»In der ganzen Welt zu Hause«. Tagungsband Alfons Paquet*, Düsseldorf 2003, S. 28.

Deutschlands"① vertand. Paquets Engagement kann auf die geistige und soziale Situation um die Jahrhundertwende und besonders nach dem Ersten Weltkrieg zurückgeführt werden. Darüber hinaus ist Paquet auch von der Kulturphilosophie von Ernst Cassirer beeinflußt worden, wie Cepl-Kaufmann erläutert hat:

> Ernst Cassirers Suche nach Erscheinungsformen des Daseins, die von ihrer geistigen Zeugungskraft her lebensprägend wirken, scheinen auch Paquet anzutreiben. Cassirers Definition der symbolischen Form als Energie des Geistes, an die sich ein konkretes sinnliches Zeichen knüpfte, entsprach auch Paquets eigenen Vorstellungen.②

Cepl-Kaufmann hat in Bezug auf Paquets Rheinlande-Idee nach dem Ersten Weltkrieg dessen Prägung interpretiert. Aber Paquets Aufmerksamkeit für die symbolischen Kräfte lässt sich schon an seiner Beschäftigung mit der chinesischen Kultur vor dem Ersten Weltkrieg ablesen. Des Weiteren vertrat Paquet zeitlebens die optimistische Haltung, die der von Cassirer ähnlich ist. Paquets religiöse Anschauungen und seine Aufmerksamkeit für die symbolischen Kräfte haben es ihm ermöglicht, optimistisch in die Zukunft zu blicken. In der vorliegenden Arbeit wird auf Paquets Beschäftigung mit der chinesischen Kultur in seinen Schriften aus der Perspektive von der Cassirerschen Kulturtheorie eingegangen.

2.1　Kulturalität des Menschen

2.1.1　Der Mensch als animal symbolicum

Um das Wesen der Kultur und des Menschen umfassend kennenzulernen, hat Ernst Cassirer aufgrund der Einheit von den naturwissenschaftlichen, philosophischen, soziologischen, psychologischen, theologischen, ethnologischen, historischen, sprachwissenschaftlichen sowie kunstgeschichtlichen Kenntnissen

---

① Gertrude Cepl-Kaufmann: *Alfons Paquet und die Lebensreform*. In: Oliver M. Piecha, Sabine Brenner (Hrsg.): *»In der ganzen Welt zu Hause«. Tagungsband Alfons Paquet*, Düsseldorf 2003, S. 28.

② Gertrude Cepl-Kaufmann: *Alfons Paquet und die Lebensreform*. In: Oliver M. Piecha, Sabine Brenner (Hrsg.): *»In der ganzen Welt zu Hause«. Tagungsband Alfons Paquet*, Düsseldorf 2003, S. 29.

die symbolische Welt entdeckt. In dieser Welt verfügt der Mensch über das symbolische Denken und Verhalten. Die Tatsache, dass der Mensch Symbole formen und verwenden kann, zeigt, dass der Mensch Kultur hat und die Kultur weiter entwickelt werden kann.[1] Sprache, Mythos, Religion, Kunst und Wissenschaft gelten Cassirer zufolge als symbolische Formen, die als „ein organisches Ganzes"[2] funktionieren.

> Das Eigentümliche des Menschen, das, was ihn wirklich auszeichnet, ist nicht seine metaphysische oder physische Natur, sondern sein Wirken. Dieses Wirken, das System menschlicher Tätigkeiten, definiert und bestimmt die Sphäre des »Menschseins«. Sprache, Mythos, Religion, Kunst, Wissenschaft, Geschichte sind die Bestandteile, die verschiedenen Sektoren dieser Sphäre.[3]

Die symbolischen Formen bringen also das Wirken des Menschen und somit auch das Wesen des Menschen zum Ausdruck. Der Gebrauch von Symbolen bildet die Grundlage aller Kulturleistungen.[4]

Cassirer erweitert die Annahme des Biologen Johannes von Uexküll und notiert, dass der Mensch nicht nur in einer physischen Welt, sondern auch in einem Symbolsystem lebt. Aufgrund des Unterschieds zwischen den organischen Reaktionen und den menschlichen Antwort-Reaktionen behauptet Cassirer, dass der Mensch im Vergleich zu anderen Wesen nicht nur in einer reicheren Wirklichkeit lebt, sondern auch „in einer neuen *Dimension* der Wirklichkeit"[5].

---

[1] Vgl. Gideon Freudenthal: *Auf dem Vulkan. Die Kulturtheorie von Ernst Cassirer.* In: Bernhard Greiner, Christoph Schmidt (Hrsg.): *Arche Noah. Die Idee der ›Kultur‹ im deutsch-jüdischen Diskurs*, Freiburg im Breisgau 2002, S. 145-171. Hier S. 148.

[2] Ernst Cassirer: *Versuch über den Menschen. Einführung in eine Philosophie der Kultur*, aus dem Englischen von Reinhard Kaiser, Frankfurt am Main 1990, S. 110.

[3] Ernst Cassirer: *Versuch über den Menschen. Einführung in eine Philosophie der Kultur*, aus dem Englischen von Reinhard Kaiser, Frankfurt am Main 1990, S. 110.

[4] Vgl. Gideon Freudenthal: *Auf dem Vulkan. Die Kulturtheorie von Ernst Cassirer.* In: Bernhard Greiner, Christoph Schmidt (Hrsg.): *Arche Noah. Die Idee der ›Kultur‹ im deutsch-jüdischen Diskurs*, Freiburg im Breisgau 2002, S. 145-171. Hier S. 146.

[5] Ernst Cassirer: *Versuch über den Menschen. Einführung in eine Philosophie der Kultur*, aus dem Englischen von Reinhard Kaiser, Frankfurt am Main 1990, S. 49.

Der Mensch lebt als *animal symbolicum*[1] mit seinem speziellen Denkvermögen in einem Symbolsystem, also „in einem symbolischen Universum"[2]. Sprache, Mythos, Kunst und Religion sind Bestandteile dieses Universums. Sie sind die vielgestaltigen Fäden, aus denen das Symbolnetz, das Gespinst menschlicher Erfahrung gewebt ist. Aller Fortschritt im Denken und in der Erfahrung verfeinert und festigt dieses Netz. Statt mit den Dingen hat es der Mensch nun gleichsam ständig mit sich selbst zu tun. Laut der Theorie von Cassirer lebt man mit der Entwicklung der Kultur immer mehr in der symbolischen Welt. Dabei tritt die physische Realität immer mehr zurück, und zwar, wie es scheint, in dem Maße, wie die Symboltätigkeit des Menschen an Raum gewinnt. Die physische Welt und die symbolische Welt sind zwei gegeneinander kämpfende Kräfte. Der Mensch kann der Wirklichkeit nicht mehr unmittelbar gegenübertreten; er kann sie nicht mehr als direktes Gegenüber betrachten. „So sehr hat er sich mit sprachlichen Formen, künstlerischen Bildern, mythischen Symbolen oder religiösen Riten umgeben, daß er nichts sehen oder erkennen kann, ohne daß sich dieses artifizielle Medium zwischen ihn und die Wirklichkeit schöbe."[3] Die Symbole dienen dem Menschen als Mittel, die Wirklichkeit zu erkennen. Die symbolischen Formen sind „Wege zu einer objektiven Ansicht der Dinge und des menschlichen Lebens"[4].

In seiner Kulturtheorie hat Cassirer sogar versucht, Kants Kritik der Vernunft zu einer Kritik der Kultur zu transformieren. Kant hatte darauf hingewiesen, dass der Mensch den Verstand besitzt, der der Unterscheidung zwischen der Wirklichkeit und Möglichkeit zugrunde liegt. Cassirer geht einen Schritt weiter und behauptet, dass der Verstand des Menschen die Symbole benötigt.[5] Mit

---

[1] Vgl. Ernst Cassirer: *Versuch über den Menschen. Einführung in eine Philosophie der Kultur*, aus dem Englischen von Reinhard Kaiser, Frankfurt am Main 1990, S. 51.

[2] Ernst Cassirer: *Versuch über den Menschen. Einführung in eine Philosophie der Kultur*, aus dem Englischen von Reinhard Kaiser, Frankfurt am Main 1990, S. 50.

[3] Ernst Cassirer: *Versuch über den Menschen. Einführung in eine Philosophie der Kultur*, aus dem Englischen von Reinhard Kaiser, Frankfurt am Main 1990, S. 50.

[4] Ernst Cassirer: *Versuch über den Menschen. Einführung in eine Philosophie der Kultur*, aus dem Englischen von Reinhard Kaiser, Frankfurt am Main 1990, S. 220.

[5] Vgl. Ernst Cassirer: *Versuch über den Menschen. Einführung in eine Philosophie der Kultur*, aus dem Englischen von Reinhard Kaiser, Frankfurt am Main 1990, S. 93.

der Entwicklung der Kultur wirkt die symbolische Funktion stärker und wird die Unterscheidung zwischen Wirklichkeit und Möglichkeit immer klarer. Das bedeutet auch, dass der Mensch mehr Verstand besitzt.

In dieser Hinsicht erweitert Cassirer auch die Definition des Menschen als *Animal rationale*. Mit der Definition des Menschen als eines *animal symbolicum* wird einerseits die Rolle der Rationalität bestätigt, andererseits kann der Begriff *animal symbolicum* das Wesen des Menschen besser erklären, weil er die kulturellen Formen wie Mythologie, Religion und Sprache usw. besser erfassen kann. So wird auch bestätigt, dass „symbolisches Denken und symbolisches Verhalten zu den charakteristischen Merkmalen menschlichen Lebens gehören und daß der gesamte Fortschritt der Kultur auf diesen Voraussetzungen beruht"[1]. Um seine These zu beweisen, hat er noch Helen Keller als Beispiel genannt, die zwar taub und stumm geboren war, aber später durch die Symbolfunktionen menschliche Kenntnisse erwarb. „Der spezifische Charakter der menschlichen Kultur und ihre intellektuellen und sittlichen Werte gehen nicht auf das Material zurück, aus dem sie besteht, sondern auf ihre Form, ihre architektonische Struktur."[2]

Der Mensch als *animal symbolicum* ist „ein symbolisches Wesen"[3]. Somit ist „der Begriff des Menschen als der Einheit von Bedeutungsgebung und Bedeutungsträgerschaft [...] selbst ein symbolischer, Sinn generierender Begriff"[4]. In Bezug auf diesen Begriff des Menschen lässt sich der Begriff der Kultur auch auf zwei Ebenen verstehen: einerseits ist Kultur „der Rahmenbegriff

---

[1]   Ernst Cassirer: *Versuch über den Menschen. Einführung in eine Philosophie der Kultur*, aus dem Englischen von Reinhard Kaiser, Frankfurt am Main 1990, S. 52.

[2]   Ernst Cassirer: *Versuch über den Menschen. Einführung in eine Philosophie der Kultur*, aus dem Englischen von Reinhard Kaiser, Frankfurt am Main 1990, S. 63.

[3]   Andreas Hütig: *Kultur als Selbstbefreiung des Menschen. Kulturalität und kulturelle Pluralität bei Ernst Cassirer*. In: Hans-Martin Gerlach, Andreas Hütig, Oliver Immel (Hrsg.): *Symbol, Existenz, Lebenswelt. Kulturphilosophische Zugänge zur Interkulturalität*, Frankfurt a. M. 2004, S. 121-138. Hier S. 124.

[4]   Andreas Hütig: *Kultur als Selbstbefreiung des Menschen. Kulturalität und kulturelle Pluralität bei Ernst Cassirer*. In: Hans-Martin Gerlach, Andreas Hütig, Oliver Immel (Hrsg.): *Symbol, Existenz, Lebenswelt. Kulturphilosophische Zugänge zur Interkulturalität*, Frankfurt a. M. 2004, S. 121-138. Hier S. 124.

aller Welt- und Selbstverständnisse des Menschen"①, was die Kulturalität des Menschen verkörpert, andererseits ist die Kultur „diejenigen *Produkte* [Herv. im Orig.; Q. C.] der menschlichen symbolbildenden Tätigkeit"②. Die *Produkte* sind der Gegenstand der Kulturwissenschaften und Kulturkritik, „die versuchen, [...] die Intentionen ihrer Produzenten, ihre Wechselwirkung mit dem jeweiligen Selbstverständnis der Zeit und ihr Potential für heutige Sinnstiftungen und Weiterentwicklungen zu rekonstruieren"③.

2.1.2　Selbstbefreiung als Kulturleistung

Bei seiner Untersuchung der Frage „Was ist der Mensch" ist Cassirer schon auf das Menschenbild von Sokrates gestoßen, und zwar darauf, dass der Mensch nach sich selbst sucht und dabei sein Wissen mit seiner Moralität verbunden ist. „Die grundlegende Fähigkeit, auf sich selbst und andere einzugehen, sich selbst und anderen Antwort (»response«) zu geben, macht den Menschen zu einer »verantwortlichen« Person, zu einem »responsible being«, einem moralischen Subjekt"④, wie Cassirer die Formel des Denkens von Sokrates zusammenfasst. Cassirer sieht nicht nur bei Sokrates, sondern auch bei den Stoikern die Verbindung zwischen der symbolischen Welt mit der Welt der Moralität. Die Selbsterforschung ist nämlich bei beiden Pflicht, allerdings wurde in der Stoa die Verbindung mit der Moralität zur Verbindung mit dem Universum erweitert. Bei der Zurückführung auf das geschichtliche Zeitalter bewies Cassirer die Verbindung zwischen der Moralität einerseits und der Kultur andererseits.

---

① Andreas Hütig: *Kultur als Selbstbefreiung des Menschen. Kulturalität und kulturelle Pluralität bei Ernst Cassirer.* In: Hans-Martin Gerlach, Andreas Hütig, Oliver Immel (Hrsg.): *Symbol, Existenz, Lebenswelt. Kulturphilosophische Zugänge zur Interkulturalität,* Frankfurt a. M. 2004, S. 121-138. Hier S. 124.

② Andreas Hütig: *Kultur als Selbstbefreiung des Menschen. Kulturalität und kulturelle Pluralität bei Ernst Cassirer.* In: Hans-Martin Gerlach, Andreas Hütig, Oliver Immel (Hrsg.): *Symbol, Existenz, Lebenswelt. Kulturphilosophische Zugänge zur Interkulturalität,* Frankfurt a. M. 2004, S. 121-138. Hier S. 125.

③ Andreas Hütig: *Kultur als Selbstbefreiung des Menschen. Kulturalität und kulturelle Pluralität bei Ernst Cassirer.* In: Hans-Martin Gerlach, Andreas Hütig, Oliver Immel (Hrsg.): *Symbol, Existenz, Lebenswelt. Kulturphilosophische Zugänge zur Interkulturalität,* Frankfurt a. M. 2004, S. 121-138. Hier S. 125 f. Herv. im Orig.

④ Ernst Cassirer: *Versuch über den Menschen. Einführung in eine Philosophie der Kultur,* aus dem Englischen von Reinhard Kaiser, Frankfurt am Main 1990, S. 22.

Außerdem hat Cassirer in seinen Schriften auch kurz erläutert, dass das symbolische Denken eine wichtige Rolle für die Entwicklung der ethischen Ideen und Ideale spielt, was auch als ein Beweis dafür gilt, dass Kultur und Moralität in einer engen Beziehung stehen:

> Für alle großen Ethiker ist es charakteristisch, daß sie ihre Gedanken nicht im Rahmen bloßer Aktualität oder Wirklichkeit entwickeln. Ihre Gedanken kommen keinen einzigen Schritt voran, wenn sie die Grenzen der aktualen Welt nicht erweitern, ja sie sogar überschreiten.[1]

Cassirer setzt seine Erläuterung wie folgt fort: „Begabt mit einer großen intellektuellen und moralischen Stärke, besaßen die großen Sittenlehrer auch eine tiefe Vorstellungskraft. Ihre aus dieser Vorstellungskraft gespeiste Einsicht durchdringt und bewegt ihre Aussagen."[2]

Die Behauptungen der großen Ethiker bzw. sozialen oder politischen Reformer waren Cassirer zufolge kein Abbild der Wirklichkeit, sondern entsprangen ihren Vorstellungen oder Hypothesen. Sie lebten in der Welt der Ideen. Wenn die Ethiker bzw. sozialen oder politischen Reformer mit der gegenwärtigen Wirklichkeit unzufrieden waren, griffen sie die Wirklichkeit mit ihrem symbolischen Denken an und wiesen mit ihrer utopischen Behauptung auf eine neue Zukunft hin. In seinen Schriften hat Cassirer nicht explizit über Ethik gesprochen, aber seine „transzendentalhermeneutische Fragestellung [ist] mit seiner ethischen Grundhaltung und ethischen Methode gleichbedeutend"[3].

Die Moralität des Menschen ist verbunden mit der Freiheit des Menschen. Wenn man stärker im Symbolnetz lebt, hat man mehr Freiheit und die Kultur entwickelt sich weiter. Die Freiheit bezieht sich auf „eine Befreiung aus den Zwängen der Riten durch den Mythos"[4] und darauf, dass der Mensch mehr

---

[1] Ernst Cassirer: *Versuch über den Menschen. Einführung in eine Philosophie der Kultur*, aus dem Englischen von Reinhard Kaiser, Frankfurt am Main 1990, S. 98.

[2] Ernst Cassirer: *Versuch über den Menschen. Einführung in eine Philosophie der Kultur*, aus dem Englischen von Reinhard Kaiser, Frankfurt am Main 1990, S. 98.

[3] Thomas Vogl: *Die Geburt der Humanität. Zur Kulturbedeutung der Religion bei Ernst Cassirer*, Hamburg 1999, S. 62.

[4] Oswald Schwemmer: *Ernst Cassirer. Ein Philosoph der europäischen Moderne*, Berlin 1997, S. 128.

Vernunft und zugleich auch Moralität hat. Wenn man sich die Anordnung der Bände der *Philosophie der symbolischen Formen* sowie des Inhalts im *Versuch über den Menschen* genauer anschaut, wird deutlich, dass der Inhalt vom Niederen zum Höheren dargestellt ist. Dazu müsste es einen Maßstab geben, „der nicht einer der besonderen symbolischen Formen angehört, so daß keine unbegründete Bevorzugung der einen symbolischen Form vor den anderen vorkomme"[1], da Cassirer die Meinung des Pluralismus vertritt. Gideon Freudenthal sieht die Lösung in der Ethik.[2] Das ethische Ideal bei Cassirer heißt – in Anlehnung an Kant – »Autonomie« und bedeutet „die Vernunft über die Natur im allgemeinen und über die Sinnlichkeit"[3] bzw. „Herrschaft über das eigene Leben und die Übernahme moralischer Verantwortung hierfür"[4]. Je mehr sich die Vernunft entwickelt, desto mehr Leidenschaften werden unterdrückt und desto mehr Freiheit gewinnt der Mensch. Die Entwicklung der Kultur bedeutet die Selbstbefreiung des sowie die Übernahme der moralischen Pflicht durch den Menschen und besitzt somit einen ethischen Wert.[5] Erst durch das Symbolbilden und den Symbolgebrauch wird die Entwicklung der Kultur in Gang gesetzt. Deshalb sind die symbolischen Formen ein Mittel zur ›Autonomie‹.

---

[1] Gideon Freudenthal: *Auf dem Vulkan. Die Kulturtheorie von Ernst Cassirer.* In: Bernhard Greiner, Christoph Schmidt (Hrsg.): *Arche Noah. Die Idee der ›Kultur‹ im deutsch-jüdischen Diskurs*, Freiburg im Breisgau 2002, S. 145-171. Hier S. 157.

[2] Vgl. Gideon Freudenthal: *Auf dem Vulkan. Die Kulturtheorie von Ernst Cassirer.* In: Bernhard Greiner, Christoph Schmidt (Hrsg.): *Arche Noah. Die Idee der ›Kultur‹ im deutsch-jüdischen Diskurs*, Freiburg im Breisgau 2002, S. 145-171. Hier S. 157.

[3] Gideon Freudenthal: *Auf dem Vulkan. Die Kulturtheorie von Ernst Cassirer.* In: Bernhard Greiner, Christoph Schmidt (Hrsg.): *Arche Noah. Die Idee der ›Kultur‹ im deutsch-jüdischen Diskurs*, Freiburg im Breisgau 2002, S. 145-171. Hier S. 157.

[4] Gideon Freudenthal: *Auf dem Vulkan. Die Kulturtheorie von Ernst Cassirer.* In: Bernhard Greiner, Christoph Schmidt (Hrsg.): *Arche Noah. Die Idee der ›Kultur‹ im deutsch-jüdischen Diskurs*, Freiburg im Breisgau 2002, S. 145-171. Hier S. 163.

[5] Vgl. Gideon Freudenthal: *Auf dem Vulkan. Die Kulturtheorie von Ernst Cassirer.* In: Bernhard Greiner, Christoph Schmidt (Hrsg.): *Arche Noah. Die Idee der ›Kultur‹ im deutsch-jüdischen Diskurs*, Freiburg im Breisgau 2002, S. 145-171, S. 164.

2.2 Interkulturalität

2.2.1 Pluralität der Kulturen

Cassirer plädiert für den Pluralismus. In seiner Kulturtheorie müssen die symbolischen Formen zusammenwirken. „[...] [D]iese Vielfalt und Disparatheit bedeutet nicht Zwietracht oder Disharmonie. Alle diese Funktionen vervollständigen und ergänzen einander. Jede von ihnen öffnet einen neuen Horizont und zeigt uns einen neuen Aspekt der Humanität."[1] Die menschliche Symbolik hat ihm zufolge zwei Hauptmerkmale – die universelle Anwendbarkeit und die höchste Variabilität. Gerade in den beiden Hauptmerkmalen offenbart sich die Pluralität. Durch die Analyse der verschiedenen Bereiche innerhalb von einer Kultur und den Vergleich der verschiedenen Kulturen hat Cassirer die Allgemeingültigkeit und Variabilität von den symbolischen Formen bewiesen. In dieser Hinsicht wird deutlich, dass er nicht nur die Pluralität der symbolischen Formen innerhalb von einer einzigen Kultur zugesagt hat, sondern auch die Pluralität und Vergleichbarkeit der Kulturen. In seiner Analyse hat er sein Augenmerk stets auf die Kulturen auf der ganzen Welt gelegt. Auch Andreas Hütig hat darauf hingewiesen, dass Cassirer in seinen Schriften „ausführlich Mythen, wissenschaftliche Befunde und Zeugnisse aus aller Welt und allen Zeiten"[2] untersucht. Bei der Diskussion über Mythos und Religion hat er beispielsweise die eurozentrale Position offenkundig zugunsten der Geschichte der Weltreligionen aufgegeben. Er hat nicht nur das Christentum, sondern auch das Judentum, den Buddhismus und Konfuzianismus erwähnt.[3] Außerdem hat er auch auf die verschiedenen Stämme auf der ganzen Welt zurückgeführt.[4] In

---

[1] Ernst Cassirer: *Versuch über den Menschen. Einführung in eine Philosophie der Kultur*, aus dem Englischen von Reinhard Kaiser, Frankfurt am Main 1990, S. 346.

[2] Andreas Hütig: *Kultur als Selbstbefreiung des Menschen. Kulturalität und kulturelle Pluralität bei Ernst Cassirer*. In: Hans-Martin Gerlach, Andreas Hütig, Oliver Immel (Hrsg.): *Symbol, Existenz, Lebenswelt. Kulturphilosophische Zugänge zur Interkulturalität*, Frankfurt a. M. 2004, S. 121-138. Hier S. 128.

[3] Vgl. Ernst Cassirer: *Versuch über den Menschen. Einführung in eine Philosophie der Kultur*, aus dem Englischen von Reinhard Kaiser, Frankfurt am Main 1990, S. 18 f.

[4] Vgl. Ernst Cassirer: *Versuch über den Menschen. Einführung in eine Philosophie der Kultur*, aus dem Englischen von Reinhard Kaiser, Frankfurt am Main 1990, S. 132 ff.

Bezug auf die Analyse der Bedeutung der Phoneme in jeder Sprache hat Cassirer auch Chinesisch als Beispiel genannt.[1]

Cassirer zufolge sind die symbolischen Formen gleichwertig. Keine davon ist den anderen überlegen. Deswegen kann keine Kultur mit mehr mythischem Anteil einer anderen als unterlegen betrachtet werden. Aber es ist nicht zu leugnen, dass er eine solche Kultur hoch schätzt, die ihren Mitgliedern mehr Selbstbefreiungsmöglichkeit gewährt. Wenn die Mitglieder mehr »Autonomie« haben, besitzen sie mehr Vernunft und ihre Kultur ist reflexiv.

2.2.2 Erfolgreicher Kulturkontakt

Wenn sich zwei Kulturen begegnen, kann der Austausch eine neue Perspektive zum Betrachten der eigenen Kultur geben.

> Während wir in den »Geist« einer Fremdsprache eindringen, befestigt sich in uns unweigerlich der Eindruck, wir näherten uns einer neuartigen Welt, einer Welt mit einer eigenen intellektuellen Struktur. Es ist wie eine Entdeckkungsreise in ein fremdes Land, und der größte Gewinn dieser Reise ist es, daß wir dabei unsere Muttersprache in einem neuen Lichte wahrzunehmen lernen.[2]

So lautet Cassirers Erläuterung in Bezug auf den Prozess des Fremdsprachenlernens. Wird eine Fremdsprache erlernt, gewinnt der jeweilige Lerner einen neuen Blick auf seine eigene Sprache.

Auch die Entstehung der babylonischen Algebra hat Cassirer folgendermaßen analysiert:

> Sie war das Produkt der Begegnung und des Zusammenpralls zweier unterschiedlicher Rassen – der Sumerer und der Akkadier. Diese beiden Rassen sind von unterschiedlicher Herkunft und sprechen Sprachen, die keinerlei Verbindung zueinander aufweisen. [...] Als nun diese beiden

---

[1] Vgl. Ernst Cassirer: *Versuch über den Menschen. Einführung in eine Philosophie der Kultur*, aus dem Englischen von Reinhard Kaiser, Frankfurt am Main 1990, S. 195.

[2] Ernst Cassirer: *Versuch über den Menschen. Einführung in eine Philosophie der Kultur*, aus dem Englischen von Reinhard Kaiser, Frankfurt am Main 1990, S. 206.

Völker aufeinandertrafen, als sie begannen, an einem gemeinsamen politischen, sozialen und kulturellen Zusammenhang teilzuhaben, mußten sie neue Probleme lösen, Probleme, zu deren Lösung sie neue geistige Kräfte entwickeln mußten.[1]

Die babylonische Algebra ist also laut Cassirer aus einer erfolgreichen Begegnung von zwei Stämmen entstanden. Ihr gegenseitiger Austausch und ihre Zusammenarbeit haben „ein[] abstrakte[s] Symbolsystem"[2] hervorgebracht und somit kulturelle Entwicklung ermöglicht. Andreas Hütig hat diesbezüglich herausgestellt, dass Cassirer die Verständigung der verschiedenen Kulturen betont, vor allem wenn sie zum Symbolbilden führen kann.[3]

Somit ist kultureller Austausch möglich und dann erfolgreich, wenn er soziale und alltagspraktische Probleme, die aus der Begegnung entstehen, aufzulösen hilft und im Idealfall zu einer gegenseitigen Befruchtung und zu Weiterentwicklung der symbolischen Möglichkeiten führt.[4]

Die Verständigung zwischen verschiedenen Kulturen ist Cassirer zufolge die Grundlage für gegenseitige Bereicherung, Erweiterung der Perspektiven und Entwicklung der Kulturen. In Bezug auf eine gelungene interkulturelle Kommunikation ist es für die am Kulturkontakt beteiligten Individuen wichtig, „disparate Bestimmungsstücke in das eigene Selbst- und Weltverständnis zu

---

[1] Ernst Cassirer: *Versuch über den Menschen. Einführung in eine Philosophie der Kultur*, aus dem Englischen von Reinhard Kaiser, Frankfurt am Main 1990, S. 80.

[2] Ernst Cassirer: *Versuch über den Menschen. Einführung in eine Philosophie der Kultur*, aus dem Englischen von Reinhard Kaiser, Frankfurt am Main 1990, S. 80.

[3] Vgl. Andreas Hütig: *Kultur als Selbstbefreiung des Menschen. Kulturalität und kulturelle Pluralität bei Ernst Cassirer*. In: Hans-Martin Gerlach, Andreas Hütig, Oliver Immel (Hrsg.): *Symbol, Existenz, Lebenswelt. Kulturphilosophische Zugänge zur Interkulturalität*, Frankfurt a. M. 2004, S. 121-138. Hier S. 133.

[4] Andreas Hütig: *Kultur als Selbstbefreiung des Menschen. Kulturalität und kulturelle Pluralität bei Ernst Cassirer*. In: Hans-Martin Gerlach, Andreas Hütig, Oliver Immel (Hrsg.): *Symbol, Existenz, Lebenswelt. Kulturphilosophische Zugänge zur Interkulturalität*, Frankfurt a. M. 2004, S. 121-138. Hier S. 133.

integrieren und pragmatisch Kommunikation zu etablieren"①. Die Voraussetzung für dieses Verhalten liegt darin, dass die Individuen „das Bewusstsein der Kulturalität der eigenen Kultur" besitzen, dialogbereit sind und „seltener zu kultureller Dominanz und Aggression neigen"②.

2.3 Alfons Paquets Beschäftigung mit der chinesischen Kultur nach der Kulturtheorie Cassirers

Das symbolische Denken und Verhalten sind menschliche Merkmale. Sie dienen dem Menschen als das Mittel zur Wahrnehmung der Wirklichkeit und bringen die Selbstbefreiung der Menschen mit. Diese These ist bei Paquet wiederzufinden. Als Schriftsteller stellt er in seinen Werken sein Selbst- und Weltverständnis dar. Seine Schriften zählen zur symbolischen Form, die als Mittel zur Wahrnehmung der Wirklichkeit gilt. Die Kunst ist „weder Nachahmung der materiellen Dinge noch ein bloßer Ausdruck mächtiger Gefühle. Sie ist Deutung von Wirklichkeit – nicht durch Begriffe, sondern durch Anschauungen; nicht im Medium des Gedankens, sondern in dem der sinnlichen Formen"③, wie es bei Cassirer heißt. Auch bei Paquets Beschäftigung mit der chinesischen Kultur sieht man in seinen Schriften deutlich, dass das symbolische Denken ein Mittel zur Entdeckung der Wirklichkeit bildet. Außerdem ist Paquets Beschäftigung mit der chinesischen Kultur eine symbolische Konstruktion. Sie bezieht sich auf seine Auseinandersetzung mit der chinesischen kulturellen Tradition, mit der konfuzianischen und taoistischen Philosophie, mit chinesischer Geschichte, mit chinesischer Literatur, Wissenschaft und Sprache. Diese Bereiche werden

---

① Andreas Hütig: *Kultur als Selbstbefreiung des Menschen. Kulturalität und kulturelle Pluralität bei Ernst Cassirer.* In: Hans-Martin Gerlach, Andreas Hütig, Oliver Immel (Hrsg.): *Symbol, Existenz, Lebenswelt. Kulturphilosophische Zugänge zur Interkulturalität,* Frankfurt a. M. 2004, S. 121-138. Hier S. 133.

② Beide Zitate: Andreas Hütig: *Kultur als Selbstbefreiung des Menschen. Kulturalität und kulturelle Pluralität bei Ernst Cassirer.* In: Hans-Martin Gerlach, Andreas Hütig, Oliver Immel (Hrsg.): *Symbol, Existenz, Lebenswelt. Kulturphilosophische Zugänge zur Interkulturalität,* Frankfurt a. M. 2004, S. 121-138. Hier S. 134.

③ Ernst Cassirer: *Versuch über den Menschen. Einführung in eine Philosophie der Kultur,* aus dem Englischen von Reinhard Kaiser, Frankfurt am Main 1990, S. 226.

gerade von Cassirer als Bestandteile der symbolischen Welt bezeichnet. In der vorliegenden Arbeit wird vor allem Paquets Beschäftigung mit der chinesischen Philosophie[1] und dem chinesischen Ahnenkult als Forschungsgegenstand in den Fokus gerückt.

Paquets Schriften sind nicht nur *als* Mittel zur Entdeckung der Wirklichkeit, sondern auch an der Wirklichkeit orientiert. Bei seiner Beschäftigung mit der chinesischen Kultur lässt sich diese Wirklichkeitszugewandtheit ebenfalls beobachten. Cassirer schreibt sehr treffend: „Gewiß, im Reich der Formen zu leben ist nicht das gleiche, wie im Reich der Dinge, der empirischen Objekte unserer Umgebung zu leben. Andererseits sind die Formen der Kunst keine leeren Formen."[2] Die Kunst hat eine wichtige Aufgabe, nämlich „ihre konstruktive Rolle bei der Gestaltung des menschlichen Universums"[3]. Des Weiteren merkt Cassirer an: „Im Reich der Formen zu leben bedeutet nicht Flucht vor den Problemen des Lebens; im Gegenteil, es bedeutet Verwirklichung einer der höchsten Kräfte des Lebens selbst."[4]

Um die Wirklichkeit in China zu erkennen und zu verstehen, hat Paquet das symbolische Denken benutzt, vor allem seine Suche nach *li*, das als Riten im alten China gilt. Um diese Wirklichkeit in seinem Reisebericht *Li oder Im neuen Osten* zu vermitteln, hat er eine differenzierte und distanzierte Sprache verwendet. In diesem Werk liegt ein Zusammenwirken von Sprache einerseits und von Paquets Wahrnehmung des chinesischen *li* sowie seine Reflexion gegenüber der Wirklichkeit andererseits vor. In dem dramatischen Werk *Limo* hat sich Paquet mit dem Ahnenkult und der chinesischen Philosophie beschäftigt und dabei ein

---

[1] In Cassirers Kulturtheorie gehört die Philosophie zwar selbst nicht zur symbolischen Form, aber sie ist eine Metaphysik und sei „zugleich Kritik u. Erfüllung der symbolischen Formen". Vgl. Birgit Recki: *Kultur als Praxis. Eine Einführung in Ernst Cassirers Philosophie der symbolischen Formen*, Berlin 2004, S. 46. In der vorliegenden Arbeit wird die chinesische Philosophie als ein symbolisches Denken und eine symbolische Kraft angesehen, die mit geistiger Beschäftigung zu tun hat.

[2] Ernst Cassirer: *Versuch über den Menschen. Einführung in eine Philosophie der Kultur*, aus dem Englischen von Reinhard Kaiser, Frankfurt am Main 1990, S. 256.

[3] Ernst Cassirer: *Versuch über den Menschen. Einführung in eine Philosophie der Kultur*, aus dem Englischen von Reinhard Kaiser, Frankfurt am Main 1990, S. 256.

[4] Ernst Cassirer: *Versuch über den Menschen. Einführung in eine Philosophie der Kultur*, aus dem Englischen von Reinhard Kaiser, Frankfurt am Main 1990, S. 256.

politisches und ethisches Konzept in Bezug auf die Wirklichkeit angeboten. In seinen Essays hat er die chinesische Philosophie als ein Ideal für seine Zeitkritik verwendet.

Um kurz anzumerken: Cassirer betrachtet die Kunst auch als ein Mittel der Selbstbefreiung. „Die Kunst verwandelt alle diese Leiden und Widrigkeiten, diese Grausamkeiten und Greuel in ein Mittel der Selbstbefreiung und gewährt uns so eine innere Freiheit, die wir anders nicht erlangen können."[1] Paquets Wirklichkeitszugewandtheit ist einerseits abhängig mit seinem Beruf als Journalist, andererseits ist sie der Beweis für seine Suche nach der »Autonomie«, also der Vernunft und Selbstbefreiung, um mit Cassirer zu sprechen. Die Zeit, in der Paquet gelebt hat, lässt sich wie Maoping Wei in seiner Forschung gezeigt hat, wie folgt beschreiben:

> Verfolgt man das wachsende Interesse an China, so stellt man ein steigendes Krisenbewußtsein Europas fest, das zuerst in der Kritik Nietzsches an der europäischen Zivilisation seinen Ausdruck findet und sich danach durch den Schlagwort gewordenen Buchtiteln von Oswald Spengler „Der Untergang des Abendlandes" verbreitet.[2]

Das damalige Deutschland war um die Jahrhundertwende von einer kulturellen, gesellschaftlichen und politisch-ökonomischen Krise geplagt. Im deutschen Kaiserreich verstand man unter den Tätigkeiten der Intellektuellen lediglich „Kulturdiagnose und Zeitkritik [...] im Dienste einer Utopie"[3]. Auch nach dem Ersten Weltkrieg und vor dem sowie während des Zweiten Weltkrieges, herrschte in Deutschland eine Krise. In der Zeit, in der Wissenschaften verstärkt beachtet wurden, während Religion, Philosophie und Kunst eher zu einem vernachlässigten Stiefkind geworden sind, konstatierte Paquet den Verlust des einheitlichen Gefühls und die Seelenleere. „Wo von einer Krise

---

[1] Ernst Cassirer: *Versuch über den Menschen. Einführung in eine Philosophie der Kultur*, aus dem Englischen von Reinhard Kaiser, Frankfurt am Main 1990, S. 229 f.

[2] Maoping Wei: *Günther Eich und China. Studien über die Beziehungen des Werks von Günther Eich zur chinesischen Geisteswelt*, Dissertation an der Ruprecht-Karls-Universität Heidelberg, Heidelberg 1989, S. 9.

[3] Christoph Garstka: *Intellektuelle im Deutschen Kaiserreich*. In: Jutta Schlich (Hrsg.): *Intellektuelle im 20. Jahrhundert in Deutschland*, Tübingen 2000, S. 115-160. Hier S. 120.

der Gegenwartskultur die Rede ist, wird diese häufig als Sinnleere, Verlust einer einheitlichen Weltanschauung und Schwund der einst durch die Religion repräsentierten Integrationskräfte beschrieben."[1] Diese Beschreibung entspricht genau dem Gedanken von Paquet. Durch seine Beschäftigung mit der chinesischen Kultur in seinen Schriften suchte Paquet nach dem ethischen und politischen Ideal und nach Lösungen für seine zeitgenössische krisengeplagte deutsche Heimat.

> Es ist [...] falsch, die Kulturdebatte von vornherein als Ausdruck einer resignativen Flucht des Bürgertums in eine machtgeschützte Innerlichkeit zu deuten. Sie dürfte eher eine im vorpolitischen Raum geführte, in ihrer metapolitischen Qualität durchaus politische Debatte um alternative gesellschaftliche Ordnungsentwürfe gewesen sein.[2]

Er suchte nach den „alternative[n] gesellschaftliche[n] Ordnungsentwürfe[n]"[3]. In diesem interkulturellen Kommunikationsprozess hat Paquet nach der Ähnlichkeit und Synthese von der westlichen und chinesischen Kultur gesucht und den bestehenden kulturellen Horizont erweitert. Mittels seiner Schriften und seiner Auseinandersetzung mit der chinesischen Kultur hat er Selbstbefreiung für sich selbst und auch für das Publikum erzielt.

---

[1] Rüdiger vom Bruch, Friedrich Wilhelm Graf, Gangolf Hübinger: *Einleitung: Kulturbegriff, Kulturkritik und Kulturwissenschaften um 1900*. In: Rüdiger vom Bruch, Friedrich Wilhelm Graf, Gangolf Hübinger: *Kultur und Kulturwissenschaften um 1900. Krise der Moderne und Glaube an die Wissenschaft*, Stuttgart 1989, S. 9-24. Hier S. 18.

[2] Rüdiger vom Bruch, Friedrich Wilhelm Graf, Gangolf Hübinger: *Einleitung: Kulturbegriff, Kulturkritik und Kulturwissenschaften um 1900*. In: Rüdiger vom Bruch, Friedrich Wilhelm Graf, Gangolf Hübinger: *Kultur und Kulturwissenschaften um 1900. Krise der Moderne und Glaube an die Wissenschaft*, Stuttgart 1989, S. 9-24. Hier S. 15.

[3] Rüdiger vom Bruch, Friedrich Wilhelm Graf, Gangolf Hübinger: *Einleitung: Kulturbegriff, Kulturkritik und Kulturwissenschaften um 1900*. In: Rüdiger vom Bruch, Friedrich Wilhelm Graf, Gangolf Hübinger: *Kultur und Kulturwissenschaften um 1900. Krise der Moderne und Glaube an die Wissenschaft*, Stuttgart 1989, S. 9-24. Hier S. 15.

3

Die Suche nach der kulturellen Synthese – Zur Beschäftigung mit der chinesischen Kultur in Paquets dramatischem Gedicht *Limo* (1913)

3.1 Entstehungsgeschichte

Limo wurde 1913 als Paquets erstes dramatisches Werk veröffentlicht. Die Uraufführung dieses dramatischen Gedichts fand am 15. Juni 1924 im Württembergischen Landestheater in Stuttgart statt. Die Regie wurde von Wolfgang Hoffmann-Harnisch und die Musik von Alexander Presuhn übernommen.

Über die Wahrnehmung der asiatischen Kultur in Europa um die Jahrhundertwende hat Paquet in seiner Rezension *Asiatische Perspektive* Folgendes ausgedrückt: „Zu den bemerkenswerten Aenderungen, die sich in der inneren Haltung der europäischen Völker gegenwärtig vollziehen, gehört die erhöhte Aufmerksamkeit gegenüber dem asiatischen Gesamtproblem."[1] Damals

---

[1] Alfons Paquet: *Asiatische Perspektive*. Rez. In: *Die Hilfe*, 27.11.1913, S. 763-764. In: Nachlass Alfons Paquets, Teil II, A4. Hier S. 763.

gab es mehr Aufmerksamkeit gegenüber Asien. In diesem Zusammenhang schrieb er weiter:

> Nach einer Zeit, die Indien und besonders das östliche Asien eigentlich nur mit einem fassungslosen Staunen betrachtete, nach Zeiten einer Stimmung, die aus Gedanken über die Aufteilung Chinas und Besorgnissen vor einer abenteuerlichen Hunneninvasion gemischt war, beginnt jetzt aus einem ruhigeren Studium der Dinge die Seelenruhe der Gelehrten wirksam zu werden, die im vorigen Jahrhundert die Erforschung der asiatischen Welt begannen [...].[1]

In der Zeit, in der Paquet lebte, gab es mehr geistigen Austausch zwischen Europa und Asien. Es war die Zeit, in der Ergänzungen an dem vorgenommen werden sollten, was die Gelehrten im neunzehnten Jahrhundert über die asiatische Kultur erforscht hatten und die Verständigung zwischen der europäischen und asiatischen Kultur zu fördern war. Paquets dramatisches Werk *Limo* ist unmittelbar vor diesem geistigen Hintergrund entstanden.

Die direkte Inspiration zu diesem dramatischen Gedicht hat Paquet aus dem Buch *Religion und Kultus der Chinesen* von Wilhelm Grube bekommen. Über die Entstehungsgeschichte hat Paquet im *Gedanken über Limo* festgehalten: „Der Stoff des Gedichtes kam nur in einem Keim auf mich, in einer Fussnote bei Grube (Religion und Kultus Chinas Seite 233).“[2] Dann hat er die Legende nochmal erzählt:

> So ist der Schutzgeist von Hankou, der Geist eines Zensors, der

---

[1] Alfons Paquet: *Asiatische Perspektive*. Rez. In: *Die Hilfe*, 27.11.1913, S. 763-764. In: Nachlass Alfons Paquets, Teil II, A4. Hier S. 763.

[2] Alfons Paquet: *Gedanken über "Limo"*, Masch.-Text mit e. Korrekturen, o. J. In: Nachlass Alfons Paquets, Teil II, A3 (Bl. 1-6). Hier Bl. 1. Leider habe ich im Buch *Religion und Kultus der Chinesen* diese zitierte Legende nicht gefunden. Martina Thöne hat auch darauf gewiesen, dass dieser Abschnitt auf der Seite 83 des Buches *Religion und Kultus der Chinesen* steht, auf der ich den jedoch nicht gefunden habe. Vgl. Martina Thöne: *Zwischen Utopie und Wirklichkeit. Das dramatische Werk von Alfons Paquet*, Frankfurt am Main 2005, zugl. Dissertation an der Heinrich-Heine-Universität Düsseldorf, Düsseldorf 2004, S. 142. Thöne hat in der Fußnote kein Erscheinungsjahr von diesem Buch angegeben und im Literaturverzeichnis ihrer Forschung wird das Buch auch nicht angeführt.

ungerecht wegen Hochverrats zum Tode verurteilt wurde und beim Throne, noch seine Pflicht erfüllend, um die Hinrichtung auch seines einzigen Sohnes vorstellig wurde, da dieser seinen, des Vaters Tod, rächen könne. Beide erlitten den Tod. Als sich später die Unschuld des Zensors herausstellte, ernannte der Kaiser seinen Geist zum Schutzgeist von Hankou.[1]

Diesem Zitat zufolge basiert das dramatische Werk *Limo* auf einer chinesischen Legende[2]. Den Grund, weswegen Paquet eine solche zum Gegenstand seines literarischen Werkes gewählt hat, hat er so erklärt:

> Die antike Grösse dieses Denkens reizte mich zur Darstellung. Ich dachte an den Tod des japanischen Generals Hogi und an die Grabschrift Bismarcks. Im Uebrigen enthält die Geschichte noch mehrere andere Beispiele ähnlicher Staatsmänner, die zwischen dem Helden und dem Heiligen auf der Grenze stehen.[3]

Die chinesische Legende hat ihn zur Reflexion angeregt. Er hat sich an viele Beispiele in der Gegenwart und Vergangenheit erinnert.

Außerdem richtete Paquet seine Aufmerksamkeit im *Limo* vor allem auf das chinesische Denken anstatt ausschließlich auf den Inhalt der Legende. Er hat geschrieben: „Ich ergriff den Gegenstand umso lieber, als er Gelegenheit bot, den Gedanken der Pflicht ohne Zusammenhang mit der christlichen Sittenlehre herauszuschälen."[4] Er wollte den historischen Hintergrund lediglich silhouettenhaft behandeln, weil alles nur „Zeiterscheinung" sei. Er hat notiert:

> Das chinesische Kaisertum, und seine Nachahmung bei den Japanern hat den allgemeinen und sittlichen Grundton noch bis auf unsere Tage

[1] Alfons Paquet: *Gedanken über "Limo"*, Masch.-Text mit e. Korrekturen, o. J. In: Nachlass Alfons Paquets, Teil II, A3 (Bl. 1-6). Hier Bl. 1.
[2] Leider ist die entsprechende Geschichte, um die es sich in diesem Zitat handelt, noch nicht gefunden.
[3] Alfons Paquet: *Gedanken über "Limo"*, Masch.-Text mit e. Korrekturen, o. J. In: Nachlass Alfons Paquets, Teil II, A3 (Bl. 1-6). Hier Bl. 1.
[4] Alfons Paquet: *Gedanken über "Limo"*, Masch.-Text mit e. Korrekturen, o. J. In: Nachlass Alfons Paquets, Teil II, A3 (Bl. 1-6). Hier Bl. 1.

erhalten; der Zerfall des chinesischen, vielleicht auch der künftige Zerfall des japanischen Kaisertums braucht uns nur als eine Zeiterscheinung zu befassen.[1]

Das ist wahrscheinlich ein Grund dafür, weswegen er vor diesem dramatischen Gedicht den Satz vorangestellt hat: „An fremdem Ort in fremder Zeit". Ohne Beschränkung im Sinne des Raumes und der Zeit fokussiert sich Paquet auf die sublimierten Gefühle und die hinter ihnen stehenden Gedanken. Es ist deutlich zu sehen, dass der Gedanke der Pflicht ihm Inspiration gegeben hat. Aber er hat auch betont, dass die Idee der Pflicht nicht aus der christlichen Kultur, sondern aus der chinesischen konfuzianischen Kultur entlehnt sei, die für Paquet weiterhin anziehender war. Aufgrund seiner Wahrnehmung und seines Verständnisses wird dieses dramatische Werk als eine Art Symbol der Synthese der chinesischen und westlichen Kultur verarbeitet.

> [D]as östliche Denken fand ich tiefer und reiner. Aber auch die chinesische Historie schien mir nicht wichtig genug, um das Darzustellende an einen ihrer Zeitabschnitte zu knüpfen; wohl aber stand mir als das Bild eines jugendlichen und besonders merkwürdigen Herrschers der Kaiser Otto III vor Augen.[2]

In seinem Essay *Der Kaisergedanke* hat Paquet auch betont, dass Otto III. ein Vorbild des Kaisers sei.[3] Er wollte in dem dramatischen Werk *Limo* das Kaisertum aus der Verbindung von der chinesischen Kultur mit der europäischen Geschichte heraus ausführlich zeigen.[4]

Angesichts der politischen und sittlichen Probleme in seiner Epoche diskutiert Paquet in dem dramatischen Gedicht *Limo* über den Kaisergedanken:

---

[1] Alfons Paquet: *Gedanken über "Limo"*, Masch.-Text mit e. Korrekturen, o. J. In: Nachlass Alfons Paquets, Teil II, A3 (Bl. 1-6). Hier Bl. 1.

[2] Alfons Paquet: *Gedanken über "Limo"*, Masch.-Text mit e. Korrekturen, o. J. In: Nachlass Alfons Paquets, Teil II, A3 (Bl. 1-6). Hier Bl. 1.

[3] Vgl. Alfons Paquet: *Der Kaisergedanke*, Frankfurt a. M. 1915, S. 41 f.

[4] Die Leser in seiner Zeit bemerkten schon die Beziehung von diesem Werk zu der Geschichte: „Der Stoff freilich lehnt sich in seinen Voraussetzungen an Vorgänge jüngster deutscher Geschichte leicht an". Vgl. O. T. In: *Neue Freie Presse*, 1. März 1914, Wien. In: Nachlass Alfons Paquets, Teil II, B.

„[...] [E]s [das dramatische Gedicht *Limo*; Q. C.] nimmt Bezug auf den Kaisergedanken als eines der grössten und schwierigsten politischen und sittlichen Probleme der Gegenwart."[1] In Bezug auf das Kaisertum hat er seine Meinung wie folgt ausgedrückt: „Ich gehe aus von dem Gedanken, dass das Kaisertum eine übernationale Einrichtung, das höchste Zeichen irdischer Reinheit und Reife sei und damit hinaufreiche in die Nähe eines göttlichen Gesetzes."[2] Mit diesem Verständnis kommentiert er den damaligen deutschen Kaiser: „Die Gestalt des jetzigen deutschen Kaisers muss disharmonisch genannt werden, an der Grösse des reinen, auf universaler Grundlage ruhenden Kaiserbegriffe gemessen [...]."[3]

Dass Paquet sich gattungsgemäß für das Drama entscheidet, rührt aus seinem Verständnis des Dramenbegriffs:

> Man mag [...] dem Drama nachsagen, dass es bei solchem Aufbau dem antiken nahestünde, aber es wäre nicht entstanden, wenn nicht seine Beziehung zu dem Problem der Pflicht, als zu einem der grössten Probleme des geistigen Lebens überhaupt, ihm das innere Gerüst gäbe und ihm damit in einer der grossen Fragen der individualistisch schwankenden Gegenwart seine Bedeutung zuwiese.[4]

Genau wie es in der ausgeführten impliziten Dramendefinition steht, wendet sich das dramatische Werk *Limo* Problemen in der materialistischen und individualistischen Zeit zu. Paquet fokussiert sich dabei auf das individuelle Dasein. Ernst Rose hat in seiner Arbeit auch darauf hingewiesen, dass Paquet „vom chinesischen Kollektivismus tief beeindruckt"[5] gewesen ist. Er stellt die Pflicht in der chinesischen kollektivistischen Gesellschaft dar, die ihm eine Art

---

[1] Alfons Paquet: *Gedanken über "Limo"*, Masch.-Text mit e. Korrekturen, o. J. In: Nachlass Alfons Paquets, Teil II, A3 (Bl. 1-6). Hier Bl. 1 f.

[2] Alfons Paquet: *Gedanken über "Limo"*, Masch.-Text mit e. Korrekturen, o. J. In: Nachlass Alfons Paquets, Teil II, A3 (Bl. 1-6). Hier Bl. 1.

[3] Alfons Paquet: *Gedanken über "Limo"*, Masch.-Text mit e. Korrekturen, o. J. In: Nachlass Alfons Paquets, Teil II, A3 (Bl. 1-6). Hier Bl. 2.

[4] Alfons Paquet: *Limo, der große beständige Diener*, Masch.-Abschr. mit e. Korrekturen, o. J. In: Nachlass Alfons Paquets, Teil II, A3.

[5] Ernst Rose, Ingrid Schuster (Hrsg.): *Blick nach Osten. Studien zum Spätwerk Goethes und zum Chinabild in der deutschen Literatur des neunzehnten Jahrhunderts*, Bern [u.a.]1981, S. 73.

Hintergrundkulisse und gleichzeitig als ein Modell dient; damit versucht er wohl, eine Lösung für die Probleme in dem materialistischen Zeitalter in Europa im Allgemeinen und in Deutschland im Einzelnen zu finden.

1926 hatte Alfons Paquet ursprünglich einen Aufsatz zu dem Thema „Theater und Jugend" schreiben wollen, der leider jedoch nicht verfasst werden konnte. Als Ersatz hat er die folgenden Sätze an den Redakteur geschickt:

> Auf dem Theater, das alle Figuren der menschlichen Gesellschaft bunt aneinanderflicht, ruht die Möglichkeit, seine wundervolle Macht über die Gemüter mit jedem Aufgehen des Vorhangs für die künftige Menschengemeinschaft einzusetzen, die alles Spiel durchschimmert.[1]

Im Drama sah er jede Menge humanistisches Potential. Hans von Zwehl resümiert mit Blick auf Paquets Drama:

> Bei den Einen die große Satire, abendländisches Lachen über die Dummheit und Nutzlosigkeit des Menschensterns, auf dem wir wohnen, Entgötterung [...], bei den Anderen Wühlen im Weltgetank, Grinsen über die Kloake des der Idee beraubten Daseins [...], bei den Dritten und Letzten Primitivität, Glauben an eine neue Zeit, Positivismus, Aufbau einer gerechten Welt für alle. Zu den Dichtern dieser Epoche gehört Paquet.[2]

Ähnlich wie etwa August Strindberg und Frank Wedekind suchte Paquet die Ethik, Moral, Sitte, an denen es in seiner historischen Gegenwart mangelte.

Wer die Werke von Paquet liest, wird sich über markante Unterschiede zwischen seinen kulturkritischen oder informativ-deskriptiven Artikeln auf der einen Seite und den literarischen Werken auf der anderen Seite wundern. Wenn man zum Beispiel das Buch *Der Kaisergedanke* liest, kann man deutlich erkennen, dass der Stil und die Sprache in dem Text *Worte der Engel* ganz anders als die vorherigen politisch-kommentierenden Texte sind. Richard Dehmel

---

[1] *Theater und Jugend*. In: *Junge Volksbühne*, Nr. 3, 3/1926. In: Nachlass Alfons Paquets, Teil II, A4.

[2] Hans von Zwehl: *Neues Drama*. In: *Junge Volksbühne*, Nr. 3, 3/1926. In: Nachlass Alfons Paquets, Teil II, A4.

hat im Jahr 1913 das Gedicht *Dichterschicksal. Alfons Paquet zum Andenken* geschrieben, in dem er Dichter als volkstreue Diener betrachtet.[1] Das erinnert uns Leser an das dramatische Gedicht *Limo* von Alfons Paquet: Der großartige Diener nämlich, der sich wegen Treue opfert, weist m. E. Ähnlichkeiten zu dem Diener in dem genannten Gedicht von Richard Dehmel auf. In dieser Hinsicht ist das dramatische Werk *Limo* auch ein Ausdruck für Paquets künstlerische Behauptung, er als Dichter wolle dem Volk und der Kunst immer treu bleiben.

3.2   Form und Handlung des dramatischen Gedichts *Limo*

3.2.1   Dramatische Sprache des dramatischen Gedichts *Limo*

Laut Ernst Cassirer spielt Sprache eine produktive und konstruktive Rolle. Für ein schriftsprachliches Drama bildet die Sprache die Grundlage und ist „der Träger von Informationen und wird durch Handlungsanweisungen und Beschreibungen des Nebentextes ergänzt"[2]. Von großer Bedeutung in einem Drama ist der Dialog, in dem „die Figuren ihre Haltung gegenüber Ereignissen und Personen aus[drücken], sie verhandeln Konflikte, beschreiben Situationen und charakterisieren dabei immer auch implizit sich selbst bzw. einander"[3]. In dem dialogischen dramatischen Gedicht *Limo* verwendet Paquet Verse. Die schöne lyrische Kunstform hat Heinz Neuberger so kommentiert:

> „Limo" darf nur nach seinen Qualitäten als Gedicht in dramatischer Form gewertet werden. Im Gedanklichen, dem Reichtum an Wissen,

[1] Vgl. Richard Dehmel: *Dichterschicksal Alfons Paquet zum Andenken*. In: *Schöne Wilde Welt*, 1913. Zitiert nach: Marie-Henriette Paquet, Henriette Klingmüller, Dr. Sebastian Paquet und Wilhelmine Woeller-Paquet: *Bibliographie. Alfons Paquet*, Frankfurt am Main 1958, S. 46. „Eine heilige Dichtung vernahm ich: / Von einem Diener, der willig sich opfert / Der herrischen Zucht eines Heldengeschlechtes, / Wie der Urwaldbaum sich samt all seinen Früchten / Dem Boden hingibt, dem er entsproß. / Ach, aber wo lebt das Volk, das Dich hört, / Von Ahnengeistern begeisterter Dichter? / Und dennoch atmet die Klage Jubel: Von jeher säte der Dichtergeist / Seine Früchte aus in scheintotes Land,/ Des Daseins opferwilliger Diener, / Künftigen Lebens erhabener Ahnherr, / Volkstreuer Held wie der Urwaldbaum."

[2] Peter W. Marx (Hrsg.): *Handbuch Drama*, Stuttgart·Weimar 2012, S. 115.

[3] Peter W. Marx (Hrsg.): *Handbuch Drama*, Stuttgart·Weimar 2012, S. 115.

der Fähigkeit, dies mit dem Reichtum des Wortes zu prägen, der starken rhythmischen, durchaus klassischen Fassung liegt die Stärke dieses [...] Werkes [...].[1]

Um die Jahrhundertwende zeigte Paquet schon große Leidenschaft und Begabung für Lyrik.[2] Sein Interesse an der Lyrik beschränkte sich aber nicht auf das Schaffen von Gedichten und er „schwelgte nie in lyrischer Innerlichkeit"[3]. Er kombinierte sein Interesse an Lyrik mit seinem philosophischen Denken und seinen interkulturellen Anschauungen. In seinem Artikel aus dem Jahr 1902 hat Paquet über die chinesische Dichtkunst geschrieben und herausgestellt, dass die Poesie in der chinesischen Literatur und Philosophie ein wichtiges und unentbehrliches Element sei. Über epische Dichtung hat er notiert: „Es existieren wohl einige witzige und grausige Anekdoten über Feen, Dämonen, Fabeltiere, auch phantastische Romane, die aber nur der Einkleidung in Metren und Reime bedürften, um als eine Gattung der Lyrik erkannt zu werden."[4] Man sieht, dass er bereits 1902 die lyrische Form in der chinesischen Literatur bemerkt und sogar schätzen gelernt hatte. Er setzt fort: „Nirgends historischer als an der chinesischen Kultur erweist sich die Wahrheit des Herderschen Ausspruchs, daß die Poesie die Muttersprache der Völker sei."[5] Zugleich stellt er dar, dass die Poesie die Seele der chinesischen Kultur verkörpere und als Morgenrot derselben betrachtet werde.

[1]   Heinz Neuberger: *Paquet-Uraufführung in Stuttgart*. In: *Saar-Kurier*, o. J. In: Nachlass Alfons Paquets, Teil II, B.

[2]   1902 wurde Paquets Gedichtband *Lieder und Gesänge* in der Reihe *Neue deutsche Lyriker* von Carl Busse (1872-1918) herausgegeben. Im Nachlass Paquets gibt es viele Gedichte, die unveröffentlicht geblieben sind. Außerdem ist Paquets Korrespondenz mit Richard Dehmel um die Jahrhundertwende ein Beispiel dafür, dass Paquet eine Leidenschaft und Begabung für Lyrik besaß. Vgl. Richard Dehmel an Paquet, o. O., am 28.5.1902, Handschrift. Digitalisierter Bestand von der Staats- und Universitätsbibliothek Hamburg Carl von Ossietzky. Quelle: https://digitalisate.sub.uni/hamburg.de/de/nc/detail.html?tx_ dlf%5Bid%5D=9394&tx_dlf%5Bpage%5D=1&tx_dlf%5Bpointer%5D=0. (Letzter Abruf am 28. Mai 2019, um 19:40 Uhr.)

[3]   Stadt- und Universitätsbibliothek (Hrsg.): *Begleitheft zur Ausstellung der Stadt- und Universitätsbibliothek Frankfurt am Main*, Neuaufl., Frankfurt am Main 1994, S. 13.

[4]   Alfons Paquet: *Die Dichtkunst der Chinesen*. In: *Stimmen der Gegenwart*, Bd. 3, Nr.1, Januar 1902, S. 7-9. Hier S. 9.

[5]   Alfons Paquet: *Die Dichtkunst der Chinesen*. In: *Stimmen der Gegenwart*, Bd. 3, Nr.1, Januar 1902, S. 7-9. Hier S. 9.

Es heißt:

> Sie [die Poesie; Q. C.] bestätigt sich an der ganzen Art des ältesten Liedes, an der Nachahmung gewisser Naturlaute, die es aufweist. Die Philosophie ist der Dichtkunst nachgeborene Schwester. Sie begnügt sich mit der Rolle einer strengen, belehrenden Tante, während die lyrische Muse die erste war, die die jugendliche Menschheit einem anbrechenden Morgenrot entgegenstammeln hieß, dem Morgenrot der Kultur.①

Seine Hochschätzung der chinesischen Dichtkunst zeigt einerseits seine Aufmerksamkeit gegenüber der chinesischen Kultur, schon vor seiner ersten Reise nach Ostasien im Jahr 1903, andererseits bestätigt sie sein Interesse an Lyrik im Allgemeinen.

Kurz: Die Verse in Paquets erstem dramatischen Werk *Limo* spiegeln zum einen seine Leidenschaft für die lyrische Form wider, zum anderen aber auch die Inspiration durch die chinesische Dichtkunst, wobei sich in beidem wiederum Paquets Suche nach einer kulturellen Synthese zwischen West und Ost äußert. Eine Rezension zu *Limo* attestiert den Einfluss der chinesischen Dichtkunst auf Paquet: „[...] es bleibt alles etwas chinesisch. Wir sprechen eine andere Sprache [...] Er wurzelt im Lyrischen, und viele Szenen sind auch reinste Lyrik, sehr feine zum Teil, aber im Drama hemmende und chinesisch bleibende Lyrik."②

Mit Blick auf die antike griechische, klassische Tragödie ist der Vers eine typische Sprachform. Wenn Paquet sich dieser lyrischen Form bedient, greift er aus meiner Sicht somit gewissermaßen auf die traditionelle Sprachform der antiken Tragödie zurück. Noch zu bemerken ist, dass dem Chor in diesem dramatischen Gedicht eine wichtige Rolle zukommt. Die Chöre erinnern an die antiken Weihe-Dramen.③ Auch Wilhelm von Scholz hat auf die „Chorform

---

① Alfons Paquet: *Die Dichtkunst der Chinesen*. In: *Stimmen der Gegenwart*, Bd. 3, Nr.1, Januar 1902, S. 7-9. Hier S. 9.

② M. G.: *Württ. Landestheater. Limo. „Der große beständige Diener"*. *Dramatisches Gedicht von Alfons Paquet*. In: *Deutsches Volksblatt*, Stuttgart 17.6.1924. In: Nachlass Alfons Paquets, Teil II, B.

③ Vgl. Martina Thöne: *Zwischen Utopie und Wirklichkeit. Das dramatische Werk von Alfons Paquet*, Frankfurt am Main 2005, zugl. Dissertation an der Heinrich-Heine-Universität Düsseldorf, Düsseldorf 2004, S. 138.

der klassischen Tragödie"[1] in diesem Werk hingewiesen. Die Strophen und Gegenstrophen der Chöre sind Teil der Handlung. Als „Wortführer der Reflexion "liegt ihre Funktion darin, „sowohl die spezifische Lage Limos als auch die gesellschaftlichen Reaktionen zu deuten"[2].

Nicht zu vergessen ist der Titel dieses Werkes, das Paquet selbst „ein dramatisches Gedicht" nennt und das „durch drei Akte, freie Rhythmen und einen musikalischen Aufbau gekennzeichnet ist"[3]. Mit dieser Kombination von dramatischen und lyrischen Elementen strebte Paquet wohl nach einer Entgrenzung der literarischen Gattungen[4], was als eine Art literarisches Experiment betrachtet werden kann. Mittels der Mischform aus Lyrik und Drama wollte Paquet wohl einen neuen Weg für seine Dichtung suchen.[5] Ein solch mutiger Versuch hat bei den Zeitgenossen Paquets kein Verständnis gefunden und stieß sogar auf Kritik: „An poetischen Schönheiten fehlt es der Dichtung nicht, aber an echt dramatischem Leben, an klarer, kräftig sich entwickelnder Handlung [...]."[6]

Um kurz zu resümieren: Die Verse im dramatischen Werk *Limo*, einer Form des symbolischen Denkens nach Cassirer, offenbaren Paquets Suche nach einer kulturellen Synthese zwischen dem Osten und dem Westen. Die Gattung

---

[1] Dr. Wilhelm von Scholz: *„Limo"*. In: *Der Tag*, Berlin 22. Okt. 191[?]. In: Nachlass Alfons Paquets, Teil II, B.

[2] Beide Zitate: Martina Thöne: *Zwischen Utopie und Wirklichkeit. Das dramatische Werk von Alfons Paquet*, Frankfurt am Main 2005, zugl. Dissertation an der Heinrich-Heine-Universität Düsseldorf, Düsseldorf 2004, S. 138.

[3] Martina Thöne: *Zwischen Utopie und Wirklichkeit. Das dramatische Werk von Alfons Paquet*, Frankfurt am Main 2005, zugl. Dissertation an der Heinrich-Heine-Universität Düsseldorf, Düsseldorf 2004, S. 135.

[4] Martina Thöne hat darauf aufmerksam gemacht, dass Paquets Grenzüberschreitung schon vor der Veröffentlichung dieses Dramas zu sehen ist. Vgl. Martina Thöne: *Zwischen Utopie und Wirklichkeit. Das dramatische Werk von Alfons Paquet*, Frankfurt am Main 2005, zugl. Dissertation an der Heinrich-Heine-Universität Düsseldorf, Düsseldorf 2004, S. 135.

[5] Zur ausführlichen Interpretation über die Funktion der Sprach- und Bildsymbolik vgl. Martina Thöne: *Zwischen Utopie und Wirklichkeit. Das dramatische Werk von Alfons Paquet*, Frankfurt am Main 2005, zugl. Dissertation an der Heinrich-Heine-Universität Düsseldorf, Düsseldorf 2004, S. 152 ff.

[6] W. Widmann: *Paquet als Dramatiker, „Limo, der beständige Diener"*. In: *Münchener Neueste Nachrichten*, 16. Juni 1924. In: Nachlass Alfons Paquets, Teil II, B.

der Lyrik fungiert gleichsam als Grundlage für das dramatische Werk *Limo*. Paquet rekonstruiert darin seine Wahrnehmung der chinesischen Philosophie und Reflexion über seine historische Wirklichkeit. Im Folgenden gilt es nun, die Handlung von *Limo* einer näheren Untersuchung zu unterziehen.

3.2.2 Handlung des dramatischen Versgedichts *Limo*[①]

Nach Ernst Cassirer sind die Produktion und Rezeption von Kunst ein aktives Moment der Form. Die Form hat unmittelbar mit der Bewegung im Bewußtsein des Menschen zu tun.[②] Die Handlung des dramatischen Werks *Limo* zeigt, welche Bewegung in Paquets Bewußtsein vonstatten gegangen ist. Nach der poetischen Theorie von Aristoteles sind die (einzelnen) Handlungen und der Mythos (als Einheit dieser Handlungen) das Ziel und das Kernstück der Tragödie.[③] Im Folgenden wird die Handlung dieses Theaterstücks in Anlehnung an die Aristotelische Tragödientheorie dargestellt.

[①] Ich bedanke mich bei den Teilnehmern des Kolloquiums der Neueren Philologien an der Goethe Universität Frankfurt im Juni 2019, die darauf hingewiesen haben, dass der Moralanspruch und das Moralbewußtsein bei Paquet jenen der Philosophie im Neo-Stoizismus (17. Jh.) entsprechen. Vor allem sind die Tragik und die Handlung ähnlich wie im *Papinianus* (1659) von Andreas Gryphius. Papinian zeigt eine „Gehorsamsverweigerung" und verkörpert den „stoitischen Heroismus". Hierzu vgl. Katharina Grätz: S*eneca christianus. Transformationen stoischer Vorstellungen in Andreas Gryphius' Märtyrerdramen Catharina von Georgien und Papinian*. In: Barbara Neymeyr u.a. (Hrsg.): *Stoizismus in der europäischen Philosophie, Literatur, Kunst und Politik. Eine Kulturgeschichte von der Antike bis zur Moderne*, Band 2, Berlin 2008, S. 731-770. Hier S. 753 ff. Außerdem spielen Affekte, Tugenden und die Pflicht eine wichtige Rolle in der stoischen Ethik. Vor allem die ‚Pflicht' entspricht der konfuzianischen Lehre und eben auch dem Leitthema in diesem dramatischen Werk von Paquet. Der Ausdruck Pflicht bezieht sich auf „naturgemäß[es] Verhalten und Handeln gegenüber anderen Menschen: gegenüber Eltern, Geschwistern, Kindern wie auch gegenüber der naturgegebenen menschlichen Gemeinschaft, dem ‚Vaterland', das die Stoiker aber keineswegs restriktiv definieren." Hierzu vgl. Jochen Schmidt: *Grundlagen, Kontinuität und geschichtlicher Wandel des Stoizismus*. In: Barbara Neymeyr u.a. (Hrsg.): *Stoizismus in der europäischen Philosophie, Literatur, Kunst und Politik. Eine Kulturgeschichte von der Antike bis zur Moderne*, Band 1, Berlin 2008, S. 3-133. Hier S. 10.

[②] Vgl. Heinz Paetzold: *Ernst Cassirer zur Einführung*, 2. überarb. Aufl., Hamburg 2002, S. 95 f.

[③] Vgl. Aristoteles: *Poetik*. Übersetzt u. erläutert von Arbogast Schmitt. In: Aristoteles, begr. von Ernst Grumach, hrsg. von Hellmut Flashar: *Werke: in deutscher Übersetzung*, Bd. 5, Berlin 2008, Kapt. 6, S. 10.

Limo kann als eine Tragödie in drei Akten betrachtet werden. Nach Gustav
Freytag durchläuft jede Tragödie – als Subgattung des Dramas – unbedingt drei
unerlässliche Abschnitte: den Beginn eines Kampfes, den Höhepunkt und die
Katastrophe, die bei Paquet alle drei tatsächlich vorliegen. Die Exposition, die
steigende Handlung und der Höhepunkt bilden den ersten Aufzug, während der
zweite Aufzug die fallende Handlung und der dritte Aufzug die Katastrophe
darstellt.[①] Die Handlung setzt sich dabei aus einem Konfliktkomplex
verschiedener Beziehungskreise zusammen, nämlich 1) Vater und Sohn, 2)
Kaiser und Untertanen, 3) Beamte und Volk, 4) Geliebte und 5) Freunde,
die in der chinesischen traditionellen Kultur vor allem durch konfuzianische
Gedanken geregelt sind. Ganz besonders führt der moralische Konflikt zwischen
der Loyalität und der Vaterliebe auf der einen Seite sowie der Kindesehrfurcht
auf der anderen Seite zur Tragik dieses dramatischen Gedichts, die am Ende
durch den Auftritt des Geistes des tragischen Helden aufgelöst wird. In diesem
Theaterstück wird – durch den Untergang des unschuldigen Helden sowie die
Nachwirkung seiner geistigen Qualitäten – die „Nachahmung einer bedeutenden
Handlung, die vollständig ist und eine gewisse Größe hat"[②], dargestellt. Die
‚Größe' hat Aristoteles so – implizit – definiert: „Bei welcher Größe es sich
ergibt, dass die mit Wahrscheinlichkeit oder Notwendigkeit aufeinander folgenden
Handlungsschritte zu einem Umschlag vom Glück ins Unglück oder vom

---

① Martina Thöne sieht die höchste Spannung dieses dramatischen Gedichts im dritten
Akt. Ihrer Ansicht nach wird die Tragik von Limo durch seine Erkenntnis über den Sinn
seines Todes relativiert, deshalb steht die Spitze der Spannung in dem Aufruhr gegen den
Kaiser im letzten Akt. Der ganze Sühneprozess bildet die Peripetie. Vgl. Martina Thöne:
Zwischen Utopie und Wirklichkeit. Das dramatische Werk von Alfons Paquet, Frankfurt am
Main 2005, zugl. Dissertation an der Heinrich-Heine-Universität Düsseldorf, Düsseldorf
2004, S. 139 u. S. 145. Aufgrund der poetischen Theorie von Aristoteles finde ich, dass die
größte Tragik (Peripetie) bei Limo doch gegeben ist, weil er nicht nur sich selbst opfert,
sondern auch seinen Sohn; der ganze Sühneprozess des Kaisers bildet das retardierende
Moment und der Aufstand gegen den Kaiser ist der Höhepunkt der Spannungskurve dieses
Theaterstückes, der die Auflösung der Konflikte nach sich zieht.
② Aristoteles: *Poetik*. Übersetzt u. erläutert von Arbogast Schmitt. In: Aristoteles, Begr.
von Ernst Grumach, hrsg. von Hellmut Flashar: *Werke: in deutscher Übersetzung*, Bd. 5,
Berlin 2008, Kapt. 6, S. 9.

Unglück ins Glück führen[...]."[1] Durch das heroische Opfer des Helden wird die Aristotelische Bestimmung des Begriffs Tragödie realisiert. Mit dem Auftreten der Geister endet die Tragödie mit einer geschlossenen Form. Durch diesen stilistischen Kunstgriff in der Handlung weist dieses Theaterstück Merkmale der antiken Tragödie auf. „Da [...] alles Persönliche ins Überpersönliche gehoben ist, kommt eine subjektive Tragik nur als unausweichliche Voraussetzung für die kollektive Einsicht zum Tragen, dass das einzelne Schicksal in eine höhere Weltordnung eingebunden ist."[2]

Im ersten Aufzug wird zuerst die traurige und treue Liebe zwischen Jonala, der Schwester des Kaisers, und Litso, dem Sohn Limos, der am nächsten Tag zu enthaupten ist, durch ihre Dialoge dargestellt. Vor seiner Flucht trifft sich Litso zum letzten Mal mit seiner Geliebten Jonala im Garten des kaiserlichen Palastes. Im Dialog zwischen ihnen wird die Beziehung zwischen dem Kaiser und Limo vorgestellt. Der Kaiser hegt Zorn gegenüber Limo und möchte ihn enthaupten. Litso, Limos Sohn, entgegnet: „[...] Und mag des Kaisers totenfarbner Zorn / Mich hassen, mag des Vaters Blut allein / Sein Toben löschen, ihm entrinn ich doch [...]."[3] Über diese unversöhnliche Beziehung zwischen dem Kaiser und Limo setzt Litso fort: „Es hat der weite Himmel selbst / Für zweier Sonnen Auf- und Untergang nicht Raum. / So hat dies Reich / Für seine Torheit und für Limos Macht zusammen / Nicht Raum genug."[4] Limo sollte ein guter Beamter sein, was durch die folgenden Fragen Litsos gezeigt wird: „Murrt das Volk nicht? / Stehts nicht zu ihm, begehrt es nicht, / Mit mir des Sohnes Recht zu teilen, nennt ihn Vater?"[5] Für Litso ist deswegen der Befehl des Kaisers unmenschlich und ungerecht. Er ruft zu den Sternen auf, dass sie die Nacht verlängern könnten, damit sein Vater länger leben könnte. „O Sterne, zögert noch den grauen Tag

[1] Aristoteles: *Poetik*. Übersetzt u. erläutert von Arbogast Schmitt. In: Aristoteles, Begr. von Ernst Grumach, hrsg. von Hellmut Flashar: *Werke: in deutscher Übersetzung*, Bd. 5, Berlin 2008, Kapt. 7, S. 12.
[2] Martina Thöne: *Zwischen Utopie und Wirklichkeit. Das dramatische Werk von Alfons Paquet*, Frankfurt am Main 2005, zugl. Dissertation an der Heinrich-Heine-Universität Düsseldorf, Düsseldorf 2004, S. 141.
[3] Alfons Paquet: *Limo, der große beständige Diener*, Frankfurt am Main 1913, S. 14.
[4] Alfons Paquet: *Limo, der große beständige Diener*, Frankfurt am Main 1913, S. 15.
[5] Alfons Paquet: *Limo, der große beständige Diener*, Frankfurt am Main 1913, S. 16.

zurück, / Wo meines Vaters greises, zu demütiges Haupt / Dem ungerechten
Schwert sich bietet.“[1]

Danach werden auf dem Markt die katastrophalen Folgen durch die
Beschreibung eines Fremden dargestellt. Diese gehört zur narrativen Vermittlung[2]
und den verdeckten Handlungen, die zeitlich und räumlich entfernte Ereignisse
berichten und in diesem dramatischen Werk mehrmals vorkommen. „Doch
Trauer empfängt uns statt fröhlichem Handel / Und böse Gerüchte, und Felder
verschmachtet, / Und Räuber, und Feuer, und Krankheit [...].“[3] Ein anderer
Fremder verrät: „Bewegt sich plötzlich dies Reich wie zum Sturz? / Wir verlassen
das Land, doch wir kehren wieder / Mit eisernen Händen.“[4] Auch das Volk
beklagt sich darüber.[5] Der Staat ist jetzt Gefahren ausgesetzt, und zwar nicht nur
im Inland sondern auch aus dem Ausland.

Darauf folgt das Urteil als die aufsteigende Handlung. Der Kaiser meint,
dass Limo die kaiserliche Macht haben wolle. Deswegen glaubt er an eine
Verleumdung, dass Limo heimlich einen Aufruhr organisiert hätte, um den Kaiser
zu stürzen. Im Volk werden zwei Gruppen gebildet, deren eine für Limo plädiert,
während die andere für den Kaiser stimmt. Durch das Schreiben des Kaisers
sowie diese Für- und Gegenargumente wird die Tragik verstärkt und durch den
Auftritt von Kwei, dem Verursacher des Todes von Limo, noch vielfach gesteigert.
Limo selbst äußert nichts dazu, weil „die Würde des Dienens“[6] ihn schweigsam
macht. Die Ehrfurcht vor den Ahnen und dem Kaiser gibt ihm Mut zum Tod.[7]
Bisher kennen der Kaiser und das Volk die Wahrheit nicht. Dass Limo als ein

---

[1] Alfons Paquet: *Limo, der große beständige Diener*, Frankfurt am Main 1913, S. 16.

[2] Die narrative Vermittlung ist auch ein Teil der Handlung und charakterisiert die
entsprechenden Figuren sowie erzeugt die Spannungsverhältnisse. Über die narrative
Vermittlung vgl. Peter W. Marx (Hrsg.): *Handbuch Drama*, Stuttgart/Weimar 2012, S. 113
f.

[3] Alfons Paquet: *Limo, der große beständige Diener*, Frankfurt am Main 1913, S. 19.

[4] Alfons Paquet: *Limo, der große beständige Diener*, Frankfurt am Main 1913, S. 19.

[5] Vgl. Alfons Paquet: *Limo, der große beständige Diener*, Frankfurt am Main 1913, S. 19 f.

[6] Alfons Paquet: *Limo, der große beständige Diener*, Frankfurt am Main 1913, S. 28. „Des
Dienens Würde heißt mich schweigen [...]“, so sagt Limo.

[7] Limo sagt: „In Ehrfurcht vor den Ahnen und vor dem, / Der Urteil spricht, vertrau ich
mich der Welt / Und bin bereit zur Fahrt / Auf dem mit Blut getränkten Strom“. Alfons
Paquet: *Limo, der große beständige Diener*, Frankfurt am Main 1913, S. 28.

Hochbeamte mit hohem Ansehen und Vertrauen plötzlich bei dem Kaiser zu Fall kommt, dient als Ereignis, bei dem einem Helden Unrecht widerfahren ist, das die spätere Erregung des Mitleids und Ehrfurcht begünstigt.

Danach kommen der Racheversuch von Litso und seinen Freunden sowie der Tod von Limo und Litso. Hier erreicht das dramatische Werk seinen Höhepunkt. Litso argumentiert zuerst zugunsten Limos und zeigt dabei seinen starken Willen zur Rache. Er sagt zu Limo: „Ach Vater, du ärmlich bescheidener Mann, / Zerreiß deine Treue, erhebe die Stimme, / Ein Knabe schlägt dich! Ich schlage ihn wieder. / Mich bindet nicht Treue, um ihn ists geschehn."[1] Aber Limo denkt an das Wohlergehen des Volkes und des Staats sowie die Ehre seines Familienstammes, die Litso mit seiner Rache zerstören würde und damit auch sich selbst. Er sagt:

> Du häufst auf Frevel nichts als Frevel, Knabe! / Soll die verborgne Tat, dem Volk entstellt, / Zum Aufruhr / Unmündige reizen und in Unglück unabsehbar / Dies Volk, dies Reich, dies weite Himmelslehen / Umwälzen und mit Schaden rings beflecken? [...] Jäh wächst das Unheil für dich selber, Knabe. / Laß ich dir deinen Lauf, du stürzest alls, / Geschlecht und Ahnen und dies blinde Volk, / Dies geistgebaute Fleisch in Tod und Fäulnis / Und dieses Reiches Ehre flöge gleich / Wie Staub im Winde fort.[2]

Deswegen bittet Limo auch um den Tod seines Sohnes. Auf diese Weise nimmt die Handlung eine unerwünschte und tragische Wendung. Die Gehorsamkeit in der Familie zwischen Vater und Sohn zum einen und die Treue im Staat zwischen Führer und Untertanen zum anderen stellen einen Konflikt dar und bringen die Tragik zum Höhepunkt. Diese unbedingte Treue und das großartige Opfer, das Limo bringt, finden kein Verständnis – weder bei seinem Sohn noch bei dem Kaiser noch bei dem Volk[3], und genau darin liegt denn auch

---

[1] Alfons Paquet: *Limo, der große beständige Diener*, Frankfurt am Main 1913, S. 32.

[2] Alfons Paquet: *Limo, der große beständige Diener*, Frankfurt am Main 1913, S. 32 f.

[3] Singende: „Nirgends erhebt sich ein Grab um Limo. / Aber den Jüngling beweinen alle / Und bringen Blumen dir, Jonala!" Vgl. Alfons Paquet: *Limo, der große beständige Diener*, Frankfurt am Main 1913, S. 42.

die Tragik. Während der Tod von Limo wegen seines Charakters[1] unausweichlich
ist, gilt der Tod seines Sohnes als ein Wendepunkt dieser Tragödie[2], der die
Tragik des Helden auf die Spitze treibt. In diesem Zusammenhang schreibt
Aristoteles:

> Dann [...] (empfindet man Furcht und Mitleid), wenn großes Leid
> unter einander lieben Menschen geschieht, | etwa wenn der Bruder den
> Bruder, der Sohn den Vater, die Mutter den Sohn oder der Sohn die
> Mutter tötet oder den Plan dazu fasst oder etwas anderes von dieser Art
> tut. Solche Handlungen muss man suchen.[3]

Im Werk von Paquet fungiert der Tod von Limo und seinem Sohn sowie
das große Leid, das damit verbunden ist, genau als eine solche ‚Handlung‘, die
Affekte evoziert.

Im zweiten Aufzug wird zuerst von dem Tod der Jonala berichtet, was das
Drama noch tragischer macht. Außerdem stirbt Kwei nach der Verheißung von
Limo durch den Biss der Schlange[4], was das Drama mysteriös macht. Letzteres
wird auch mittels des Standbildes von dem Gott des Schweigens und des Mönchs
verstärkt, der im ersten Aufzug als der ganz Alte auftritt. Der Kaiser versteht
die Tat von Limo nicht und betrachtet dies alles (also Litsos und Jonalas Tod
sowie drohende Aufrühre des Volkes) nur als Schuld von Limo. Deshalb klagt er
über seinen Hass[5] gegen Limo. Gleichzeitig herrscht im Volk Unruhe, was die
Aufregung des Kaisers steigert. Die schlechten Nachrichten von den Abgesandten
aus den vier Himmelsrichtungen vertiefen diese Unruhe. Im Norden herrschen

---

[1] Über ‘Charakter’ in der Tragödie vgl. Aristoteles: *Poetik*. Übersetzt u. erläutert von
Arbogast Schmitt. In: Aristoteles, begr. von Ernst Grumach, hrsg. von Hellmut Flashar:
Werke: in deutscher Übersetzung, Bd. 5, Berlin 2008, Kap. 15, S. 21 f.

[2] Vgl. Aristoteles: Poetik. Übersetzt u. erläutert von Arbogast Schmitt. In: Aristoteles, begr.
von Ernst Grumach, hrsg. von Hellmut Flashar: *Werke: in deutscher Übersetzung*, Bd. 5,
Berlin 2008, Kapt. 6, S. 10.

[3] Aristoteles: *Poetik*. Übersetzt u. erläutert von Arbogast Schmitt. In: Aristoteles, begr.
von Ernst Grumach, hrsg. von Hellmut Flashar: *Werke: in deutscher Übersetzung*, Bd. 5,
Berlin 2008, Kapt. 14, S. 19.

[4] Vgl. Alfons Paquet: *Limo, der große beständige Diener*, Frankfurt am Main 1913, S. 38.
Limo: „Die Schlangen sind schon ausgesandt nach dir“.

[5] Vgl. Alfons Paquet: *Limo, der große beständige Diener*, Frankfurt am Main 1913, S. 45 ff.

„Hungersnot und Pest"[1], im Süden gibt es „Schlangen und reißendes Getier" und „feindliche Angriffe der Fremden"[2], im Osten wüten „Überschwemmungen"[3] und im Westen überfallen „Babaren"[4] das Land. Aber der Kaiser weiß nicht, wie er mit dieser Situation umgehen sollte.[5] Auch das Volk leidet unter den Missständen, was am Ende zum Aufstand führt, der wiederum eine große Spannung in die Handlung bringt. Der Kaiser leidet unter diesen Folgen und will nach dem Himmelsopfer seine Macht an den Himmel zurückgeben und dann zum Schüler des Klausners werden.

Im letzten Aufzug will der Kaiser sich angesichts dieses allseitigen Unglücks töten. Doch am Ende des Theaterstücks treten die Geister von Limo, Litso und Janala sowie die Ahnen auf. Limo verhindert den Selbstmord des Kaisers und beendet die Unruhen im Land, während Litso und dessen Geliebte Jonala glücklich zusammenleben. Durch die Tat des treuen Limo, der als „Geist durch jenseitige Gefilde wandelt und als richtiger deus ex machina"[6] auftritt, wird das ganze Land gerettet. Zu der aristotelischen Tragödie hat sich Paquet einmal folgendermaßen geäußert:

> In der aristotelischen Tragödie hat das Ende des vierten Aktes stets eine gewisse innere Verwandtschaft und Beziehung zum Ende des ersten. Vier Akte lang erschöpfen sich Kraft und Witz der Menschen im Konflikt, um dann scheinbar an den Ausgangspunkt zurückzuführen, mit dem die Exposition schon abschließt. Der fünfte Akt gehört den Göttern.[7]

Obwohl in diesem dramatischen Werk offenbar nur drei Aufzüge sichtbar sind, treten am Ende die Geister paradigmatisch auf. Außerdem werden die

[1] Alfons Paquet: *Limo, der große beständige Diener*, Frankfurt am Main 1913, S. 57.
[2] Beide Zitate: Alfons Paquet: *Limo, der große beständige Diener*, Frankfurt am Main 1913, S. 58.
[3] Alfons Paquet: *Limo, der große beständige Diener*, Frankfurt am Main 1913, S. 59.
[4] Alfons Paquet: *Limo, der große beständige Diener*, Frankfurt am Main 1913, S. 60.
[5] Vgl. Alfons Paquet: *Limo, der große beständige Diener*, Frankfurt am Main 1913, S. 61 f.
[6] M. G.: *Württ. Landestheater. Limo. „Der große beständige Diener". Dramatisches Gedicht von Alfons Paquet*. In: *Deutsches Volksblatt*, Stuttgart 17.6.1924. In: Nachlass Alfons Paquets, Teil II, B.
[7] Alfons Paquet: *Der fünfte Akt. Aus: Zeit und Streitfragen*, 23.2.1917, Nr. 7. In: Nachlass Alfons Paquets, Teil II, A5.

dargestellten Konflikte im Drama mit dem geschlossenen Dramenende aufgelöst.[1]
Am Dramenschluss werden Zusammenfassungen über die Moral gegeben, die das
Publikum auch prägen sollen.[2]

Die große Tragik dieses dramatischen Werkes wird durch die Gehorsamkeit
Limos gegenüber dem Kaiser, ebenso die Gehorsamkeit Litsos gegenüber seinem
Vater Limo sowie die Treue Jonalas gegenüber ihrem Geliebten verkörpert.
Das Tragische in diesem dramatischen Werk wirkt meiner Meinung nach als
moralischer Impuls[3]. Der Auftritt der Geister von Limo, Litso und Jonala im
letzten Aufzug mildert gewissermaßen diese Tragik, weil ihr Erscheinen zeigt,
dass sie am Ende vom Himmel gerettet worden sind. Außerdem können Litso
und Jonala ohne Sorgen ewig zusammenleben. In den Worten von Paquet selbst:
„Das Leiden wollen, das Tragische gutheissen um der Wirkung willen, die daraus
entsteht: darin beruht der Pessimismus und zugleich seine Ueberwindung; das
macht den kultischen Grundton dieses Dramas."[4] Der Pessimismus, der durch den
Tod von Limo, Litso und Jonala erzeugt wird, wird am Ende durch den Auftritt
der Geister überwunden, was das Drama auch mysteriös und einigermaßen
religiös macht.

Vor dem Hintergrund der oben angeführten Teile der sprachlichen Kunst und
vor allem des inhaltlichen Aufbaus anhand der *Poetik* von Aristoteles wurden die
Züge der Tragödie in diesem dramatischen Gedicht interpretiert. Im Folgenden
wird der Ahnenkult dargestellt, der für das Verständnis von Paquets Wahrnehmung
der chinesischen Kultur in diesem Werk eine wichtige Rolle spielt.

---

[1]   „Eine der ältesten Konventionen zum Dramenschluss stellt der Auftritt eines *deus ex
machina* in der antiken Tragödie dar: das Erscheinen eines Gottes, der die Lösung des
Dramas durch den Eingriff von außen herbeiführt". Peter W. Marx (Hrsg.): *Handbuch
Drama*, Stuttgart/Weimar 2012, S. 134.

[2]   „Zudem ist der Dramenschluss oftmals durch verschiedenartige zusammenfassende
Wertungen geprägt, welche gewissermaßen »die Moral von der Geschichte« explizit
ausbuchstabieren und dem Publikum mitgeben; diese mag sowohl durch einen
handlungsinternen oder einen aus der Handlung heraustretenden Epilo artikuliert werden."
Peter W. Marx (Hrsg.): *Handbuch Drama*, Stuttgart/Weimar 2012, S. 135.

[3]   Über das Tragische als moralischer Impuls vgl. Peter W. Marx (Hrsg.): *Handbuch Drama*,
Stuttgart/Weimar 2012, S. 32 f.

[4]   Alfons Paquet: *Gedanken über "Limo"*, Masch.-Text mit e. Korrekturen, o. J. In: Nachlass
Alfons Paquets, Teil II, A3 (Bl. 1-6). Hier Bl. 3.

3.2.3 Wahrnehmung des Ahnenkults in der chinesischen Kultur

Im *Li Gi* gibt es bezüglich der Sitte folgende Erläuterung:

> Die Sitte hat drei Wurzeln: Himmel und Erde sind die Wurzeln unsrer Natur, die Ahnen sind die Wurzel unsres Stammes, der Herr und Meister ist die Wurzel der Ordnung [...] Darum ist es Sitte, oben dem Himmel und unten der Erde zu dienen, die Ahnen zu ehren und den Meistern zu spenden. Das sind die drei Wurzeln der Sitte.[1]

Daran kann man erkennen, dass die Verehrung des Himmels, der Erde, der Ahnen, der Herrscher und Meister der Sitte (*li*) ensprich. Das *li* zeigt die Ehrfurcht der Menschen vor dem Unerforschlichen, also vor den Geistern und Göttern. Die Menschen suchten in ihren religiösen Vorstellungen nach dem harmonischen seelischen Zustand, aber sie waren nicht in dem religiösen Gefühl versessen.[2] Die Verehrung war immer mit praktischen sozialen Tätigkeiten verbunden und zeigte die Gesellschaftszusammenhänge.[3] Die konfuzianische Schule hat später das Wesen von *li*, nämlich die Ehrfurcht aufgenommen und es als Mittel der Erziehung der Menschen angewandt, damit sie den Weg zum vollen Menschentum betreten können.

Über die Beziehung zwischen der Ehrfurcht und dem Ahnenkult hat Richard Wilhelm Folgendes notiert:

> Die Ehrfurcht hat ihre naturgemäße Basis in der Familie, im Verhältnis der Kinder zu den Eltern [...]. Die Familie wird über die Gegenwart hinaufgeführt als eine die Zeit und ihren Generationswechsel überdauernde Kontinuität. Dies ist der Sinn des Ahnenkults.[4]

Der Ahnenkult in der chinesischen Kultur hat eine enge Beziehung

---

[1] Richard Wilhelm (Übers. u. Hrsg.): *Li Gi: Das Buch der Riten, Sitten und Gebräuche*, Düsseldorf/Köln 1981, S. 203.

[2] Über die Sitte als Religion vgl. Richard Wilhelm (Übers. u. Hrsg.): *Li Gi: Das Buch der Riten, Sitten und Gebräuche*, Düsseldorf/Köln 1981, S. 66 f.

[3] Vgl. Richard Wilhelm (Übers. u. Hrsg.): *Li Gi: Das Buch der Riten, Sitten und Gebräuche*, Düsseldorf/Köln 1981, Einleitung, S. 10 f.

[4] Richard Wilhelm (Übers. u. Hrsg.): *Li Gi: Das Buch der Riten, Sitten und Gebräuche*, Düsseldorf/Köln 1981, Einleitung, S. 13.

zur kindlichen Gehorsamkeit. „Kindlicher Gehorsam nimmt unter den konfuzianischen Tugenden den vordersten Platz ein [...]. Ahnenverehrung besteht seit Jahrhunderten, seit undenklichen Zeiten, und hat kindlichen Gehorsam und Familienzusammenhalt noch verstärkt."[1] Auch Wilhelm Grube hat in seinem Buch bemerkt, dass die Ahnenverehrung „auf das von alters her bestehende eigentümliche Verhältnis zwischen Eltern und Kindern"[2] zurückgeführt wird. Daraufhin hat er die Beziehung zwischen Vater und Kind sowie Kaiser und Volk dargestellt:

> So lange dieser [der Vater; Q. C.] lebt, hat er absolute Gewalt über seine Kinder. Daher ist dem Chinesen auch die Wurzel aller Tugenden das hiao d.h. die kindliche Pietät, das Liebe und Gehorsam in sich schließt. Von der Familie auf den Staat übertragen, erweitert sich die kindliche Pietät zum Begriffe des Gehorsams der Untertanen gegen die Obrigkeit.[3]

Die Ahnenverehrung sei somit „Grundlage des religiösen Lebens und Glaubens der Chinesen"[4]. Außerdem spielt der Ahnenkult auch bei der Kontinuität und Überlieferung der alten Heiligen, der alten Kultur und Gebräuche im Konfuzianismus eine wichtige Rolle, wie Richard Wilhelm betont hat: „Was in der Familie der Ahnenkult ist, das ist in der Gesellschaft die Geschichte [...]. Das jüngere Geschlecht rückt in die volle und verantwortliche Aktivität ein nach dem Tode des Vorgängers."[5] Der Ahnenkult ist somit einerseits gut für die Menschenerziehung, andererseits dient er auch als ein Mittel für einen harmonischen Staat mit wirksamen sozialen Bindungen und als Mittel der Kulturüberlieferung der chinesischen Kultur.

Paquet hat den Ahnenkult auf die Ehrfurcht der Chinesen gegenüber den Ahnen zurückgeführt. Über die Ehrfurcht und Pietät in der chinesischen Kultur schreibt er in dem Artikel *Glauben und Technik*, dass das chinesische Volk „bei

[1] Julia Ching: *Konfuzianismus und Christentum*, Mainz 1989, S. 112.
[2] Wilhelm Grube: *Religion und Kultus der Chinesen*, Leipzig 1910, S. 38.
[3] Wilhelm Grube: *Religion und Kultus der Chinesen*, Leipzig 1910, S. 38 f.
[4] Wilhelm Grube: *Religion und Kultus der Chinesen*, Leipzig 1910, S. 38 f.
[5] Richard Wilhelm: *Leitsätze zu dem Vortrag. Bildung und Sitte in China*, Vortrag am 23. Okt. 1928 im China-Institut zur Herbsttagung vom 22. bis 25. Oktober. In: Nachlass Alfons Paquets, Teil II, A4.

Bahnbauten in seinem Lande den fremden Ingenieuren die Bedingung stellte, sie müßten ihre Eisenbahnlinien um die Ruhestätten der Toten, an heiligen Berghöhen und Bauwerken in weitem Bogen vorüberführen"[1]. Außerdem hat Paquet auch in dem Essay *Der Kaisergedanke* auf die Verehrung der Chinesen gegenüber der unerforschbaren Natur hingewiesen.[2] Die Ehrfurcht hat er auch in seinem dramatischen Werk *Limo* dargestellt.

Am Anfang spricht Jonala zum Mond[3] und wünscht sich ein Wunder und eine „himmlische Versöhnung"[4]. Litso ruft zur Nacht[5] und zu den Sternen[6] und erwähnt auch den Himmel und die Sonne[7]. „Der Erde Kraft, des Wassers Menge / Und des Feuers Glut"[8] sind Zeugen der Liebe zwischen Jonala und Litso. Auch Fang sehnt sich nach der Hilfe des Himmels.[9] Der Chor im zweiten Aufzug singt:

---

[1] Alfons Paquet: *Glauben und Technik*, 1926, In: *Der Kritiker. Novemberheft*, 1926, S. 161 f. Hier S. 162. In: Nachlass Alfons Paquets, Teil II, A4.

[2] Vgl. Alfons Paquet: *Der Kaisergedanke*, Frankfurt am Main 1915, S. 45 f. Hier versteht Paquet chinesische Kultur als Monotheismus. Himmelsopfer und Ackerbauzeremonie seien nach Paquet die äußerlichen Formen des Monotheismus.

[3] Vgl. Alfons Paquet: *Limo, der große beständige Diener*, Frankfurt am Main 1913, S. 13. Jonala: „Es jagen Mond und Wolken sich [...]. Es spielt ein Mondstrahl wie ein Kätzchen / An meines Schlafgemaches Schwelle, steigt / Dort an der seidnen Wand empor und hascht / Nach dem hineingestickten Pelikan in seinem Flug [...]. Mond, Mond, welch scheckigtes Gemach ist hier!" Diese Schilderung von Mond sowie Licht und Schatten zeigt eine Atmosphäre, die an die alten chinesischen Gedichte erinnert.

[4] Alfons Paquet: *Limo, der große beständige Diener*, Frankfurt am Main 1913, S. 16. Jonala: „Hielte ein Wunder doch den Arm des Richters auf / Und schützte Limo, höbe dich / Aus Kummer und Gefahr zur Sicherheit / Und lenkte himmlische Versöhnung ein!"

[5] Vgl. Alfons Paquet: *Limo, der große beständige Diener*, Frankfurt am Main 1913, S. 14. Litso: „Schütz du uns, tiefe, baumschüttelnde Nacht / An diesem Ort, / Wo wir als hellbekränzte Kindlein oft gespielt!"

[6] Vgl. Alfons Paquet: *Limo, der große beständige Diener*, Frankfurt am Main 1913, S. 16. Litso: „O Sterne, zögert noch den grauen Tag zurück, / Wo meines Vaters greises, zu demütiges Haupt / Dem ungerechten Schwert sich bietet."

[7] Vgl. Alfons Paquet: *Limo, der große beständige Diener*, Frankfurt am Main 1913, S. 15. Litso: „Es hat der weite Himmel selbst / Für zweier Sonnen Auf- und Untergang nicht Raum [...]." Litso hat hier einen Vergleich vorgenommen, um zu zeigen, dass die Beziehung zwischen dem Kaiser und Litsos Vater wie zwei Sonnen im Himmel nicht harmonisch ist.

[8] Alfons Paquet: *Limo, der große beständige Diener*, Frankfurt am Main 1913, S. 17.

[9] Vgl. Alfons Paquet: *Limo, der große beständige Diener*, Frankfurt am Main 1913, S. 21. Fang: „Oft sah ich hier erfüllen strengen Urteilsspruch, / Doch niemals frug ich so wie heut, / Ob nicht der Himmel schrecklich überaus / Auch dem Gerechten grollen kann [...]."

„Götter des Himmels! Götter des Wassers! / Götter der Lüfte! Götter der Erde!"[1]
Diese himmlischen Elemente geben dem Drama einen mysteriösen Sinn und führen
die Leser zu einem weiten kosmischen Raum. Außerdem bilden sie mit dem
Auftreten der Geister am Ende dieses dramatischen Werkes ein Ganzes. Diese
kosmischen Elemente zeigen unmittelbar die Verehrung des Unerforschbaren, was
mit der alten chinesischen Kultur im Einklang steht.[2]

Diese Ehrfurcht hat auch eine enge Bindung an die kaiserliche Macht.
Der Richter in diesem dramatischen Gedicht hat den Himmel genannt und ihm
zum ersten Mal mit dem Kaisertum in Verbindung gebracht. Der Richter sagt:
„Des Himmels Bilder / Werden in der Dunkelheit bestimmt. / Der Kaiser leitete
die Untersuchung selbst."[3] Der Kaiser ist hier meines Erachtens nicht nur ein
weltlicher Begriff, sondern dient ebenso als „Bote des Himmels" und Vermittler
zwischen der Welt des Himmels, wie es in der konfuzianischen Lehre steht. Auch
an einer anderen Stelle wird die Einigung des Himmlischen und des Kaiserlichen
dargestellt: „Der Himmelssohn gewährt so Leben wie Tod. / Nicht zittert der
Alte, / Wo plötzlich, von himmlischen Händen gelenkt, / Die Zeit von dem
Felsen des Lebens herab / Mit brausendem Fall den Schuldigen / Streut in den
Abgrund."[4] Hier kann man in den Worten „Himmelssohn" und „himmlische
Hände" die Einigung des himmlischen und kaiserlichen Sinnes begreifen. Im
Werk wird auch das Himmelsopfer genannt:

> An jenem Tag, der nahe ist, / Da ich der Kaiser am Altar des
> Himmels / Vor allem Volk das Erstling, feierlich / Der Väter Zepter mit
> den Händen fasse, / Will er, auf freche Aufrührer gestützt, / Dies Opfer
> stören, mich zur Rede stellen. / Meiner Würde Anspruch will er, / Den

[1] Alfons Paquet: *Limo, der große beständige Diener*, Frankfurt am Main 1913, S. 41. An
anderen Stellen kommen wieder diese vier Naturelemente in anderer Reihenfolge vor. Vgl.
Alfons Paquet: *Limo, der große beständige Diener*, Frankfurt am Main 1913, S. 42 f.
[2] Obwohl der Konfuzianismus die Natur und den Kosmos ausblendet, spielt der Terminus
'Himmels' eine wichtige Rolle in der konfuzianischen Lehre. Vgl. Stephan Schmidt: *Die
Herausforderung des Fremden. Interkulturelle Hermeneutik und konfuzianisches Denken*,
Darmstadt 2005, S. 136.
[3] Alfons Paquet: *Limo, der große beständige Diener*, Frankfurt am Main 1913, S. 23.
[4] Alfons Paquet: *Limo, der große beständige Diener*, Frankfurt am Main 1913, S. 27.

wohlvererbten, niemals zweifelbaren, / Anfechten und mich stürzen [...].[1]

Das Himmelsopfer wird hier als ein Symbol der Herrschaft des Kaisers dargestellt. Dieser Punkt wird noch deutlicher an einer anderen Stelle gezeigt: Während Limo nämlich zur Todesstrafe verurteilt wird, wird seinem Sohn Litso das Leben geschenkt. Aber er muss „nach den fernen Räuberbergen"[2] geschickt werden und erst wenn der Kaiser der Altäre waltet, darf er zurückkommen. Das Himmelsopfer wird als der „höchste Tag"[3] betrachtet. Beim Himmelsopfer wird der Kaiser den Weg des Himmels erkennen.[4] Im letzten Aufzug wird das Himmelsopfer schließlich durchgeführt. Gegenüber den Ahnen und Geistern wird der Wunsch beim Himmelsopfer zum Ausdruck gebracht: „[...] Festigt die Ordnung, bestätigt den Frieden."[5]

Nicht zuletzt spiegeln der Gehorsam von Litso gegenüber Limo und Limos Treue gegenüber dem Kaiser sowie seine Verehrung der Ahnen die Ehrfurcht im konfuzianischen Sinne wider. Die Ehrfurcht in der Familie wird auf den Staat erweitert. Limo wendet sich an die Geister: „Beim Himmelsopfer werden Geister sprechen, / Wenn meine Stimme schweigen muß."[6] Limo verlässt sich somit auf die Ahnen und auch auf den Kaiser[7] und bleibt bis zum Tod treu.

Es ist noch zu betonen, dass Konfuzius zwar den Ahnenkult und das Opfern hervorgehoben hat, er aber nicht abergläubig war. Der Meister nimmt eigentlich Abstand von den Göttern. Richard Wilhelm hat angemerkt, dass es das Verdienst vom Konfuzianismus sei, dass „er sich dem Überwuchern der religiösen Motive energisch entgegengesetzt hat"[8]. Die Kultur des Ahnenkults bringt nur dem Volk

---

[1] Alfons Paquet: *Limo, der große beständige Diener*, Frankfurt am Main 1913, S. 24.

[2] Alfons Paquet: *Limo, der große beständige Diener*, Frankfurt am Main 1913, S. 27.

[3] Alfons Paquet: *Limo, der große beständige Diener*, Frankfurt am Main 1913, S. 28.

[4] Vgl. Alfons Paquet: *Limo, der große beständige Diener*, Frankfurt am Main 1913, S. 56 u. S. 66 f.

[5] Alfons Paquet: *Limo, der große beständige Diener*, Frankfurt am Main 1913, S. 84.

[6] Alfons Paquet: *Limo, der große beständige Diener*, Frankfurt am Main 1913, S. 28.

[7] Vgl. Alfons Paquet: *Limo, der große beständige Diener*, Frankfurt am Main 1913, S. 28.

[8] Richard Wilhelm (Übers. u. Hrsg.): *Li Gi. Das Buch der Riten, Sitten und Gebräuche*, Düsseldorf/Köln 1981, Einleitung, S. 10.

Seelenruhe[1] und gilt auch als ein Erziehungsmittel, mit dem sich die Menschen besser in ihrer gesellschaftlichen Rolle anpassen können. Aber in diesem Drama kommen die Geister wirklich vor und der Geist von Limo rettet sogar den Staat, was mythisch und übersinnlich wirkt und über die Grenzen des Konfuzianismus hinaus geht. Obwohl in diesem dramatischen Gedicht Geister auftreten, bleibt das Werk mit seinem Thema dennoch der Wirklichkeit verhaftet. „Alles Persönliche ist hier ins Überpersönliche gehoben, und doch wirkt es auf dieser Höhe nicht wirklichkeitsfern, vielmehr ergreift und zwingt es unser Herz, wie nur die starke Darstellung eines lebendig sinnvollen Menschentumes es zu tun vermag"[2], wie Paquet selbst erklärt hat. So verkörpert das Auftreten der Geister am Ende von *Limo* auch die künstlerische Wahrnehmung und Reflexion von Paquet.

Wilhelm Grube hat in seinem Buch *Religion und Kultus der Chinesen* folgende These aufgestellt:

> Wir sehen nämlich, daß das religiöse Empfinden der Chinesen in seiner ältesten uns zugänglichen Form einen zweifachen Ausdruck findet: 1. In einer Art von Naturreligion, nach der das ganze Universum als von Geistern höherer und niederer Ordnung bewohnt und beherrscht gedacht wird, und 2. In der Ahnenverehrung.[3]

Die oben durchgeführte Analyse hat ergeben, dass Paquet beiden dieser Aspekte in seinem dramatischen Werk *Limo* bearbeitet. Zudem hat Grube erläutert, dass die Begriffe „Geist" und „Gott" in der chinesischen Sprache homophon sind und beide „shen" genannt werden.[4] Der Geist von Limo wird am Ende vergöttlicht. U.a. mit Blick darauf ist zu sehen, dass Paquet aus mehreren Perspektiven von dem Buch *Religion und Kultus der Chinesen* von Wilhelm Grube beeinflußt worden ist.

Warum Paquet den religiösen Ahnenkult in seinem Drama aufgenommen

---

[1] Vgl. Richard Wilhelm (Übers. u. Hrsg.): *Li Gi. Das Buch der Riten, Sitten und Gebräuche*, Düsseldorf/Köln 1981, Einleitung, S. 11.

[2] Alfons Paquet: *Limo, der große beständige Diener*, Masch.-Abschr. mit e. Korrekturen, o. J. In: Nachlass Alfons Paquets, Teil II, A3.

[3] Wilhelm Grube: *Religion und Kultus der Chinesen*, Leipzig 1910, S. 19.

[4] Vgl. Wilhelm Grube: *Religion und Kultus der Chinesen*, Leipzig 1910, S. 27.

hat, läßt sich wohl durch seine eigenen Schriften beantworten. Paquet hat in seinen *Gedanken zu Limo* geschrieben, dass Wilhelm Grubes Buch *Religion und Kultus der Chinesen* ihm die Inspiration zu diesem Theaterstück gegeben habe. Im Jahr 1913 hat Paquet dieses Buch in seiner Rezension empfohlen, also als „nachdenkliche Ergänzung" zu den chinesischen klassischen Schriften. Er hat geschrieben, dass die großen ursprünglichen Lehren in China mit den „tausenderlei Gebräuche[n], Riten und mystischen Systeme[n], die das China der Gegenwart in seiner zweideutigen Gefühlslage, – vom skeptischen Indifferentismus bis zum blühenden Aberglauben"[1] zu tun gehabt haben. Dies zeigt sich als „ein Durcheinander von Kultursystemen und Heilsbegriffen"[2]. Dann hat Paquet seine Reflexion dargestellt:

> Es verhält sich damit in China nicht viel anders als bei uns, wenn wir unsern Schatz an Volkssagen, kirchlichen und abergläubischen Gebräuchen und zeremoniellem Herkommen auf ihren Ursprung zurückverfolgen. Die Grubeschen Untersuchungen bilden für den, der zu lesen versteht, zu den Originalwerken der chinesischen Klassiker eine nachdenkliche Ergänzung.[3]

Das Zitat macht deutlich, dass dieses Buch von Wilhelm Grube sowie die alte chinesische Religion und Kultur Paquet in den Zustand der Reflexion gebracht und seine Aufmerksamkeit für die Werte der eigenen alten kulturellen Tradition geweckt haben. Durch den Auftritt der Geister am Ende, insbesondere des vergöttlichten Geistes von Limo zeigt Paquet hier auch explizit die Verbindung der griechischen Tragödie mit dem chinesischen Ahnenkult. In einer Rezension wird präzise über die Rolle des Ahnenkults in diesem dramatischen Werk diskutiert, in der Limo als „das Symbol für Recht und Gesetz, Treue und

---

[1] Alfons Paquet: *Chinesische Denker*, In: *Die Post*, Berlin 13.6.1913. In: Nachlass Alfons Paquets, Teil II, A4.

[2] Alfons Paquet: *Chinesische Denker*, In: *Die Post*, Berlin 13.6.1913. In: Nachlass Alfons Paquets, Teil II, A4.

[3] Alfons Paquet: *Chinesische Denker*, In: *Die Post*, Berlin 13.6.1913. In: Nachlass Alfons Paquets, Teil II, A4.

Entsagung und wissende Opferbereitschaft"[1] und die Ahnen als „große heilige Tradition, die Ueberlieferung und Pflege des lebendig Guten, das fortzeugend hier auf Erden im ewigen Kampf gegen das Böse sich manifestieren muß"[2] betrachtet werden.

Die Analyse hat gezeigt, dass der Ahnenkult in der chinesischen Kultur ein symbolisches Denken ist; Paquets Wahrnehmung dieses Ahnenkults in dem dramatischen Gedicht *Limo* als eine symbolische Tätigkeit fungiert und Paquets künstlerische Besinnung verkörpert. Durch die Wahrnehmung und Verarbeitung des Ahnenkults in der chinesischen Kultur lässt sich Paquets Suche nach dem Kaisergedanken literarisch äußern.

3.3   Figuren des dramatischen Werkes *Limo* – Konstruktion des politischen und ethischen Ideals aufgrund der chinesischen Philosophie

3.3.1   Konfuzianisches Ideal – Herrscher und Limo

Paquet hat zu den Figuren dieses Dramas Folgendes geäußert: „Die drei Hauptpersonen des Dramas sind Limo/ Kaiser/ Volk."[3] Über die Rolle der drei Figuren hat er betont: „Der Staatsmann, der eigentlich Einsichtige, darf mit Recht ein Seher genannt werden. Hier werden mit ihm der Kaiser und das Volk in eins bezogen, als Entfaltung der Menschheit in ihrer dreifachen Stufung."[4] Der Staatsmann, der Kaiser und das Volk bilden die drei Stufen bei der Entwicklung

---

[1]   D.: *Landestheater. Uraufführung: Limo, Der große beständige Diener. Dramatisches Gedicht von Alfons Paquet.* In: *Stuttgarter Tagblatt*, 16.6.1924. In: Nachlass Alfons Paquets, Teil II, B. „Wie Limos Gestalt als das Symbol für Recht und Gesetz, Treue und Entsagung und wissende Opferbereitschaft durch dieses dramatische Gedicht geht, so bedeutet die Berufung auf den Segen der Ahnen wohl nichts anderes, als die große heilige Tradition, die Ueberlieferung und Pflege des lebendig Gutem, das fortzeugend hier auf Erden im ewigen Kampf gegen das Böse sich manifestieren muß."

[2]   D.: *Landestheater. Uraufführung: Limo, Der große beständige Diener. Dramatisches Gedicht von Alfons Paquet.* In: *Stuttgarter Tagblatt*, 16.6.1924.

[3]   Alfons Paquet: O. T., „Limo, der große beständige Diener", o. J., Handschrift. In: Nachlass Alfons Paquet, Teil II, A3 (Bl. 1-9). Hier Bl. 1.

[4]   Alfons Paquet: O. T., „Limo, der große beständige Diener", o. J., Handschrift. In: Nachlass Alfons Paquet, Teil II, A3 (Bl. 1-9). Hier Bl. 1.

der Menschheit.

Das Volk ist der chaotische Stoff; der Seher der ordnende, kosmische Geist. Der Kaiser aber das oberste Zeichen für das der Menschheit innewohnende Schöpferische ihr Stellvertreter und ihr Schmuck vor Gott in einem, und der Empfänger und Ueberbringer seiner Antworten.[①]

Der Staatsmann ist ein einsichtiger Seher, während der Kaiser als Stellvertreter des Volkes vor Gott und als Vermittler zwischen Gott und Volk handelt. Dabei ist das Volk chaotisch und an und in sich widersprüchlich. Ergänzend fügt er noch den Hinweis hinzu:

Wo Kaiser und Seher handeln, da muss das Volk Mitspieler sein, denn es ist ihr Gegenstand. Durch seine Stimmungen greift es zwar treibend oder verzögernd in die Vorgänge zwischen beiden ein, aber es hat keine Gewalt über die menschliche Freiheit.

Es ist seine Art, dass seine Stimmung sich nur durch Widersprüche in sich auszudrücken vermag. Kaiser, Seher und Volk: niemals sind zwei von ihnen möglich, ohne das dritte.[②]

Staatsmann, Kaiser und Volk bilden eine Einheit. Die Gedanken über die Figuren bringen auch Paquets künstlerische Behauptung und somit ein symbolisches Denken zum Ausdruck, um mit Cassirer zu sprechen.

Die Beziehung zwischen den Figuren beziehen sich eigentlich auf die Beziehung in der Familie, im Staat und auf der Welt im konfuzianischen Sinn. Richard Wilhelm zufolge übt die Familie im konfuzianischen Sinne wegen der blutmäßigen Zusammenhänge die stärkste Wirkung auf die Menschen aus. Der Staat wird von ihm als die „erweiterte Familie" betrachtet. Im Staat spielen die sozialen Beziehungen von Herrschern und Dienern sowie zwischen Freunden eine wichtige Rolle. Die Pflicht regelt das soziale Leben. Neben der Familie und dem Staat folgt noch eine höhere Stufe im kosmischen Sinne. Wenn der Herrscher

---

① Alfons Paquet: O. T., „Limo, der große beständige Diener", o. J., Handschrift. In: Nachlass Alfons Paquet, Teil II, A3 (Bl. 1-9). Hier Bl. 1.

② Alfons Paquet: O. T., „Limo, der große beständige Diener", o. J., Handschrift. In: Nachlass Alfons Paquet, Teil II, A3 (Bl. 1-9). Hier Bl. 1.

im Einklang mit der Natur stehen, den richtigen Menschen für bestimmte Plätze auswählen und mit seiner guten Persönlichkeit die Menschen beeinflussen kann, kann er alles in Ordnung bringen.[1]

Diese drei Stufen lassen sich auch im *Limo* auffinden und werden im Folgenden anhand von drei Figuren, nämlich dem Kaiser, Limo, Litso und dazu noch dem Volk genauer vorgestellt. Außerdem steht der Mönch dem Kaiser beratend zur Seite und spielt eine wichtige Rolle in diesem Werk. Deshalb wird diese Figur auch analysiert. Zuerst werden die Figur des Kaisers und das Volk näher interpretiert, dann der Staatsmann Limo, ferner Limos Sohn Litso. In ihrer Beziehung verkörpern sich die Vorstellungen des ethischen und politischen Ideals von Konfuzius; der Mönch vertritt dabei die Idee vom *dao* im Taoismus. Mittels der folgenden Untersuchung wird eruiert, inwiefern sich Paquet mit der chinesischen Philosophie beschäftigt hat.

3.3.1.1 Der Kaiser

Wilhelm Grube hat in dem Buch *Religion und Kultus der Chinesen* die Rolle des Herrschers im alten China erklärt, und zwar habe der Ausdruck „Himmel" den Sinn von „Gott" gehabt und ein Kaiser sei eigentlich als „Sohn des Himmels" betrachtet und „t'ien-tse" genannt worden.[2] Der Kaiser sollte einerseits als Arbeiter von Gott auf der Erde und andererseits als Vertreter des Volkes vor Gott fungieren. Wenn der Kaiser nicht gut regiert, kann der Himmel ihn und das Land bestrafen. Grube schreibt: „wohl aber gibt er [der Himmel; Q. C.] durch mannigfache Zeichen von schlimmer Vorbedeutung, wie etwa Dürre und Überschwemmungen, Mißwachs und Seuchen u. dgl. m[ehr] seinen Zorn zu erkennen."[3] Bezüglich des göttlichen Zorns, der Empörung des Volkes, notiert er: „dem Volk aber gelten solche Schickungen des Himmels als Fingerzeig, daß mit der bestehenden Regierung zu brechen sei, und die vox dei wird auf diese Weise zur vox populi."[4] Wenn man dieses Zitat und das Werk von Paquet nebeneinander

---

[1] Vgl. Richard Wilhelm (Übers. u. Hrsg.): *Li Gi. Das Buch der Riten, Sitten und Gebräuche*, Düsseldorf/Köln 1981, Einleitung, S. 8 f.
[2] Vgl. Wilhelm Grube: *Religion und Kultus der Chinesen*, Leipzig 1910, S. 28.
[3] Wilhelm Grube: *Religion und Kultus der Chinesen*, Leipzig 1910, S. 29.
[4] Wilhelm Grube: *Religion und Kultus der Chinesen*, Leipzig 1910, S. 29.

legt, sieht man deutlich, dass Paquet diesen Inhalt im *Limo* literarisch genau umgesetzt hat.

Nach der Lehre von Konfuzius spielt der Herrscher eine entscheidende Rolle in der Regierung. Er muss zuerst sich selbst gut regieren. „Wer sich selbst regiert, was sollte der (für Schwierigkeiten) haben, bei der Regierung tätig zu sein? Wer sich selbst nicht regieren kann, was geht den das Regieren von andern an?"[1] Erst danach ist er in der Lage, einen (starken) Einfluss auf das Volk auszuüben: „Regieren heißt recht machen. Wenn Eure Hoheit die Führung übernimmt im Rechtsein, wer sollte es wagen, nicht recht zu sein?"[2] Bei der Staatsregierung sollte der Herrscher „unermüdlich dabei sein und gewissenhaft handeln"[3]. Der Herrscher wird als ein autoritäres Vorbild des Volkes betrachtet:

> Wenn Eure Hoheit die Regierung ausübt, was bedarf es dazu des Tötens? Wenn Eure Hoheit das Gute wünscht, so wird das Volk gut. Das Wesen des Herrschers ist der Wind, das Wesen der Geringen ist das Gras. Das Gras, wenn der Wind darüber hinfährt, muß sich beugen.[4]

Für eine stabile Regierung ist das Vertrauen des Volkes unerlässlich: „[W]enn aber das Volk keinen Glauben hat, so läßt sich keine (Regierung) aufrichten."[5] Wenn der Herrscher auf dem richtigen Weg ist, gewinnt er Vertrauen seitens des Volkes. Man kann eine Regierung für gut befinden, „wenn die Nahen erfreut werden und die Fernen herankommen"[6]. Auf diese Weise können die Regierung und der Staat stabil existieren. Beim Regieren legt Konfuzius hohen Wert auf Ordnung (*li*), Gerechtigkeit (*yi*), Wahrhaftigkeit (*xin*).

---

[1] Confucius: *Gespräche*, aus d. Chines. übertr. u. hrsg. von Richard Wilhelm, Düsseldorf/Köln 1980, S. 134.

[2] Confucius: *Gespräche*, aus d. Chines. übertr. u. hrsg. von Richard Wilhelm, Düsseldorf/Köln 1980, S. 126.

[3] Confucius: *Gespräche*, aus d. Chines. übertr. u. hrsg. von Richard Wilhelm, Düsseldorf/Köln 1980, S. 126.

[4] Confucius: *Gespräche*, aus d. Chines. übertr. u. hrsg. von Richard Wilhelm, Düsseldorf/Köln 1980, S. 127.

[5] Confucius: *Gespräche*, aus d. Chines. übertr. u. hrsg. von Richard Wilhelm, Düsseldorf/Köln 1980, S. 123.

[6] Confucius: *Gespräche*, aus d. Chines. übertr. u. hrsg. von Richard Wilhelm, Düsseldorf/Köln 1980, S. 135.

Wenn die Oberen die Ordnung hochhalten, so wird das Volk
nie wagen, unehrerbietig zu sein. Wenn die Oberen die Gerechtigkeit
hochhalten, so wird das Volk nie wagen, widerspenstig zu sein. Wenn
die Oberen die Wahrhaftigkeit hochhalten, so wird das Volk nie wagen,
unaufrichtig zu sein. Wenn es aber so steht, so werden die Leute aus
allen vier Himmelsrichtungen mit ihren Kindern auf dem Rücken
herbeikommen [...].①

Darüber hinaus sollte der Herrscher auch ungerechte Kriege vermeiden.

[W]o Ordnung ist, da ist keine Armut, wo Eintracht ist, da ist keine
Menschenleere, wo Ruhe ist, da ist kein Umsturz. Da nun dies so ist, so
muß man, wenn die Menschen aus fernen Gegenden nicht gefügig sind,
Kunst und Moral pflegen, um sie zum Kommen zu bewegen. Wenn man
sie zum Kommen bewogen hat, so muß man ihnen Ruhe geben [...].②

Für einen Staat sind demnach Ordnung, Eintracht und Ruhe sehr wichtig.
Wenn diese erreicht sind und Kunst und Moral noch dazu kommen, so wird ein
Staat anziehend für die anderen Länder. Im elften Buch steht: „Wer den Namen
eines bedeutenden Staatsmannes verdient, der dient seinem Fürsten gemäß
der Wahrheit; wenn das nicht geht, so tritt er zurück [...].“③ Auch im zwölften
Buch heißt es: „Der Fürst sei Fürst, der Diener sei Diener; der Vater sei Vater,
der Sohn sei Sohn.“④ Jeder hat seine Position und Pflicht und jeder muss seine
eigenen Aufgaben erfüllen. Für die Fünf-Beziehung (*Wu-lun*) ist Reziprozität
sehr bedeutend, deswegen spielen *shu* und *ren* eine wichtige Rolle in dieser

---

① Confucius: *Gespräche*, aus d. Chines. übertr. u. hrsg. von Richard Wilhelm, Düsseldorf/
Köln 1980, S. 132.
② Confucius: *Gespräche*, aus d. Chines. übertr. u. hrsg. von Richard Wilhelm, Düsseldorf/
Köln 1980, S. 164 f.
③ Confucius: *Gespräche*, aus d. Chines. übertr. u. hrsg. von Richard Wilhelm, Düsseldorf/
Köln 1980, S. 118.
④ Confucius: *Gespräche*, aus d. Chines. übertr. u. hrsg. von Richard Wilhelm, Düsseldorf/
Köln 1980, S. 125.

Beziehung.[1]

Im *Limo* wird der Kaiser „Himmelssohn" genannt, der Leben und Tod gewährt.[2] Die Würdigung des Kaisers wird in diesem Werk dargestellt. Der Richter spricht:

> Von ihm, der die vier Meere überwacht, / Dem rings die Nahen und Entfernten dienen / Seit er den Gipfel über uns erstieg, / Von ihm, der ständig überdeckt und pflegt, / Der ringsum uns erhält in unsrer Stufe, / Und bewirkt, / Daß Reichtum und vornehmer Stand / Verbleibe denen, / Die nicht verstoßen auf das Buch der Strafe: Von ihm gelangte folgende Verkündigung herab.[3]

Aber der Kaiser denkt nur an seine eigene Macht und hasst Limo, weil Limo als Staatsmann ein Edler mit Tugend ist und vom Volk verehrt wird. Deswegen wird die Verleumdung von Kwei zum Ansatz für die Enthauptung Limos. Schon im ersten Aufzug stellt Litso die Fähigkeiten des Kaisers in Frage. „Was ist er? / Ein Mönchlein vielleicht, ein Knabe wie ich, / den ihr Weltwunder nennt, / Nur ein Kaiser noch nicht!"[4] Der Kaiser selbst gerät auch in Zweifel:

> Den Mund tu auf, verfluchtes Erz: / Warum wird zum glühenden Eisen das Zepter, / Das durch ein Jahrtausend die Ahnen / Mit starken Händen gebietend getragen? / Die Quellen des Aufruhrs rauschen im alten Felsen, / Im Flüstern der Menschen, im Murren der Diener; / Und Limos Schatten ohne Angesicht, / Umschwankt von Treu und Bosheit, riesengroß / Legt mir auf meinen Weg die Frage seiner Tat. / Ich aber schreite dunkeln Fußes in das Leid.[5]

Er hofft, dass der Gott des Schweigens ihm helfen könnte, der seit alten

---

① Vgl. Duan Lin: *Konfuzianische Ethik und Legitimation der Herrschaft im alten China. Eine Auseinandersetzung mit der vergleichenden Soziologie Max Webers*, Berlin 1997, zugl. Dissertation an der Ruprecht-Karls-Universität Heidelberg, Heidelberg 1994, S. 43.

② Vgl. Alfons Paquet: *Limo, der große beständige Diener*, Frankfurt am Main 1913, S. 27.

③ Alfons Paquet: *Limo, der große beständige Diener*, Frankfurt am Main 1913, S. 23.

④ Alfons Paquet: *Limo, der große beständige Diener*, Frankfurt am Main 1913, S. 30.

⑤ Alfons Paquet: *Limo, der große beständige Diener*, Frankfurt am Main 1913, S. 51.

Tagen schon in der Halle gestanden hat, um seinen Zweifel zu lösen. Aber es ist vergebens. Danach wendet der Kaiser sich an den weisen Mönch, den er hochschätzt und dem er nach dem Himmelsopfer folgen möchte, um sich zu büßen. „Wie du, der einst ein Hirte war, / Der seine Herde, seiner Flöte muntre Zunge / Hingab für Heiligkeit, will ich / Hingeben auch, was gegen eines stummen / Befreiten Büßers Heiligkeit vertauschbar ist.“[1] Der Mönch weist darauf hin, dass Limo das kaiserliche Fühlen des Kaisers erregt,[2] was zeigt, dass dem Kaiser das Selbstbewußtsein als Herrscher fehlt. Dann bringt der Mönch dem Kaiser bei, dass er geduldig dem *dao* folgen sollte.

Der ideale Herrscher sollte laut den *Gesprächen* die Herrschaft nicht tatsächlich ausüben, sondern dem *dao* folgen und durch seine vorbildlichen Handlungen „in den Bahnen des Verhaltens“[3] wirken. Wozu Konfuzius auffordert, ist die Herrschaft ohne tatsächliches Herrschen, die seiner Meinung nach besser als Strafe und Gesetz sei.[4] Die Tugend des Kaisers, nämlich *de*[5], spielt eine wichtigere Rolle als Gesetz oder Strafe. Ohne Zweifel ist der Kaiser in diesem dramatischen Werk kein idealer Herrscher. Im Vergleich dazu formt Limo als der Edle durch sein dem *dao* entsprechendes Verhalten die „Bahnen des Verhaltens“, wirkt dann unmittelbar auf den jungen Herrscher ein und bringt Ordnung zurück.

Des Weiteren kann man beobachten, dass der Kaiser auf die Reaktion des Volkes achtet. Die Beziehung zwischen dem Kaiser und dem Volk sind in den folgenden Sentenzen prägnant zusammengefasst: „Jammer des Volks ist

---

[1]   Alfons Paquet: *Limo, der große beständige Diener*, Frankfurt am Main 1913, S. 56.

[2]   Vgl. Alfons Paquet: *Limo, der große beständige Diener*, Frankfurt am Main 1913, S. 56.

[3]   Vgl. Stephan Schmidt: *Die Herausforderung des Fremden. Interkulturelle Hermeneutik und konfuzianisches Denken*, Darmstadt 2005, S. 135 f.

[4]   Vgl. Confucius: *Gespräche*, aus d. Chines. übertr. u. hrsg. von Richard Wilhelm, Düsseldorf/Köln 1980, S. 42. „Wenn man durch Erlasse leitet und durch Strafen ordnet, so weicht das Volk aus und hat kein Gewissen. Wenn man durch Kraft des Wesens leitet und durch Sitte ordnet, so hat das Volk Gewissen und erreicht (das Gute).“ Auch Stephan Schmidt hat diesen Punkt hervorgehoben. Vgl. Stephan Schmidt: *Die Herausforderung des Fremden. Interkulturelle Hermeneutik und konfuzianisches Denken*, Darmstadt 2005, S. 136.

[5]   Vgl. Eun-Jeung Lee: *Konfuzius interkulturell gelesen*, Nordhausen 2008, S. 17. Vgl. auch Peter Opitz: *Der Weg des Himmels: zum Geist und zur Gestalt des politischen Denkens im klassischen China*, München 2000, S. 28.

Urteil der Götter"[1], „Hast du nicht Weisheit, so bist du schuldig"[2], „Du hast ihr Kleinod nicht, so bist du schuldig. / Schuldig, schuldig."[3] Der Kaiser lenkt viel Aufmerksamkeit auf das Volk. In Bezug auf den Tod Litsos denkt er an die Reaktion des Volkes und befürchtet, dass das Volk wegen Limo mit ihm unzufrieden sein und ihn stürzen werde. „Wo war das Volk? War rings kein Volk? [...] Gesteh, daß es um Mitternacht geschah, / Und niemand sah der eiligen Vollstreckung zu / Als nur der Henker, den / Du schleunig stumm gemacht!"[4] Dies erinnert unmittelbar an die konfuzianische Lehre. Der Kaiser sieht keine Schuld bei sich selbst, sondern glaubt sie bei den Dienern und Ahnen suchen zu müssen. Diese Unverantwortlichkeit und die Herrschaft ohne Sitte führt am Ende zum Aufruhr des Volkes.

Wie verhält sich das Volk in diesem dramatischen Werk? Es gruppiert sich im Angesicht der bevorstehenden Strafe von Limo. Eine Gruppe davon spricht für Limo, eine andere Gruppe jedoch gegen ihn. Dies wird im Drama mittels Strophen und Gegenstrophen dargestellt. Nach den Worten der Rechtfertigung von Litso möchte das Volk aufbegehren. Deswegen wird es von Limo als das blinde Volk bezeichnet.[5] Aber vor dem Tod Limos und Litsos hat das Volk eine einheitliche Idee: „Wir alle sind schuldig, wenn diese es sind. / Doch wir, die Gemeinen, stehen gebannt / Und hemmen den Fuß der Gewaltigen nicht."[6] So ist das Wesen des Volkes nicht böse, aber ein Teil davon ist einfach unmündig[7] und wird leicht von den anderen beeinflußt. Nach dem Tod Limos und Litsos sagt das Volk:

> Jäh ists geschehn. Es löst sich der Knäuel. / Was wissen wir noch / Von des Sohnes Frevel, von des Vaters Schuld? / Uns erbaut ihr beständiger Mut. / Wir aber, wir gehn unsers Wegs: / Ob Heil uns geschah, / Ob Unheil uns droht, wir wissen es nicht. / Doch laßt uns

---

[1] Alfons Paquet: *Limo, der große beständige Diener*, Frankfurt am Main 1913, S. 87.
[2] Alfons Paquet: *Limo, der große beständige Diener*, Frankfurt am Main 1913, S. 87.
[3] Alfons Paquet: *Limo, der große beständige Diener*, Frankfurt am Main 1913, S. 88.
[4] Alfons Paquet: *Limo, der große beständige Diener*, Frankfurt am Main 1913, S. 46.
[5] Vgl. Alfons Paquet: *Limo, der große beständige Diener*, Frankfurt am Main 1913, S. 33.
[6] Alfons Paquet: *Limo, der große beständige Diener*, Frankfurt am Main 1913, S. 39.
[7] Vgl. Alfons Paquet: *Limo, der große beständige Diener*, Frankfurt am Main 1913, S. 32.

flehen zum Himmel, / Daß er nicht durch Zürnen bezeuge das Opfer. / Laßt flehen uns auch, / Daß nicht Schuld uns verstricke, / Noch anderes Wesen, das ähnlich der Schuld, / Den irdischen Lauf uns verkürzt. / Und haltet im schweigenden Herzen das Grauen.[1]

Das Volk zeigt sich als Zuschauer, der die großartige Tugend von Limo bewundert, diese jedoch nicht erlernen möchte. Zugleich hat es Ehrfurcht gegenüber dem Himmel. Diese Eigenschaften bestätigen Paquets künstlerische Konzeption über das Volk, nämlich ›chaotisch‹ und ›widersprüchlich‹[2].

Der Kaiser in diesem Werk ist unfähig und das Volk ist unorganisiert. Es ist Limos Geist, der die Weisheit der Regierung am Ende anmerkt: „Des Kaisers Fehle / Weist nur der Diener Sterben zurecht / Oder zu spät des Volkes Hinfall."[3] Limo preist die Funktion der Treue: „Laß uns kummerlos / Der hochbelohnten Treu gedenken."[4] Der Kaiser wird auch durch Limos Tugend verändert: „Wie ist mir? Deine Stimme / Wie Schaum von einem neuen Wein / Braust mir ins Herz! / Tief beug ich mich vor dir und klage / Weinend mich selber, deine Knie umfassend, an."[5] Limos Geist ist für das Volk „beruhigend" und für den Kaiser „heilend".[6] So wird die Ordnung durch den vergöttlichten Limo zurückgebracht.

---

[1] Alfons Paquet: *Limo, der große beständige Diener*, Frankfurt am Main 1913, S. 39 f.
[2] Beide Zitate: Vgl. Alfons Paquet: *Gedanken über "Limo"*, Masch.-Text mit e. Korrekturen, o. J. In: Nachlass Alfons Paquets, Teil II, A3 (Bl. 1-6). Hier Bl. 3 f.
[3] Alfons Paquet: *Limo, der große beständige Diener*, Frankfurt am Main 1913, S. 94.
[4] Alfons Paquet: *Limo, der große beständige Diener*, Frankfurt am Main 1913, S. 94.
[5] Alfons Paquet: *Limo, der große beständige Diener*, Frankfurt am Main 1913, S. 94.
[6] Vgl. Alfons Paquet: *Limo, der große beständige Diener*, Frankfurt am Main 1913, S. 94.

3.3.1.2 Limo als der Edle und Beschützer der Ordnung

1. Limo als der Edle[①]

In der Vorstellung des Idealstaates von Konfuzius spielen die Edlen (*junzi*) eine wichtige Rolle. „*Junzi* war also eine Bezeichnung, die ursprünglich für die herrschende Adelsklasse im feudalen Zeitalter von Zhou reserviert war, während der »Gemeine« (*xiaoren*) für die arbeitende Bevölkerung verwendet wurde.“[②] Im Konfuzianismus war also nicht mehr der Stand oder die Geburt der Maßstab für die Edlen und Gemeinen, sondern Tugend und Bildung im Sinne von Selbstkultivierung und Selbstbildung. Die Rolle der Edlen im Staat wird dahingehend erläutert:

Er [der Edle; Q. C.] hat nämlich die Aufgabe, indem er staatliche Ämter übernimmt, nicht nur ein verläßlicher Träger zugewiesener Rollen, sondern zugleich ein Sachwalter von Kultur und Moral zu sein. Als solcher bildet er mit seiner moralischen Autorität die loyale Gegenmacht zum

---

① Limos Tat entspricht eigentlich auch der Vorstellung des Nicht-Handelns (*wuwei*) im Taoismus. Im *Tao Te King* steht: „Vergilt Feindschaft mit Wohltun“. Man sollte die selbstlose Tugend gegenüber dem Feind zeigen.

Auch Kisôn Kim hat in seiner Forschungsarbeit *Theater und Ferner Osten: Untersuchung zur deutschen Literatur im 1. Viertel des 20. Jahrhunderts* darauf hingewiesen, dass Limo und Litsos Tat Nicht-Handeln und Gewaltlosigkeit zeigt. Vgl. Kisôn Kim: *Theater und Ferner Osten: Untersuchung zur deutschen Literatur im 1. Viertel des 20. Jahrhunderts*, Frankfurt a.M 1982, S. 231. Aber Kisôn Kim missachtet dabei, dass Limo als Staatsmann tätig ist, während ein taoistischer Weiser normalerweise weit entfernt von dem gesellschaftlichen Leben lebt. Deshalb bin ich der Meinung, dass nicht Limo, sondern die Figur des Mönchs als Vertreter des Taoismus fungiert und Gewaltlosigkeit und Nicht-Handeln fordert. Limo ist hier ein Vertreter des Konfuzianismus.

Es ist auch zu erwähnen, dass in diesem Drama nur der Kaiser das Himmelsopfer durchführen kann, was typisch für den Konfuzianismus ist. In der taoistischen Lehre ist Yü-hoang-shang-ti einer der „drei Reinen“. W. Grube hat erklärt, dass „das Volk unter dem Yü-hoang-shang-ti tatsächlich den Gott des Himmels versteht [...]“ und, dass es charakteristisch für Yü-hoang-shang-ti ist, dass „sein Kult, im Gegensatz zum altchinesischen Shang-ti, dem ja kein anderer außer dem Kaiser zu opfern befugt war, sich keineswegs auf die ihm geweihten Tempel beschränkt, sondern sogar in der häuslichen Kultur aufgenommen ist [...].“ Vgl. Wilhelm Grube: *Religion und Kultus der Chinesen*, Leipzig 1910, S. 103. Deshalb wird das Verhalten von Limo im konfuzianischen Sinn erläutert.

② Eun-Jeung Lee: *Konfuzius interkulturell gelesen*, Nordhausen 2008, S. 56.

Herrscher. Er stellt also zusammen mit dem Herrscher einen Träger der Herrschaft dar.①

Der Edle als Untertan steht mit dem Herrscher in einer konkurrierenden, aber zugleich auch kooperierenden Beziehung. Der Anspruch der Edlen auf Moralität bestimmt, dass Konflikte zwischen ihnen und dem Herrscher nicht zu vermeiden sind, vor allem wenn der Herrscher nicht tüchtig genug wäre. Deshalb „müssen die Edlen als Untertanen stets bereit sein, ihr Leben zu verlieren, beziehungsweise sich aus dem öffentlichen Leben zurückzuziehen und Privatpersonen zu werden und gegebenenfalls unter einer spartanischen Existenz inkaufzunehmen"②.

In dieser Hinsicht ist Limo ein Edler. „Bei den Sachen des Volks / War das Haupt er genannt, / In den Bräuchen, wer war / So erfahren wie er? / In den Riten geübt, / Stand er hoch wie ein Fürst, / Ob auch niedrig das Haus, / Wo als Kind er gespielt."③ So berichtet das Volk über Limo. Er nimmt die Angelegenheiten des Volkes ernst, kennt Bräuche und Riten gut, lebt bescheiden und verehrt den Kaiser. Er ist unschuldig, aber wegen der Verleumdung wird er vom Kaiser zum Tode verurteilt. Bis zum Tod bleibt er treu, schweigsam und bescheiden, was im Sinne des Konfuzianismus als tugendhaft gilt und dem Weg des Himmels entspricht. Früher, als der Kaiser noch jung war, hat Limo ihm geholfen, gegen die fremden Feinde zu kämpfen und ist immer als treuer Ratgeber neben dem Kaiser geblieben.④ Limo denkt an das Wohlergehen des Volkes und des Staates sowie die Ehre seines Familienstammes. Deswegen bittet er auch um den Tod seines Sohnes. Die Art und Weise, wie Limo gegenüber seinem Sohn handelt, zeigt seine Verantwortung für den Staat und für seinen Familienstamm. Limos Loyalität gegenüber dem Kaiser entspricht der Kindesehrfurcht in der Familie. Im

---

① Eun-Jeung Lee: *Konfuzius interkulturell gelesen*, Nordhausen 2008, S. 63.
② Eun-Jeung Lee: *Konfuzius interkulturell gelesen*, Nordhausen 2008, S. 66.
③ Alfons Paquet: *Limo, der große beständige Diener*, Frankfurt am Main 1913, S. 25.
④ Vgl. Alfons Paquet: *Limo, der große beständige Diener*, Frankfurt am Main 1913, S. 31 f. „Limo stieß einst den Kaiser vom Pferd: / Es wankte die Schlacht: / Es rollte im Staub / Der ängstliche Knabe, / Er schrie wie ein Tier. / Barbaren, schwertschwingende Feinde, sie eilten, / Die gelbe Beute zu fangen. Ihn aber, den Knaben, / Den der Diener gezüchtigt, / Verschmähten sie grimmig. / Limo, der Führer der Helden, / Trieb sie zur Wüste zurück. / Gewonnenen Sieges / Stand weinend der Kaiser, auf Limo weisend: ‚So stürzt mich rettend der treuste der Diener.'", sagt Litso.

Li Gi steht: „Man diene dem Vater so, daß man auf dieselbe Weise dem Fürsten dienen kann [...].“[1]

Limo hat Ehrfurcht vor dem Kaiser, der aber nicht tüchtig ist. Deswegen herrschen nach dem Tod von Limo im ganzen Land Unruhe und große Naturkatastrophen. Sie fallen wie „Ärger vom Himmel“, wie es bei Konfuzius heißt. „[...] Das Volk mißdeutet seinen Tod, / Verachtet Ordnung, übertritt sogleich / Der Sitte feingespannte Seidenschnur, / Erbricht die Vorratshäuser, schändet / Geheiligt Recht der Fremden, ruft nach Krieg / Und bricht in Mord und Plünderung auseinander.“[2] Dieses Zitat zeigt, dass das Land umgestürzt wird und Ordnung und Sitte nicht beachtet und befolgt werden. Am Ende tritt Limos Geist auf und bringt alles wieder auf den Weg des Himmels. Nun wird gezeigt, dass Limo als der Edle die Ordnung schützt.

2. Limo als Beschützer der Ordnung im konfuzianischen Sinne

Im Konfuzianismus ist der Himmel das Mächtigste, während der Weg (*dao*) ein Mittel zur Ordnung ist.[3] Um alles in Ordnung zu bringen, sollte alles auf dem Weg des Himmels sein. Konfuzius hat *dao* als Begriff nicht explizit definiert, sondern das *dao* nur implizit durch allgemeine Verhaltensmuster beschrieben. Alle menschlichen Handlungen sind „ein Eingriff in das *Dao*, die sich entweder in den richtigen, guten Bahnen des Prozesses vollziehen oder aber diesen [Prozess; Q. C.] stören, blockieren und in Unordnung bringen“[4]. Die Harmonie und Ordnung steht mit dem *dao* in enger Verbindung. Richard Wilhelm hat den Unterschied zwischen dem Begriff des Weges im Konfuzianismus zum einen und im Taoismus zum anderen wie folgend dargestellt:

> Für den Taoismus ist das Tao (Weg, Sinn, kosmisches Gesetz) das Primäre, aus dem in seiner polaren Trennung erst Himmel und Erde hervorgehen. Für den Konfuzianismus ist Gott (der Himmel) das Primäre.

---

[1] Richard Wilhelm (Übers. u. Hrsg.): *Li Gi. Das Buch der Riten, Sitten und Gebräuche*, Düsseldorf/Köln 1981, S. 140.

[2] Alfons Paquet: *Limo, der große beständige Diener*, Frankfurt am Main 1913, S. 66.

[3] Vgl. Richard Wilhelm (Übers. u. Hrsg.): *Li Gi. Das Buch der Riten, Sitten und Gebräuche*, Düsseldorf/Köln 1981, S. 331.

[4] Stephan Schmidt: *Die Herausforderung des Fremden. Interkulturelle Hermeneutik und konfuzianisches Denken*, Darmstadt 2005, S. 133 f.

Der »Weg« ist das Mittel zur Ordnung in Natur und Menschenleben.①

Der Begriff ‚Ordnung‘ bei Konfuzius beschreibt einen Prozess, bei dem die Ordnung aus der alten Zeit wiederhergestellt werden sollte. „[D]ie Ordnung des Altertums ist in den Schriften niedergelegt und wird dort vor allem in Form bestimmter Bahnen des Verhaltens (chinesisch *li*) beschrieben.“② Das *li* ist sozusagen ein Weg zur Realisierung der Ordnung. Bei dem *li* geht es um „die Stabilisierung des sozialen Miteinanders, und zwar auf dem Wege der gemeinsamen Hervorbringung von Moral“③. Die Ordnung wird entsprechend der Moralität durch die menschliche Kommunikation hervorgebracht.

Der Edle befolgt entsprechend dem *dao* Maß und Mitte (*zhongyong*).

> Der Zustand, da Hoffnung und Zorn, Trauer und Freude sich noch nicht regen, heißt Mitte. Der Zustand, da sie sich äußern, aber in allem den rechten Rhythmus treffen, heißt Harmonie. Die Mitte ist die große Wurzel aller Wesen auf Erden, die Harmonie ist der zum Ziel führende Weg auf Erden.④

Maß und Mitte enthalten wahre Stärke. Der Edle⑤ folgt dem goldenen Weg und hat mächtige Stärke:

> Wenn das Land auf rechtem Wege ist, bleibt er derselbe, der er war, als er noch nicht Erfolg hatte: Wie mächtig ist er doch in seiner Stärke! Wenn das Land auf falschem Wege ist, so ändert er sich nicht, ob er auch

---

① Richard Wilhelm (Übers. u. Hrsg.): *Li Gi. Das Buch der Riten, Sitten und Gebräuche*, Düsseldorf/Köln 1981, S. 331.

② Stephan Schmidt: *Die Herausforderung des Fremden. Interkulturelle Hermeneutik und konfuzianisches Denken*, Darmstadt 2005, S. 137.

③ Stephan Schmidt: *Die Herausforderung des Fremden. Interkulturelle Hermeneutik und konfuzianisches Denken*, Darmstadt 2005, S. 137.

④ Richard Wilhelm (Übers. u. Hrsg.): *Li Gi. Das Buch der Riten, Sitten und Gebräuche*, Düsseldorf/Köln 1981, S. 27.

⑤ Der ‘Edle’ bezog sich vor allem auf den aristokratischen Fürstensohn, aber Konfuzius erweiterte diesen Begriff und in seiner Lehre bezieht sich dieser Begriff auf die moralisch edlen und tugendhaften Menschen. Vgl. Eun-Jeung Lee: *Konfuzius interkulturell gelesen*, Nordhausen 2008, S. 39.

sterben müßte: Wie mächtig ist er doch in seiner Stärke![1]

Der Edle findet seinen eigenen Platz in der Gesellschaft und nimmt alles mit Gelassenheit auf, egal ob das Glück oder Unglück ist. „Er macht sich selber recht und verlangt nichts von den andern Menschen; so bleibt er frei von Groll. Nach oben grollt er nicht dem Himmel, nach unten zürnt er nicht den Menschen. So weilt der Edle in Gelassenheit und nimmt sein Schicksal gefaßt entgegen.“[2] Der Edle ist also nicht stolz, wenn er Hochbeamter ist. Er ist auch nicht ungehorsam, wenn er an einer niedrigen Position ist. Er folgt einfach dem Weg des Himmels. „Wenn in einem Staat der Weg (der Ordnung) herrscht, so reichen seine Worte hin, ihm Einfluß zu verschaffen. Wenn in einem Staat der Weg verloren ist, so reicht sein Schweigen hin, ihm Duldung zu schaffen.“[3] Das heißt, dass der Edle sein Inneres beachtet. Er verhält sich ehrfürchtig und ernst. Mit seinem Charakter, der dem Weg des Himmels entspricht, wirkt der Edle im Volk.

Limo kennt den Weg des Himmels und folgt als der Edle ohne Widerspruch der Bestimmung des Himmels. Als Staatsmann und Diener des Kaisers zeigt er sich gehorsam und treu. Er folgt dem Befehl des Kaisers, ohne sich zu rechtfertigen. Limo selbst sagt: „Des Dienens Würde heißt mich schweigen.“[4] Er kennt den Weg des Himmels und deshalb grollt er nicht. „Beim Himmelsopfer werden Geister sprechen, / Wenn meine Stimme schweigen muß.“[5]

Limo erfüllt seine Pflicht als Beamter gegenüber seinem Kaiser im konfuzianischen Sinne bzw. im *li* und opfert sich selbst und seinen einzigen Sohn Litso auf, wodurch er die Ordnung schützt. Fang, der Vertreter des Volkes, betont, dass Limos Entscheidung „grausam[]“ und „unmenschlich[]“[6] sei. Das zeigt aber Limos Annäherung an die Vollkommenheit und höchste Menschlichkeit, die

---

[1]　Richard Wilhelm (Übers. u. Hrsg.): *Li Gi. Das Buch der Riten, Sitten und Gebräuche*, Düsseldorf/Köln 1981, S. 29.

[2]　Richard Wilhelm (Übers. u. Hrsg.): *Li Gi. Das Buch der Riten, Sitten und Gebräuche*, Düsseldorf/Köln 1981, S. 31.

[3]　Richard Wilhelm (Übers. u. Hrsg.): *Li Gi. Das Buch der Riten, Sitten und Gebräuche*, Düsseldorf/Köln 1981, S. 40.

[4]　Alfons Paquet: *Limo, der große beständige Diener*, Frankfurt am Main 1913, S. 28.

[5]　Alfons Paquet: *Limo, der große beständige Diener*, Frankfurt am Main 1913, S. 28.

[6]　Beide Zitate: Alfons Paquet: *Limo, der große beständige Diener*, Frankfurt am Main 1913, S. 34.

gewöhnliche Menschen nicht erreichen könnten. So erfährt Limo eine Apotheose, wie der Mönch sagt, und tritt als Mensch „nach göttlichem Rang"[1]. Limo erzielt die Dreieinigkeit von Mensch, Himmel und Erde.

> Dass es sich lohnt, lieber das Leben und sich hinzugeben, wo das Ethos und das Leben scheinbar feindlich sich kreuzen, statt am Leben zu hängen; dass das Ethos bereits eine höhere Form des Lebens ist; er entscheidet sich für das Leben in seiner höheren Form.[2]

So hat Paquet die heroische Tat von dem Edlen – Limo zusammengefasst.

Durch seine Tat beeinflußt und verändert er auch die anderen, nämlich den Kaiser und das Volk. Das erinnert an die Worte im fünfzehnten Buch des *Gespräche*: „Die Menschen können die Wahrheit verherrlichen, nicht verherrlicht die Wahrheit die Menschen."[3] Limos Geist beruhigt das Volk und heilt den Kaiser.[4] Der Kaiser wird vom Geist Limos verändert. Der Kaiser betont noch ausführlicher die Funktion der Treue: „Die Treue hielt im Herzen nicht ein. / Sie verbreitet die Blüte / Erquickung über das Land und erneut / Volk, Erde und Himmel, / Die große Dreiheit unmerklich."[5] Was das Land tatsächlich wieder in Ordnung bringt, ist die Tat von Limo, die dem Weg des Himmels entspricht.

3.3.2 Taoistische Weisheit – Der Mönch als Deuter des *dao*

Während das *dao* im konfuzianischen Sinne mit ethischen praktizierten Verhaltensmustern verbunden ist, bleibt das *dao* im Taoismus als „Weltgrund,

---

[1] Alfons Paquet: *Limo, der große beständige Diener*, Frankfurt am Main 1913, S. 31.

[2] Alfons Paquet: *Gedanken über "Limo"*, Masch.-Text mit e. Korrekturen, o. J. In: Nachlass Alfons Paquets, Teil II, A3 (Bl. 1-6). Hier Bl. 2.

[3] Confucius: *Gespräche*, aus d. Chines. übertr. u. hrsg. von Richard Wilhelm, Düsseldorf/ Köln 1980, S. 160. Eun-Jeung Lee hat diese Worte nach ihrem Verständnis wie folgt übersetzt: „Der Mensch erweitert das *dao*, nicht das *dao* erweitert den Menschen". Vgl. Eun-Jeung Lee: *Konfuzius interkulturell gelesen*, Nordhausen 2008, S. 51. Mit diesen zitierten Worten stellt Eun-Jeung Lee den humanistischen Aspekt von Konfuzius in Bezug auf seine Hervorhebung der Menschen als Subjekt in der Welt bzw. im Kosmos dar.

[4] Vgl. Alfons Paquet: *Limo, der große beständige Diener*, Frankfurt am Main 1913, S. 94.

[5] Alfons Paquet: *Limo, der große beständige Diener*, Frankfurt am Main 1913, S. 96.

der allen kosmischen wie irdischen Erscheinungen zugrunde liegt"[1], dessen Funktionsprinzip Nicht-Handeln (*wuwei*) ist, um die Harmonie mit dem Naturgesetz zu erreichen. Der Mönch tritt im ersten Aufzug als „der ganz Alte" auf. Das Volk verehrt ihn als einen „weiße[n] Bettler"[2], „Goldmacher"[3], ein „hundertjähriges altes Kind"[4]. Er ist eigentlich ein Geist und dient dem König.[5] Limo beschreibt ihn ausführlich: „So bist dus selbst! Auf einem Kreisen ruht / Des Reiches schöner säulengleicher Bau unsichtbar. / Den Lehrer alter Vorzeit nennt man dich, / Den Tröster auch. / Goldmacher ruft dich scheu das Volk, / Und deine Tempel stehen niemals leer."[6] Durch diese Worte ist zu vermuten, dass der ganz Alte ein daoistischer Weiser ist,[7] vielleicht Laotse oder Tschuangtse[8]. Er kennt das *dao* und ist derjenige, der die anderen an das *dao* erinnert und dazu aufruft, das *dao* zu befolgen.

Wenn Limos Sohn Litso durch seine Rache das Volk zum Aufruhr führt, kommt der Mönch aus seinem ruhigen Leben in der Abgeschiedenheit und weist auf den Weg hin: „Es greift ein menschlich Geschlecht umsonst nicht / Nach

---

[1] Han-Soon Yim: *Bertolt Brecht und sein Verhältnis zur chinesischen Philosophie*, Bonn 1984, S. 210.

[2] Alfons Paquet: *Limo, der große beständige Diener*, Frankfurt am Main 1913, S. 30.

[3] Alfons Paquet: *Limo, der große beständige Diener*, Frankfurt am Main 1913, S. 30.

[4] Alfons Paquet: *Limo, der große beständige Diener*, Frankfurt am Main 1913, S. 30.

[5] Vgl. Alfons Paquet: *Limo, der große beständige Diener*, Frankfurt am Main 1913, S. 79.

[6] Alfons Paquet: *Limo, der große beständige Diener*, Frankfurt am Main 1913, S. 79.

[7] Vgl. Alfred Forke: *Geschichte der alten chinesischen Philosophie. Abhandlungen aus dem Gebiet der Auslandskunde*, Bd. 25, Reihe B, *Völkerkunde, Kulturgeschichte und Sprachen*, Hamburg 1927, Bd. 14, S. 11. *I Ging* wird hier als ein Buch über Alchemie betrachtet. Ich meine, dass Taoisten als Goldmacher erkannt wurden. W. Grube hat auch angemerkt, dass die ursprüngliche Lehre von Laotse in zwei Richtungen entwickelt wurde, erstens die alchimistische Geheimlehre, zweitens zum religiösen Taoismus. Vgl. Wilhelm Grube: *Religion und Kultus der Chinesen*, Leipzig 1910, S. 89 f.

[8] Laotse preist das Weiche und Nachgiebige und fordert dadurch das Nicht-Handeln. Nicht-Handeln bedeutet „das reine selbstlose Auswirken der von Tao in das Herz sich ergießenden, inneren Güte". Vgl. Victor von Strauss (Übers.): *Lao-tses Tao Te King*, Leipzig 1924, S. 60. Während Laotse das Nichtstreben hervorhebt, betont Tschuangtse die Seelenruhe und den inneren Einklang mit dem Tao. Vgl. Lin Yutang: *LAOTSE*, Frankfurt/ M.-Hamburg 1955, S. 16. In Bezug auf das Betonen von Stille kann man behaupten, dass der Mönch wohl Tschuangtse ist. Aber der Mönch betont auch das *dao* und das Nichthandeln sowie das dialektische Denken. Zu Laotses Leben vgl. Eugen Feifel: *Geschichte der chinesischen Literatur*, Hildesheim 1967, S. 44.

göttlichem Rang. Doch beuge der Junge / Dem Alten sich erst, daß nicht der Fall / Ganz rasch und für immer und grausig geschehe."① Laut dem Mönch sollte Litso Gehorsam und Gewaltlosigkeit ausüben. Was der Mönch sagt, geschieht später auch wirklich. Er fungiert gleichsam als ein mysteriöser Weiser in diesem Werk. Das zeigt auch unmittelbar, dass das *dao* nach seiner eigenen Bestimmung läuft und niemand ihm widerstreben kann.

Der Mönch wird vom Kaiser anerkannt: „Dich preis ich, Klausner, der auf einem Fels / Verborgen in Gestrüpp und Stille sonst / Der Erde Gang betrachtet [...]."② Der Mönch betont das *dao* im Taoismus: „Im Nichts ruht alles. Aus dem wunderlichen Nichts / Steigt keine Insel wunderlicher als die Welt, / Die einen ganz vergessnen Schiffer zu sich winkt."③ Weil der Mönch den Gang der Welt kennt, fragt ihn der Kaiser über die Zukunft. Der Mönch achtet auf die vergöttlichte Natur und sieht die Kraft in der Stille und Ruhe des *dao*: „Denn Leichtigkeit und Stille ist des Himmels / Unüberdenklich große Absicht."④ Der Mönch weiß, dass das *dao* nach seiner eigenen Bestimmung läuft, deshalb lehrt er dem jungen Kaiser Geduld, Stille und Ruhe: „Doch bitt ich dich inständig, laß nicht unerforscht / Den dunkeln Traum, dies Zepter zu verwaisen. / Des Volks Bestürzung wird dich schrecken."⑤ Sein Gespräch mit Limo und Litso sowie mit dem Kaiser zeigt, dass der Mönch ein Wegweiser für das *dao* ist.

Am Ende erweist sich der Mönch als Geist, wenn er mit den Geistern von Limo und Litso spricht. So ist er wieder ein Vermittler der Weisheit des *dao* und zugleich auch wie ein Heiliger. Er weist hier nochmal darauf hin, dass alles dem *dao* folgt und man nur geduldig warten muss.

> Was klagt ihr? / Nicht auszulöschen, ist die Bestimmung. / Es gehn / Die edleren Zeichen durch alles Geschaffne: / Das Blühen der Wangen, das Glänzen der Augen / Ist ihre Spur. / Geführt von den Ahnen / Durch menschliches Antlitz / Gehn die aus Nichts Entstandnen / Durch

---

① Alfons Paquet: *Limo, der große beständige Diener*, Frankfurt am Main 1913, S. 31.
② Alfons Paquet: *Limo, der große beständige Diener*, Frankfurt am Main 1913, S. 52.
③ Alfons Paquet: *Limo, der große beständige Diener*, Frankfurt am Main 1913, S. 52.
④ Alfons Paquet: *Limo, der große beständige Diener*, Frankfurt am Main 1913, S. 53.
⑤ Alfons Paquet: *Limo, der große beständige Diener*, Frankfurt am Main 1913, S. 55.

Nebelgewoge, / Durch Wellengetriebe / Und finden das Festgefügte, das Heim.[1]

Der Mönch betont, dass alles sich nach dem *dao* bewegt. Litso weist auch darauf hin, dass der Mönch das Leiden hoch schätzt: „Beschämend lohnst du, Heiliger, das Leiden; Es gleitet das Bittre wie Wasser hernieder / Vom Leibe des Schwimmers. Wir tauchen empor [...].“[2] Aus dem Leiden entwickelt sich Glück. Dieses dialektische Denken entspricht der Lehre von Yin und Yang im Taoismus.[3]

Was der Mönch dem Kaiser beibringt, ist die Kraft der Stille und Geduld, die dem *dao* entsprechen. Die Dialoge zwischen dem Mönch und Limo sowie Litso zeigen, dass der Mönch Gewaltlosigkeit und Nachgiebigkeit sowie dialektisches Denken nach dem *dao* hervorhebt. In dieser Hinsicht ist es erkennbar, dass der Mönch den Weg beachtet und Gewalt und Kriege vermeidet.

Eigentlich sind die Taoisten gegen das Leben in der Gemeinschaft und streben nach der einsamen Ruhe.[4] Deshalb kann der Mönch als eine literarische bzw. künstlerische Umsetzung der Wahrnehmung der taoistischen Lehre von Paquet betrachtet werden. „Wegen der Entwicklung der ethischen Norm des Taoismus aus den damaligen Zeit- und Gesellschaftsverhältnissen gilt taoistische Ethik in erster Linie für verworrene Zeiten und weniger für allgemeine Umstände des Gesellschaftslebens.“[5] Genau wie die Entstehung der taoistischen Lehre wegen der Unruhe werden der Mönch und seine Gedanken in diesem Theaterstück hoch geschätzt. In diesem dramatischen Werk versteht sich der Mönch als ein Deuter des *dao* gut mit Limo, der ja der Edle im konfuzianischen Sinne ist. Das zeigt auch, dass Paquet das Theaterstück unmittelbar mit seiner zeithistorischen Situation verknüpft hat und versuchte, anhand der chinesischen Philosophie in

---

[1] Alfons Paquet: *Limo, der große beständige Diener*, Frankfurt am Main 1913, S. 75.
[2] Alfons Paquet: *Limo, der große beständige Diener*, Frankfurt am Main 1913, S. 77.
[3] Im Kap. 42 wird das Yin und Yang erläutert. Die dialektische Haltung durchzieht das Buch *Tao Te King*.
[4] Eun-Jeung Lee hat z.B. auch darauf hingewiesen, dass der Taoismus eher die anarchistische Idee vertritt und gegen das menschliche Zusammenleben plädiert und das ruhige Leben in den Bergen sucht. Vgl. Eun-Jeung Lee: *Konfuzius interkulturell gelesen*, Nordhausen 2008, S. 67.
[5] Yun-Yeop Song: *Bertolt Brecht und die chinesische Philosophie*, Bonn 1978, S. 112. Vgl. auch Eugen Feifel: *Geschichte der chinesischen Literatur*, Hildesheim 1967, S. 17.

einer unruhigen Zeit gegen das Chaos in Europa anzukämpfen.

Außerdem ist zu bemerken, dass der Mönch auch religiöse Züge in sich trägt, wenn er als ein Hirte beschrieben und ihm Heiligkeit zugesprochen wird. Einen Beweis dafür liefern die Verse, die dem Haupttext vorangestellt sind:

> Wenn die Wahrheit, die so sanft aufgeht, / Einst im Mittagsglanz am Himmel steht, / Und die Zeit hat ausgeschlagen, / Wird kein Ort mehr sein, der nicht ein Grab / getragen. / Doch dann wird auch alles Volk erkennen, / Warum wir uns irdisch nennen. / Kaiser und Prophet und Volk verwoben / Sind ein Kleid mit buntem Saum und rein. / Dann wird Gott erscheinen wie von oben / Und nicht mehr ein Bettler sein.[1]

Dieses Gedicht ist eine kurze Vorausdeutung, ein Prolog der ganzen weiteren Handlung. Besonders der Hinweis auf Bettler und Gott steht im *Limo* mit der Figur des Mönches im Einklang, die am Anfang als Bettler und am Ende doch als übermenschlicher und heiliger Geist auftritt.

Der Mönch ist sozusagen eine Figur, die die taoistische Lehre verkörpert und zugleich religiöse Züge trägt. Es ist aber bemerkenswert, dass am Ende nicht der Mönch, sondern das heroische Verhalten von Limo das ganze Land rettet. In dieser Hinsicht kann man vermuten, dass Paquet damit wohl die politischen und ethischen Vorzüge der konfuzianischen Lehre und die damit erzielte Ordnung preisen wollte.

3.3.3 Kleines Fazit

Anhand der Analyse der wichtigen Figuren in diesem Teil wird Paquets Wahrnehmung der chinesischen Weisheiten detailliert dargestellt. Seine Auseinandersetzung mit der chinesischen Philosophie in diesem dramatischen Werk spiegelt gerade sein symbolisches Denken wider. In diesem dramatischen Gedicht ist der Kaiser unfähig und zugleich strebt er nach der Macht. Seine Tat

---

[1] Alfons Paquet: *Limo, der große beständige Diener*, Frankfurt am Main 1913, S. 11. Marina Thöne hat darauf hingewiesen, dass diese Verse „den einleitenden Absichten antiker Trauerspiele" entsprechen. Vgl. Martina Thöne: *Zwischen Utopie und Wirklichkeit. Das dramatische Werk von Alfons Paquet*, Frankfurt am Main 2005, zugl. Dissertation an der Heinrich-Heine-Universität Düsseldorf, Düsseldorf 2004, S. 138.

bringt Zorn des Himmels und Aufruhr des Volkes mit. Das Volk in diesem Werk ist chaotisch und unmündig. Der Staatsmann Limo zeigt sich als der Edle und bringt durch seine Opferbereitschaft die Ordnung zurück. Die Beziehung zwischen Litso und Limo verkörpert die Stufe der Familie im konfuzianischen Sinne. Die Beziehung zwischen Limo und dem Kaiser bildet die zweite Stufe des Staats. Die höhere Stufe der Menschheit wird wegen des unfähigen Kaisers am Anfang nicht erreicht, aber am Ende des Werkes wird sie durch das Opfer von dem Staatsmann Limo vollzogen. Diese drei Stufen zeigen uns die konfuzianischen politischen und ethischen Ideale. Außerdem ist die Figur Mönch auch wichtig, der die Weisheit der taoistischen Lehre kennt.

Limo und der Mönch verstehen sich gut miteinander. Limo freut sich sehr, als er erfährt, dass der ganz Alte der alte Lehrer ist. „Du alter Lehrer: sehr verlangte mich, / Dein Angesicht zu sehn."[1] Der ganz Alte schätzt Limo auch hoch: „Dich schloß ich an mein Herz, / Denn Himmel, Mensch und Erde lebt in dir [...]."[2] Außerdem werden die beiden als Verkörperung Gottes gesehen. Der Kaiser betrachtet Limos Geist als Gott. „Im Dunklen ging ich, im Bodenlosen, / Zum Nichts gewendet. / Da redete plötzlich die Stimme / Vergebend und innig: Limo war es. / Er selber erschien wie ein Gott."[3] Limo wird durch seine treue Tat zum göttlichen Wesen erhoben, während der Mönch auch heilig dargestellt wird und religiöse Züge aufweist. Nachdem die beiden Figuren genau analysiert worden sind, ist deutlich geworden, dass sie Helfer des Kaisers sind. Aber es ist vor allem Limos tugendhaftes Handeln nach dem Weg des Himmels, das alles rettet und die Ordnung wiederherstellt.

---

[1] Alfons Paquet: *Limo, der große beständige Diener*, Frankfurt am Main 1913, S. 79.

[2] Alfons Paquet: *Limo, der große beständige Diener*, Frankfurt am Main 1913, S. 80.

[3] Alfons Paquet: *Limo, der große beständige Diener*, Frankfurt am Main 1913, S. 96.

3.4 Paquets Suche nach der kulturellen Synthese

3.4.1 Zeitgenössische Rezeption des dramatischen Werkes *Limo*

Dieses Werk ist ein Ergebnis der Suche nach der kulturellen Synthese.[1] Wie
Kisôn Kim betont: Der asiatische Theaterstoff wurde nach dem europäischen
Verständnis und Erwartungshorizont umgearbeitet.[2] Aber nach der Erscheinung
war dieses dramatische Gedicht wegen der Unklarheit und Fremdheit die
„entlegenste[] Entlegenheit“[3]. Ein Kommentator kritisierte dieses Werk wie folgt:

> Der König quält sich nun 70 Seiten lang mit seinem Leichtsinn ab [...].
> Wenn diese Leute halbschuldig sind, mußte doch ein treuer Staatsdiener
> für die Erhellung der Zustände sorgen, statt sich selbst abschlachten zu
> lassen [...]. Was ist das überhaupt für ein abergläubischer Mensch (König)
> [...]. Und weshalb diese Lösung durch Geistererscheinungen, weshalb
> diese Ausflüge in die Mystik, ins Religiös-Pomphafte, ins Chinesisch-
> Katholische? Das ist doch alles recht unklar, oder rein kulturhistorisch.[4]

Ein anderer Kommentator hat ebenfalls auf die Unklarheit im *Limo*
hingewiesen:

> [J]ene ursprünglich östliche Ethik des Opfers, die im Christentum
> neue, stärker aktivierte Gestalt gewonnen hat, ist von Paquet in den
> phantastischen Geschehnissen seiner dramatischen Dichtung nicht mit
> der Klarheit und Lebensnähe herausgehoben, die Mißverständnisse

---

[1] Die damaligen deutschen Autoren und Intellektuellen wie Hermann Hesse, Keyserling
und R. Wilhelm haben sich auch für die Kultursynthese von Westen und Osten eingesetzt
und appellierten, dass Europa von Altasien lernen sollte. Vgl. Paul Michael Lützeler: *Die
Schriftsteller und Europa, von der Romantik bis zur Gegenwart*, München 1992, S. 208.

[2] Vgl. Kisôn Kim: *Theater und Ferner Osten. Untersuchung zur deutschen Literatur im
ersten Viertel des 20. Jahrhunderts*, Frankfurt/Main, Bern 1982, S. 144 ff.

[3] Dr. Wilhelm von Scholz: „*Limo*“. In: *Der Tag*, Berlin 22. Okt. 191[?]. In: Nachlass Alfons
Paquets, Teil II, B.

[4] Kurt Kersten: *Neue Bücher*. In: *Die Gegenwart*, Berlin 4. Okt. 1913, S. 640. In: Nachlass
Alfons Paquets, Teil II, B.

ausschließen würde.[①]

In der *Süddeutschen Literaturschau* steht auch eine kritische Meinung dazu: „Wir sind keine Chinesen – vielleicht ist dies der Grund, daß wir uns auf das sich vor unseren Augen abspielende Geschehen so wenig einzustellen vermochten [...]."[②] Die zeitgenössischen Leser konnten das dramatische Werk *Limo* mit chinesischen Elementen wohl aufgrund fehlenden Wissens nicht gut rezipieren.

Anscheinend wurde Paquets geistige Sehnsucht im *Limo* erst in den 1920er Jahren nach der Aufführung von den Zeitgenossen anerkannt. Daraufhin hat Dr. Harraß z.B. nach der Uraufführung hingewiesen: „Es ist ein besonderes Verdienst, daß endlich dieses von heller, warmleuchtender Schönheit und Harmonie überflutete, durchglutete Gedicht, in seiner Hoheit und Reine an die klassische Antike gemahnend, weitern Kreisen erschlossen wurde."[③] Die Suche nach dem schönen und harmonischen Ideal aus der klassischen Antike wurde von Dr. Harraß betont. Werner E. Thormann hat z.B. angemerkt:

> Für die Entwicklung des deutschen Dramas hat „Limo" entschieden seine grosse Bedeutung. In ihm steckt die Dynamik einer machtvollen Welterfassung, die unserer Modernen bisher abging. Alfons Paqeut ist ein deutlicher Hinweis auf die Zukunft der kulturellen Synthese. Sein Drama ist der grosse Triumphgesang der sozialen Tugend.[④]

Die Suche nach der kulturellen Synthese und gesellschaftlicher Tugend wurde von Thormann hoch geschätzt. Auf die Erstere, die vom zeitgenössischen und nachfolgenden Publikum nicht gut rezipiert und beachtet wurde, wird im Folgenden genauer eingegangen. Aufgrund der durchgeführten Analyse ist

---

① D.: *Landestheater. Uraufführung: Limo, der große beständige Diener. Dramatisches Gedicht von Alfons Paquet*. In: *Stuttgarter Tagblatt*, 16.6.1924. In: Nachlass Alfons Paquets, Teil II, B.

② O. T. In: *Süddeutsche Literaturschau*, Stuttgart 1.7.1924. In: Nachlass Alfons Paquets, Teil II, B. Leider ist dieser Artikel unvollständig.

③ Dr. Harraß: *Theater und Musik. Alfons Paquet: Limo, der große beständige Diener*. In: *Kölnische Zeitung*, 20.6.1924. In: Nachlass Alfons Paquets, Teil II, B.

④ Werner E. Thormann: *Alfons Paquet: Limo, der große beständige Diener. Ein dramatisches Gedicht. Musik von Bruno Stürmer*. In: *B.V.B. Vertrieb dramatischer Werke*, Frankfurt a.M., o. J. In: Nachlass Alfons Paquets, Teil II, B.

festzustellen, dass Paquets Suche nach der kulturellen Synthese sowohl in der Entstehungsgeschichte als auch in der Form, Handlung und Figuren dieses dramatischen Werkes *Limo* mitschwingt. Die kulturelle Synthese liegt vor allem in der Verbindung von der chinesischen Kultur als Inhalt, nämlich konkret der Ahnenkult, das konfuzianische politische und ethische Ideal, die taoistische Lehre einerseits und der antiken Tragödie als Rahmen, einschließlich der Struktur und der Chöre andererseits.

3.4.2 Wahrnehmung der kulturellen Ähnlichkeiten

Paquets Suche nach der kulturellen Synthese basiert auf seiner Wahrnehmung der kulturellen Ähnlichkeiten. Seine Betonung der kulturellen Ähnlichkeiten lässt sich in seinen Schriften erkennen. Die Versform z.B., die er im *Limo* verwendet, ist nicht nur typisch für die Tragödie, sondern auch für die chinesische Literatur.[1] Außerdem beschäftigt er sich im *Limo* mit dem Gedanken des Kaisertums, den er nicht nur in der europäischen Geschichte, sondern auch in der chinesischen Kultur gefunden hat. Im Essay *Der Kaisergedanke* hat Paquet bezüglich des Kaisertums auch die Ähnlichkeiten in der chinesischen und europäischen Kultur angemerkt: „Vor allem aber ist uns China, je näher wir es kennenlernen, ein Wunder der Ähnlichkeiten. Der chinesische Kaisergedanke in der tiefen gedanklichen Stellung, die er im konfuzianischen System einnimmt, ist ein Vorbild [...] des europäischen.“[2] Zugleich betrachtet er den chinesischen Kaisergedanken als das Vorbild des europäischen. In dem Essay *Chinesierung* (1916) hat er die Gemeinsamkeiten zwischen Europa und China in Anlehnung an die kulturellen Ideen von Ku Hung-Ming in zwei Punkten zusammengefasst: erstens, China sei die Heimat des Liberalismus im 18. Jahrhundert in Europa, welches echte Kultur habe; zweitens betont er „die Idee des Kaisertums, der Staatsreligion und die Lehre des ‚Edlen‘ oder des guten Bürgers“[3] in der chinesischen konfuzianischen Lehre und auch in der europäischen Geschichte. Genau den zweiten Aspekt hat er im *Limo* bearbeitet.

---

[1] Vgl. Kapitel 3.2.1 in dieser Arbeit.

[2] Alfons Paquet: *Der Kaisergedanke*, Frankfurt am Main 1915, S. 44.

[3] Alfons Paquet: *Chinesierung*. In: *Frankfurter Zeitung*, I., 12.9.1916. In: Nachlass Alfons Paquets, Teil II, A5.

Mittels seiner Schriften ist zu sehen, dass Paquet im Austauschprozess mit der chinesischen Kultur immer nach den kulturellen Ähnlichkeiten und Gemeinsamkeiten sucht. Auf dieser Grundlage sucht er weiter nach der kulturellen Synthese.

3.4.3　Die Suche nach der kulturellen Synthese

Die Synthese zwischen der östlichen und westlichen Kultur in diesem dramatischen Werk äußert sich vor allem in der Verbindung von der chinesischen Kultur mit der griechischen Tragödie. Paquet hat sich in diesem dramatischen Gedicht, das Züge der Tragödie aufweist, mit dem chinesischen Ahnenkult beschäftigt. Er selbst hat dazu Folgendes notiert:

> Es ist ein von echter Kühnheit und Umfassungsfähigkeit getragener und, wie uns scheint, wahrhaft geglückter Versuch, die hohe und strenge Lebensbetrachtung des chinesischen Ahnenkults und die ebenso hohe und strenge Formkonzeption der griechischen Tragödie zu verschmelzen.[1]

Neben dem Ahnenkult hat er auch die konfuzianischen politischen und ethischen Ideen und die taoistische Lehre aufgenommen und sie mit der Form der griechischen Tragödie verschmolzen. Im *Limo* zeigt sich mithin eine Verschmelzung der östlichen und westlichen Kultur. Außerdem gibt es viele chinesische Elemente, auch bei der Aufführung, einschließlich der Namen, der Trachten und der Dekorationen. Das Drama wird von Johannes Werner als „beziehungsreiche Chinoiserie mit lyrischen Zügen"[2] bezeichnet. Im *Kunstwart* wird das Werk so bewertet:

> Klassizistisch gibt sich Alfons Paquets Drama „Limo, der große beständige Diener", das im Thema an Grillparzers Bancban, in der Durchführung (Strophen, Antistrophen, Chorfugen!) etwa an die Braut von Mesina, in der Szenbildung an chinesische Volkssagen und

---

① Alfons Paquet: *Limo, der große beständige Diener*, Masch.-Abschr. mit e. Korrekturen, o. J. In: Nachlass Alfons Paquets, Teil II, A3.

② Johannes Werner: *Welt und Wort: Über Alfons Paquet*. In: Karl H. Pressler (Hrsg.): *Börsenblatt für den Deutschen Buchhandel*, München 1994, Nr. 51, 28.6.1994, S. A 201-205. Hier A 203.

-vorstellungen erinnert und doch im Ganzen ein eignes, von edlem Pathos und dichterisch kräftigem Ringen zeugendes Werk geworden ist.[1]

Einige Figuren tragen chinesische Namen[2] und chinesische Trachten[3]. Jonala schenkt ihrem Geliebten Litso einen Schildpattkamm im Seidentuch.[4]

---

[1] O. T. In: *Kunstwart*, 1. Dezemberheft 1913. In: Nachlass Alfons Paquets, Teil II, B.

[2] Die meisten Figuren außer Jonala tragen chinesische Namen, also Limo, Litso, Fang, Kwei. Hier möchte ich den Namen Kwei kurz erläutern. Johann Jakob Maria de Groot schreibt: „Die Seelen der Ahnen und der Verstorbenen, die man verehrt, sind wohltätige Seelen, d.h. die mit der Licht, Wärme und Segen spendenden Yang-Seele des Weltalls identifizierten *Schen*. Die Kwei dagegen bilden die unzähligen Legionen von Gespenstern, die das Weltall erfüllen, die Urheber aller Übel und Schrecken für die Menschheit. Diese Geister sind aber nicht immer böse; es gibt unter ihnen ganz wohltätige, sogar solche, welche ebensowohl segenspendend wie übelbringend sind, je nachdem wie ihre Stimmung ist." Vgl. Johann Jakob Maria de Groot: *Die Religion der Chinesen.* In: *Die Kultur der Gegenwart*, T.1, Abt. 3,1. In: *Die Religionen des Orients und die altgermanische Religion*, 1913, S. 161-190. Hier S. 167.
Wilhelm Grube hat auch Kwei vorgestellt. „K'uei ist nämlich der Name für die vier Hauptsterne im großen Bären. Er wird in Gestalt eines teufelähnlichen Wesens von abschreckender Häßlichkeit mit hörnerartigen Auswüchsen am Kopfe dargestellt [...] Da K'uei aber „Dämon" und in der buddhistischen Mythologie soviel wie „Teufel" bedeutet, die Teufel aber stets wie bei uns in möglichst grauenerregender Weise dargestellt werden, so findet das wenig schöne Äußere des Gottes hierin seine Erklärung." Vgl. Wilhelm Grube: *Religion und Kultus der Chinesen*, Leipzig 1910, S. 136.

[3] Vgl. Alfons Paquet: *Limo, der große beständige Diener*, Frankfurt am Main 1913, S. 21, S. 22 u. S. 45. Im Nebentext werden Anweisungen für die Trachten gegeben. Kwei trägt als Beamter eine „grüne schillernde Seide", während Fang als allgemeines Volk eine „einfache blaue Leinentracht" anhat. Limo ist als ein ehemals ehrwürdiger, jetzt aber bestrafter Beamter „in einem einfachen grauweißen Gewand". Der Kaiser ist in einem Mönchgewand, „das an der Achsel zerrissen ist, zum Zeichen der Trauer" (Vgl. *Limo*, S. 45) und beim Himmelsopfer trägt er ein gelbstrahlendes Kleid (Vgl. *Limo*, S. 83). Bei der Aufführung wurden die Zuschauer durch „die östliche Farbenpracht der Kostüme" beeindruckt. Vgl. H. W.: *Württembergisches Landestheater. Uraufführung: Alfons Paquet, Limo. Stuttgart.* In: *Schwäbische Merkur*, 17.6.1924. In: Nachlass Alfons Paquets, Teil II, B.

[4] Vgl. Alfons Paquet: *Limo, der große beständige Diener*, Frankfurt am Main 1913, S. 41.

Der Richter trägt „ein gelbes Schreiben"[1]. Außerdem weisen Gesten[2], die Diktion und die Musik chinesischen Charakter auf: „Während Gesten und Diktion analog zu den chinesischen Bühnenbildern streng stilisiert waren, hat die Musik von Bruno Stürmer in diesem Zusammenhang »das Melodramatische stark unterstrichen«".[3] Auch die Zeitstruktur und die Farbgebung heben die Opfer-

---

[1]   Alfons Paquet: *Limo, der große beständige Diener*, Frankfurt am Main 1913, S. 22.

[2]   Als ein Beispiel wird hier die Geste von Limo gezeigt. Vgl. Alfons Paquet: *Limo, der große beständige Diener*, Frankfurt am Main 1913, S. 22. Es steht im Nebentext: „Der Zug füllt den Platz aus. Hinter einem Läufer, der ein gelbes Schreiben trägt, erscheint der RICHTER [...]. Dieser [Limo; Q. C.] nimmt von dem Läufer, der niederkniet, das gelbe Schreiben in Empfang und rollt es auf". Vgl. auch dasselbe S. 23. Im Nebentext steht: „LIMO kniet vor dem Richter nieder. Das Volk verbeugt sich." Vgl. auch Alfons Paquet: *Limo, der große beständige Diener*, Frankfurt am Main 1913, S. 80 ff. (Herv. im. Orig.)
Auf „die orientalische Symbolik der Handgebärde" wurde auch in der damaligen Rezension hingewiesen. Vgl. H. W.: *Württembergisches Landestheater. Uraufführung: Alfons Paquet, Limo. Stuttgart*. In: *Schwäbische Merkur*, 17.6.1924. In: Nachlass Alfons Paquets, Teil II, B.
Bei der Aufführung zeigten die Schauspieler auch unmittelbar chinesische Besonderheit. „Wisten als Limo hatte am echtesten das chinesische Gepräge, auch das schon jenseits vom Leben stehende überzeugt bei ihm [...] Frau Pfeiffer als Geliebte fein wie chinesisches Porzellan." Vgl. H. W.: *Württembergisches Landestheater. Uraufführung: Alfons Paquet, Limo. Stuttgart*. In: *Schwäbische Merkur*, 17.6.1924. In: Nachlass Alfons Paquets, Teil II, B.
Die Rede der Schauspieler war auch stilisiert. „Das Heiße, Schwingende dieser Szene aber muß in der stilisierten Rede erstarren. Und es zeigt sich im weiteren Verlauf des Abends, daß diese Stilisierung konsequent fast nur von Fr. Pfeiffer durchgeführt und beibehalten wird. Gleich ihr besitzt nur einer noch die künstlerische Konsequenz und Eindringlichkeit des Stils: Herr Wisten. Er ist Limo und er ist eine Gestalt von stärkster Plastik. Ein bärtiger Mongolenschädel, über den sich eine pergamentene Haut spannt. Ein Antlitz, dessen Häßlichkeit durch weise Milde verklärt erscheint. Ein Mund, der leise, krächzend, monoton spricht und doch den Worten eine seltsame Ausdrucksfülle und Intensivität des Lebensgefühles gibt. Und eine Haltung, die in jedem einzelnen Moment körperhaft bezwingend wirkt." Vgl. D.: *Landestheater. Uraufführung: Limo. Der große beständige Diener. Dramatisches Gedicht von Alfons Paquet*. In: *Stuttgarter Tagblatt*, 16.6.1924. In: Nachlass Alfons Paquets, Teil II, B.

[3]   Martina Thöne: *Zwischen Utopie und Wirklichkeit. Das dramatische Werk von Alfons Paquet*, Frankfurt am Main 2005, zugl. Dissertation an der Heinrich-Heine-Universität Düsseldorf, Düsseldorf 2004, S. 392.

Symbolik des »alten chinesischen Motiv[s]«[①] hervor.

Die westlichen Elemente, die Paquet in diesem dramatischen Werk verarbeitet hat, bilden eine Einheit mit den chinesischen Elementen. Der Gott des Schweigens aus der griechisch-römischen Mythentradition, der dem Kaiser als eine Ermahnung, „[d]aß ihm allein gebühren Hoheit, / Tun und Schweigen"[②] wird im *Limo* gezeigt[③] und dient als ein Gegenstand zur Selbstbesinnung. Außerdem trägt Jonala z.B. im Gegensatz zu den anderen Figuren keinen chinesischen

---

[①] Anonym: *Der Dichter Alfons Paquet*. In: *Junge Volksbühne. Mitteilungen der Sondergruppen der Berliner Volksbühne*, Berlin März 1926, Nr. 3, S. 1 f. Hier: S. 2. Zitiert nach: Martina Thöne: *Zwischen Utopie und Wirklichkeit. Das dramatische Werk von Alfons Paquet*, Frankfurt am Main 2005, zugl. Dissertation an der Heinrich-Heine-Universität Düsseldorf, Düsseldorf 2004, S. 391.

[②] Alfons Paquet: *Limo, der große beständige Diener*, Frankfurt am Main 1913, S. 51.

[③] Vgl. Alfons Paquet: *Limo, der große beständige Diener*, Frankfurt am Main 1913, S. 44. Im Nebentext steht: „In der Mitte der fast leeren, mit weißen und schwarzen Steinen ausgelegten Halle das Standbild eines Gottes, der drei Finger der linken Hand zum Zeichen des Schweigens an den Mund legt." Auch auf der S. 51 spricht der Kaiser mit sich selbst: „Du kleiner Gott des Schweigens!".

In dem *Encyclopädischen Wörterbuch der Wissenschaften, Künste und Gewerbe* steht folgende Informationen über Harpokrates: Harpōkrates (Myth.), ägyptischer Gott unter griechischem Namen. Isis erzeugte ihn mit Osiris nach dessen Tode und gebar ihn um die kürzeste Zeit des Tages, wenn die Lotosblume sproßt. Der war zart, gebrechlich, lahm, sitzt auf einer Lotosblume, den Finger an den Mund haltend, weshalb man ihn in späterer Zeit zum Gott des Schweigens machte und als solchen verehrte. Die Erstlinge der Hülsenfrüchte (Bohnen) und Pfirsiche wurden ihm als Opfer dargebracht, und zu Buto in Aegypten gaben ihm bei seinem Jahresfeste alte Männer Milch zu trinken, worauf sein übrigens lächerliches und abscheuliches Bild in Procession herumgetragen wurde. Die Priester beschmierten sich dabei mit einer Art von Schminke, welche sie hierauf wieder abkratzten und als Arzneimittel verkauften. Er mag ursprünglich der Gott Horus (s. d.) gewesen sein. Einstimmig hält man ihn für ein Symbol der Morgen- oder Frühlingssonne. Hierauf deutet sein Geborenwerden am kürzesten Tage. Seine Verehrung als Gott des Schweigens kam auch in Rom auf, wurde mehrmals verboten, allein immer wieder hergestellt. Sein Bild diente, auf Gemmen in Ringen und am Hals getragen, als Talisman gegen Unheil. Als Attribute hat er Krokodile, Schlangen, Skorpionen, Hirsche und Löwen. Als Bilder des Lebensgeistes, auch Sphinxe und Habichte. Abgebildet wird er auch in einem Milchkahn stehend, mit Sonne und 2 Sternen über dem Haupte; auch wohl mit Keule und Füllhorn, alles Symbole der erwachenden Natur durch die Frühlings- oder Morgensonne. Man hat noch Münzen von Trajan u. A., Gemmen (in der Stochischen Samml.), die ihn unter mancherlei Attributen darstellen." H. A. Pierer (Hrsg.) *Encyclopädisches Wörterbuch der Wissenschaften, Künste und Gewerbe*. Neunter Band, Altenburg 1828, S. 156 f.

Namen und nimmt eine Laute[1] in die Hände, was an die europäische Kultur erinnert. Außerdem macht Paquet von den Chören Gebrauch, die typisch für die antike Tragödie sind. In seinem Essay *Deutschlands Verantwortung* aus dem Jahr 1932 hat Paquet auf Folgendes hingewiesen:

> Einst lag alle Verantwortung bei den Göttern. Heute ist Verantwortung zum stärksten Ausdruck der menschlichen Verbundenheiten geworden. Sie schiebt die Antwort auf die Frage nach dem Warum, die sich hinter allen Zuständen menschlicher Begegnungen wie der Chor der griechischen Tragödie erhebt, dem Menschen in seiner Gesamtheit zu.[2]

Der Verantwortung wird also eine wichtige Bedeutung in der menschlichen Gesellschaft beigemessen. Der Mensch ist dabei ein Gefüge der Gesamtheit. In diesem Zusammenhang führt Paquet den Chor in der griechischen Tragödie als Beispiel an, an dem nämlich die gegenseitige Verantwortung in der Gemeinschaft sichtbar wird. Im *Limo* hat Paquet auch paradigmatisch Chöre geschaffen[3], die die Handlung auf bestimmte Weise beeinflussen. Es gibt z. B. Strophen und Gegenstrophen sowie Chorfugen. Mittels des Wechsels von Strophe und Gegenstrophe des Volkes als Argument und Gegenargument für Limo wird der Konflikt zwischen Limo und dem Kaiser immer gespannter und die Tragik erreicht dadurch den Höhepunkt,[4] während die Stichomytie der Geister die Heiligkeit und Ewigkeit des Himmels betont.[5]

Paquet versucht mit diesem dramatischen Werk, den Lesern nicht einfach nur die chinesische Kultur näher zu bringen oder ausschließlich „sowohl Elemente einer abendländisch geschulten Ratio als auch Momente altgriechisch-

---

[1]   Vgl. Alfons Paquet: *Limo, der große beständige Diener*, Frankfurt am Main 1913, S. 76.

[2]   Alfons Paquet: *Deutschlands Verantwortung*. In: *Die Zeit*, Berlin 5.3.1932, S. 165-170. In: Nachlass Alfons Paquets, Teil II, A5.

[3]   In der Anweisung am Anfang des Dramas steht ein Kommentar zu den Chören: Volk, Abgesandte, Jünglinge, Jungfrauen, Geister, Knaben, Sänger.

[4]   Vgl. Alfons Paquet: *Limo, der große beständige Diener*, Frankfurt am Main 1913, S. 25 ff.

[5]   Vgl. Alfons Paquet: *Limo, der große beständige Diener*, Frankfurt am Main 1913, S. 69 ff.

urchristlicher Weisheit"[1] zu zeigen, sondern eine Synthese von den oben freigelegten chinesischen und westlichen Elementen zu bilden. Ein kleines Beispiel dafür implizieren die Figuren Kwei und Fang. Kwei, der mit einer Lüge Limo beleidigt, mehr noch: Limos Tod damit verursacht, ist in „grün schillernde[r] Seide" gekleidet, während Fang als Vertreter des Volkes „die einfache blaue Leinentracht des Volkes" trägt.[2] Die beiden Figuren mit chinesischen Namen und in chinesischen Trachten sind Führer von zwei Chören, die typischerweise in der griechischen Tragödie vorkommen.

Nicht zuletzt zeigt sich Paquets Suche nach der kulturellen Synthese auch in seinem künstlerischen Anspruch, dass dieses Werk ein dramatisches Gedicht „an fremdem Ort in fremder Zeit" über den beständigen Diener Limo sein solle. Warum betont der Autor den „fremden Ort" und die „fremde Zeit"? Kisôn Kim hat darauf hingewiesen, dass dieses Drama keinen bestimmten Ort und keine bestimmte Zeit hat, was diesem Drama eine von Ort und Zeit unabhängige Gültigkeit verleiht: „Die Orts- und Zeitlosigkeit soll den Zuschauer mit einem überall und jederzeit wiederholbaren Handlungsschema konfrontieren und die von Ort und Zeit unabhängige Allgemeingültigkeit der Aussagen suggerieren."[3] Kisôn Kims Meinung der Allgemeingültigkeit wird von der vorliegenden Arbeit geteilt.

Longping Lü hat in seiner Arbeit angemerkt, dass Jing-Ju keinen genauen historischen Ort hat. Lü meint, dass die Unterschiede zwischen verschiedenen Dynastien und historischen Epochen nicht wichtig seien. Nicht „das historisch Eigentümliche", sondern „das Typische" spielt eine Rolle. „Das Typische"

---

[1] Martina Thöne: *Zwischen Utopie und Wirklichkeit. Das dramatische Werk von Alfons Paquet*, Frankfurt am Main 2005, zugl. Dissertation an der Heinrich-Heine-Universität Düsseldorf, Düsseldorf 2004, S. 138. An einer anderen Stelle hat Martina Thöne auch auf die „Verschmelzung von christlich-völkischer Weltanschauung und östlichem Denken" hingedeutet. Vgl. Martina Thöne: *Zwischen Utopie und Wirklichkeit. Das dramatische Werk von Alfons Paquet*, Frankfurt am Main 2005, zugl. Dissertation an der Heinrich-Heine-Universität Düsseldorf, Düsseldorf 2004, S. 142.

[2] Alfons Paquet: *Limo, der große beständige Diener*, Frankfurt am Main 1913, S. 21.

[3] Kisôn Kim: *Theater und Ferner Osten. Untersuchung zur deutschen Literatur im ersten Viertel des 20. Jahrhunderts*, Frankfurt/Main, Bern 1982, S. 231. Kisôn Kim hat geschrieben, dass dieses Drama im Jahr 1917 in Stuttgart uraufgeführt wurde. Aber den Dokumenten im Archiv der STUB sowie im Archiv Ludwigsburg zufolge wurde das Drama erst im Jahr 1924 uraufgeführt.

bedeutet hier

die typischen Strukturen in der Mentalität und Ethik des gesellschaftlichen Lebens, Strukturen also, die nachweisbar von langer historischer Dauer und ziemlich einfach sind: Haß gegen das Böse, die Hinterlist, den Verrat und die Untreue; Lob des Guten, der Aufrichtigkeit, Treue und Hilfsbereitschaft usw.[1]

Auch Paquet selbst hat betont, dass allein die chinesische Geschichte nicht genügt.

[D]as östliche Denken fand ich tiefer und reiner. Aber auch die chinesische Historie schien mir nicht wichtig genug, um das Darzustellende an einen ihrer Zeitabschnitte zu knüpfen; wohl aber stand mir als das Bild eines jugendlichen und besonders merkwürdigen Herrschers der Kaiser Otto III. vor Augen.[2]

Er wollte die Zeit und den Ort nicht fixieren und versuchte in dem Werk das Typische darzustellen. Auf diese Weise kommt eine Ähnlichkeit zwischen diesem dramatischen Werk und Jing-Ju zum Vorschein. Paquet hat in seinen Schriften zwar nicht ausführlich über das chinesische Theater geschrieben, aber während seiner Reisen im Jahr 1908 und 1910 hat er chinesische Theater besucht.[3] Demzufolge ist stark anzunehmen, dass Paquet vom chinesischen Theater bzw. Jing-Ju geprägt worden war. In diesem Sinn ist auch seine Suche nach der Synthese zu sehen.

Die in diesem Abschnitt durchgeführte Analyse hat ergeben, dass Paquets Wahrnehmung der chinesischen Kultur und Philosophie keine unmittelbare

---

[1] Longpei Lü: *Brecht in China und die Tradition der Peking-Oper*, Dissertation an der Universität Bielefeld, Bielefeld 1982, S. 31.

[2] Alfons Paquet: *Gedanken über "Limo"*, Masch.-Text mit e. Korrekturen, o. J. In: Nachlass Alfons Paquets, Teil II, A3 (Bl. 1-6). Hier Bl. 1.

[3] Ein Theaterzettel von Tianxian Chalou in Shenyang (Mukden) aus dem Jahr 1908 in Paquets Tagebuch zeigt, dass er am 4. August um 17 Uhr das Theater besucht hat. Vgl. In: Nachlass Alfons Paquets, Tagebuch 1908, N. 16.
In Paquets Reisebericht *Li oder Im neuen Osten* berichtet er, dass Ku Hung-Ming ihn eingeladen habe, ein Theater zu besuchen.

Übernahme oder Kopie derselben ist, sondern auf der Basis der Berücksichtigung des eigenen Kulturerbes beruht. Er war auch der Meinung, dass sich das eigene Kulturerbe „mittels asiatischer Spiritualisierung und Innerlichkeit erst recht entfalten"[1] würde. Diese Gedanken entsprechen unmittelbar der Ansicht Ernst Cassirers bezüglich des interkulturellen Austauschs.

3.5   Fazit

Ein Werk des Expressionismus

Limo stammt aus der Zeit des Expressionismus und weist Züge dieser Stilrichtung auf. In den Versen, die als Prolog zu diesem Theaterstück betrachtet werden können, entpuppt sich der Bettler im Zuge der Handlungsentwicklung als Gott.

> Wenn die Wahrheit, die so sanft aufgeht, / Einst im Mittagsglanz am Himmel steht, / Und die Zeit hat ausgeschlagen, / Wird kein Ort mehr sein, der nicht ein Grab / getragen. / Doch dann wird auch alles Volk erkennen, / Warum wir uns irdisch nennen. / Kaiser und Prophet und Volk verwoben / Sind ein Kleid mit buntem Saum und rein. / Dann wird Gott erscheinen wie von oben / Und nicht mehr ein Bettler sein.[2]

Mittels der Figur des Bettlers wird *Limo* mit einem religiösen Sinn aufgeladen. Dabei handelt es sich allerdings nicht um eine Verklärung im traditionellen christlichen Sinne. Die Existenz Gottes auf der Erde betont die verweltlichte Heilung der Religiosität. Der Held Limo wird durch seine heroische und opferische Tat, die das Volk und den Kaiser läutert, am Ende auch vergöttlicht, was dem Anspruch des messianischen Expressionismus auf

---

[1]   Paul Michael Lützeler: *Die Schriftsteller und Europa. Von der Romantik bis zur Gegenwart*, München 1992, S. 208.

[2]   Alfons Paquet: *Limo, der große beständige Diener*, Frankfurt am Main 1913, S. 11. Marina Thöne hat darauf hingewiesen, dass diese Verse „den einleitenden Absichten antiker Trauerspiele" entsprechen. Vgl. Martina Thöne: *Zwischen Utopie und Wirklichkeit. Das dramatische Werk von Alfons Paquet*, Frankfurt am Main 2005, zugl. Dissertation an der Heinrich-Heine-Universität Düsseldorf, Düsseldorf 2004, S. 138.

religiös neue Menschen und religiöses Heil entspricht. Damit weist *Limo* Züge des messianischen Expressionismus auf. Der Bettler, zugleich auch der Mönch in diesem Drama, ist eine Figur, die heilig ist und den Krieg vermeidet. „Nun ist [...] ein zentrales Anliegen des messianischen Expressionismus der Kampf gegen Gewalt, Mord und für eine Form der Koexistenz von Menschen in Liebe."[1] Über die religiöse Tendenz hat auch R. A. geschrieben:

> [...] menschlicher Irrtum, unvollkommene Weisheit, auseinanderstrebende, dabei doch das Beste wollende Kräfte im Herrscher und Volk und daraus entstehende Mißverständnisse machen das Erdendasein zur Stätte des Todes, aus dem allein uns die Wahrheit aufgeht und an dessen Schwelle Gott nicht mehr als mahnender, ungehörter Bettler, sondern als Richter steht.[2]

Die Behandlung der Gewalt in diesem dramatischen Werk entspricht auch dem Anspruch der expressionistischen Kunst. In den Worten von Wolfgang Rothe: „Neben der Vorstellung eines kämpferischen Überwindens ‚geilsteiler Tyrannengewalt' begegnet immer wieder die uralte Antwort Laotses und des Nazareners: der Gewalt nicht widerstreben [...]."[3] Der Mönch ist die Verkörperung der taoistischen Weisheit sowie der christlichen Religion, die Gewaltlosigkeit auffordert. Limo als der Edle im konfuzianischen Sinne, der sich und seinen Sohn opfert, um die Gewalt zu vermeiden, ist tüchtig und treu. Am Ende bringt er auch durch Opfer die Wandlung des Kaisers und des Volkes zustande. Thomas Anz bemerkt: „Besonders in expressionistischen Dramen findet sich eine große Zahl Figuren, die christusähnlich den Weg zur Wandlung ebnen, indem sie ihr Leben opfern."[4] In diesem Werk wird Limo am Ende auch vergöttlicht. In dieser Hinsicht kann man in der heroischen Tat von Limo auch den religiösen Sinn sehen. In diesem Sinne zählt dieses Drama gewissermaßen zu den

---

[1] Silvio Viette; Hans-Georg Kemper: *Expressionismus*, München 1994, S. 211.

[2] R. A.: *Württ. Landestheater: „Limo, der große beständige Diener". Ein dramatisches Gedicht v on Alfons Paquet. Uraufführung.* In: *nicht identifizierte Stuttgarter (?) Zeitung*, o. J. In: Nachlass Alfons Paquets, Teil II, B.

[3] Wolfgang Rothe: *Der Expressionismus. Theologische, soziologische und anthropologische Aspekte einer Literatur*, Frankfurt a.M. 1977, S. 166.

[4] Thomas Anz: *Literatur des Expressionismus*, Stuttgart/Weimar 2002, S. 47.

Wandlungsdramen, obwohl das Werk nicht einpolig[1] und das Ende wegen des Auftretens der Geister nicht apokalyptisch[2] ist.

Außerdem hat Paquet selbst behauptet, dass der Kaiser, der Seher und das Volk eine Einheit bilden. Ihr Verhältnis ist am Anfang chaotisch, aber das Chaos wird am Ende versöhnt. Das Opfer von Limo ermöglicht die geistige Wandlung des Kaisers und des Volkes. „Die angestrebte Sozialform der Gemeinschaft setzt im expressionistischen Vorstellungshorizont die Wandlung des einzelnen Menschen zu einer neuen Geistigkeit voraus."[3] So ist auch Paquets Sehnsucht nach der Einheit und Gemeinschaft aufgrund der geistigen Wandlung des Individuums in diesem Werk zu sehen. Diese Gemeinschaft bezieht sich auf „eine neue, »unbürgerliche« Form zwischenmenschlicher Solidarität"[4]. Diese Sehnsucht nach der Gemeinschaft zeigt sich in diesem Werk als der Gedanke über Kaisertum, in dem „Kaiser, Prophet und Volk" eine Einheit bilden und Vertreter der Nachbarländer dem Kaiser Geschenke mitbringen müssen. Dieses Gemeinschaftsbewußtsein wird durch die Form der Chöre hinfort betont. Der Kaisergedanke entspricht der Vorstellung über die europäische Gemeinschaft von Paquet.

Warum hat Paquet sich mit diesem Thema beschäftigt?

Paquets dramatisches Werk *Limo* ist eine symbolische Form, in der er seine Wahrnehmung rekonstruiert. Diese symbolische Form enthält Paquets Beschäftigung mit der chinesischen Kultur als eine symbolische Kraft, mit deren Hilfe er auf die historische Wirklichkeit reagiert. Wie es in einer Rezension zu diesem Werk steht, ist Paquet: „ein Dichter, der uns auch gedanklich etwas zu sagen hat, dem also das dichterische Symbol nicht ein bloßes Spiel mit Worten ist, sondern ein Mittel, Gedankliches zu gestalten und zu plastischer Anschauung zu

---

[1] Vgl. Thomas Anz: *Literatur des Expressionismus*, Stuttgart/Weimar 2002, S. 189.

[2] Thomas Anz hat Folgendes festgestellt: „In ihren apokalyptischen Phantasien ließen die Autoren ganze Menschenmassen sterben, um der Idee des neuen Lebens Geltung zu verschaffen". So sieht man, dass Paquet in seinem Werk wohl nicht so sehr nach der künsterischen Revolution strebt, sondern eher und viel mehr nach einer solchen in seinen Gedanken. Vgl. Thomas Anz: *Literatur des Expressionismus*, Stuttgart/Weimar 2002, S. 48.

[3] Thomas Anz: *Literatur des Expressionismus*, Stuttgart/Weimar 2002, S. 72.

[4] Thomas Anz: *Literatur des Expressionismus*, Stuttgart/Weimar 2002, S. 72.

bringen"[1]. Im *Limo* sucht Paquet nach der kulturellen Synthese. Er hat versucht, die chinesische Kultur mit der Form der griechischen Tragödie zu verschmelzen. Aber warum hat er sich überhaupt und ausgerechnet mit der chinesischen Kultur beschäftigt?

In diesem dramatischen Werk fungieren der Konfuzianismus und der Taoismus meines Erachtens beide als Wegweiser und Hüter der harmonischen Ordnung.[2] Der Unterschied liegt schließlich in der Methode des Ordnungsvollzugs – der Taoismus mit dem Nicht-Handeln und der Konfuzianismus mit der Ausübung der Tugend, die dem Weg des Himmels entspricht. Beide geistige Strömungen stehen dem Kaiser gleichsam beratend zur Verfügung. Durch dieses dramatische Werk verficht Paquet die Gewaltlosigkeit und seine Hoffnung auf die geistigen und ethischen Kräfte des Menschentums. Bereits im Reisebericht *Li oder Im neuen Osten* hat Paquet über den Charakter des Konfuzianismus und Taoismus in Bezug auf die Gemeinsamkeiten mit der westlichen Philosophie und die Beziehung des Konfuzianismus und Taoismus geschrieben:

> Zum Beispiel decken sich die Leitsätze des Monismus in nuce mit denen des Konfuzianismus. Für die Lehre vom Tao, dem Begriff des ‚Weges‘, der ‚Wahrheit‘, des altgriechischen ‚Logos‘, wie ihn der sagenhafte Laotse und sein uns zeitlich um einige Jahrhunderte näherer Apostel Tschuangtse predigen, sind daneben die mystisch gerichteten Seelen

---

[1] e. h.: *Landestheater. Alfons Paquet: „Limo, der große, beständige Diener".* In: *Schwäbische Tagwacht*, 17.6.1924. In: Nachlass Alfons Paquets, Teil II, B.

[2] Han-Sonn Yim hat auch darauf hingewiesen: Bei der Entwicklung des Konfuzianismus und Taoismus steht die zentrale Frage darin, wie man die chaotische Welt wieder in Ordnung bringen und neugestalten kann. Vgl. Han-Soon Yim: *Bertolt Brecht und sein Verhältnis zur chinesischen Philosophie*, Bonn 1984, S. 61.

unseres modernen Europa voll tiefer Bewunderung empfänglich.[1]

Im Konfuzianismus und Taoismus hat er die Lehre des Urchristentums wiederentdeckt, die in seiner Zeit jedoch vernachlässigt wurde. Seine Beschäftigung mit der chinesischen Kultur kann man in zwei Punkten zusammenfassen, und zwar erstens die humanistische Idee bezogen auf die geistigen und gesellschaftlichen Probleme und zweitens seine politische Idee in Hinsicht auf die damalige politische Situation. Paquet hat in seinem dramatischen Werk *Limo* solche Tugenden, wie Loyalität und Pietät dargesellt, weil er diese bewunderte.[2] Niebuhr hat außerdem hingewiesen, dass Loyalität, Mut und Pietät dem Zeitgeist des Wilhelminischen Zeitalters entsprechen.[3] In der Weisheit der alten chinesischen Tradition hat Paquet die Tugenden wiedergefunden. Deshalb hat er sich im *Limo* mit der chinesischen Kultur beschäftigt und wollte durch Tugend und Sitte dem Verlust von Moral in Deutschland entgegenwirken und Ordnung wiederherstellen.

Paquets Aufmerksamkeit gegenüber der und Hoffnung auf eine Rückkehr zu den moralischen Werten und Tugenden lassen sich auch in dem Vorwort ablesen, das er für das Buch *Chinas Verteidigung gegen europäische Ideen* von Ku Hung-

---

[1]   Alfons Paquet: *Li oder Im neuen Osten*, Frankfurt am Main 1912, S. 309 f. Wenn er sagt, dass der Taoismus für die Europäer besser zu verstehen sei, stimmt er der Meinung von R. Wilhelm zu. Vgl. Richard Wilhelm an Eugen Diederichs, Tsingtao 9. Sept. 1910. In: Ulf Diederichs: *Eugen Diederichs. Selbstzeugnisse und Briefe von Zeitgenossen*, Düsseldorf [u.a.] 1967, S. 178. „Ich glaube der Tao te King wird übrigens in Europa mehr ziehen als die Gespräche Kungs. Er erfordert zum Verständnis auch viel weniger historische Vorbedingungen", wie es R. Wilhelm formuliert. Kurz davor hat er Paquet kennengelernt. Im selben Brief erzählt er: „Herrn Dr. Paquet habe ich kennen und sehr rasch schätzen gelernt. Ich freue mich aufrichtig seine Bekanntschaft gemacht zu haben". Aber in diesem dramatischen Werk hat Paquet jedoch seine Aufmerksamkeit vor allem auf den Konfuzianismus gelegt.

[2]   Auch Marina Thöne hat festgestellt, dass dieses Theaterstück auf einen sozialen Tugendbegriff verweist und eine Rettung aus der Unruhe der damaligen Zeit erwartet. Vgl. Martina Thöne: *Zwischen Utopie und Wirklichkeit. Das dramatische Werk von Alfons Paquet*, Frankfurt am Main 2005, zugl. Dissertation an der Heinrich-Heine-Universität Düsseldorf, Düsseldorf 2004, S. 158.

[3]   Vgl. Vera Niebuhr: Alfons Paquet: *The development of his thought in Wilhelmian and Weimar Germany*, Dissertation at the University of Wisconsin-Madison, Madison 1977, p. 54.

Ming geschrieben hat. Er meint, dass die „Gesinnung des guten Willens"[1] oder die „irdische Vollkommenheit und Ordnung"[2] die Grundlage für das menschliche Zusammensein und unabhängig von der Religion ist. Paquets humanistische Kulturidee spiegelt unmittelbar seine Interkulturalität wider, besonders wenn er behauptet: „Diese Gedanken sind weder konfuzianisch noch christlich, oder sie sind beides."[3] Darüber hinaus hat er im *Limo* auch die Idee der Gewaltlosigkeit aus der taoistischen Lehre übernommen. Kisôn Kim hat in der Forschungsarbeit auf die Hochschätzung des Nicht-Handelns und der Gewaltlosigkeit durch Paquet in dem dramatischen Werk *Limo* hingewiesen.[4] Paquets Hervorhebung der taoistischen Lehre verrät ebenso seine humanistische kulturelle Idee eines harmonischen Zusammenlebens.

Überdies hat Paquet in diesem Drama auch seine Vorstellung von einem idealen Staat ausgedrückt, der konfuzianische Züge trägt. In der damaligen Rezension zu diesem Werk ist darauf hingewiesen worden, dass *Limo* „eine Art dramatischer Erörterung des monarchischen Staatsgedankens"[5] sei. Diese politische Idee von einem monarchischen Reich hat Paquet auch in seinem Essay *Der Kaisergedanke* ausführlich erläutert. Die Verkörperung dieses Gedankens ist nicht unbemerkt geblieben, wie eine damalige Rezension offenbart: „eine Art dramatischer Erörterung des monarchischen Staatsgedankens [...] der Konzentrierung aller Macht, aber auch aller Verantwortung im einzelnen, dem

---

[1] Ku Hung-Ming, Alfons Paquet (Hrsg.): *Chinas Verteidigung gegen europäische Ideen*, Jena 1911, S. I-XIV. Hier S. VIII.

[2] Ku Hung-Ming, Alfons Paquet (Hrsg.): *Chinas Verteidigung gegen europäische Ideen*, Jena 1911, S. I-XIV. Hier S. VIII.

[3] Ku Hung-Ming, Alfons Paquet (Hrsg.): *Chinas Verteidigung gegen europäische Ideen*, Jena 1911, S. I-XIV. Hier S. VIII.

[4] Vgl. Kisôn Kim: *Theater und Ferner Osten*, Frankfurt a. M. 1982, S. 231 f. Auch Eun-Jeung Lee hat auf Paquets Wahrnehmung des Taoismus hingewiesen. Vgl. Eun-Jeung Lee: *„Anti-Europa": Die Geschichte der Rezeption des Konfuzianismus und der konfuzianischen Gesellschaft seit der frühen Aufklärung*, Münster/Hambug/London 2003, S. 370.

[5] M. G.: *Württ. Landestheater. Limo. „Der große beständige Diener". Dramatisches Gedicht von Alfons Paquet*. In: *Deutsches Volksblatt*, Stuttgart 17.6.1924. In: Nachlass Alfons Paquets, Teil II, B.

Regenten"[1].

Paquets Verständnis basiert wohl auf dem Buch *Religion und Kultus der Chinesen* von Wilhelm Grube, in dem der Autor die Herrschaft des Kaisers im alten China verhandelt, „daß das autokratisch regierte Volk Chinas [...] geradezu das auf religiös-ethischer Grundlage ruhende Recht geltend macht und ausübt, der herrschenden Dynastie den Gehorsam zu kündigen"[2]. Grube hat auch erläutert, dass der Ahnenkult und die Sitte Konfuzius als ein Erziehungsmittel dienten, mit dem er sein politisches und moralisches Ideal erreichen wollte.[3] Über die Bedeutung des Konfuzius schreibt Grube, dass „er seinem Volke zum erstenmal ein greifbares Ideal entgegenhielt, indem er ihm in den Vorbildern und Lehren des Altertums eine Richtschnur für das sittliche Handeln gab. Dadurch weckte er auf neue das Bewußtsein nationaler Einheit [...]"[4]. Hier muss man die Betonung darauf legen, dass Konfuzius „das Bewußtsein nationaler Einheit" erweckt hat. In dieser Hinsicht entsprechen die konfuzianischen Ideen, insbesondere die Staatslehre dem politischen Entwurf von Paquet, der den Ahnenkult und die konfuzianische Lehre aus der chinesischen Kultur für seine Europa-Idee entlehnt hat, um zu appellieren, dass eine Monarchie in Europa und die europäische Einheit statt einer nationalen Einheit gebildet werden sollten, weil zu seiner Zeit auch in Europa eine unruhige Atmosphäre im Angesicht bevorstehender Kriege herrschte. So verwundert es nicht, dass Paquet die Sitten, die mit der Staatslehre in enger Beziehung stehend, und den Ahnenkult in der chinesischen Kultur bewunderte.

Paquets Beschäftigung mit der chinesischen Kultur kann auf seine Unzufriedenheit mit dem Materialismus, Individualismus sowie mit der politischen Atmosphäre seiner Zeit zurückgeführt werden. In der Wilhelminischen Zeit gingen die traditionellen Werte mit der Entwicklung der Individualisierung und Materialisierung verloren. Paquets Werk ist mithin eine Reaktion auf die damalige Situation in der europäischen Zivilisation und auf den „Verlust

---

[1]   M. G.: *Württ. Landestheater. Limo. „Der große beständige Diener".* Dramatisches *Gedicht von Alfons Paquet.* In: *Deutsches Volksblatt,* Stuttgart 17.6.1924. In: Nachlass Alfons Paquets, Teil II, B.

[2]   Wilhelm Grube: *Religion und Kultus der Chinesen,* Leipzig 1910, S. 29.

[3]   Vgl. Wilhelm Grube: *Religion und Kultus der Chinesen,* Leipzig 1910, S. 59.

[4]   Wilhelm Grube: *Religion und Kultus der Chinesen,* Leipzig 1910, S. 60.

an Einheit und Lebensnähe"[1] sowie auf die damalige politische Situation in Bezug auf den expansiven Militarismus. „Der Stoff freilich lehnt sich in seinen Voraussetzungen an Vorgänge jüngster deutscher Geschichte leicht an"[2], wie es in einer zeitgenössischen Rezension aus dem Jahr 1914 steht. Paquet war einer der damaligen Intellektuellen, die aktiv nach Auswegen aus dieser geistigen Krise suchten. Letzteres begründet Niebuhr wie folgt:

> The popularity of such literature in Wilhelmian Germany was due to a general feeling of dissatisfaction with the changes accompanying industrialization and progress. As a scientific, impersonal, materialistic attitude toward life predominated, numerous induviduals lamented the lack of inner national unity and the loss of spiritual values. In despair they look to the wisdom of the older Eastern cultures or Western medieval mysticism for spiritual regeneration. This was also true for Paquet.[3]

Noch zu erwähnen ist, dass Paquet während seiner Chinareise im Jahr 1910 mit Ku Hung-Ming befreundet war, der zu Verfechtern der traditionellen chinesischen Kultur gehörte. Paquet war ausgesprochen begeistert von Kus Ideen und gab 1911 sein Buch *Chinas Verteidigung gegen europäische Ideen* in Deutschland heraus. Darin hat Ku den Verlust der Moral und Kultur in Europa konstatiert, was Paquet wohl auch zur Reflexion angeregt hat. Ku wies z.B. darauf hin, dass es eine Gefahr für die ganze Menschheit sei, dass „die Völker Europas Schwierigkeiten haben, die neue moralische Kultur sich anzueignen, nicht aber in der Kultur der gelben Rasse"[4]. An einer anderen Stelle heißt es:

> Fast will es mir scheinen, als ob der Geisteszustand des modernen Durchschnitts-Europäers, der nach China kommt und von Fortschritt und

---

[1] Eun-Jeung Lee: *„Anti-Europa": Die Geschichte der Rezeption des Konfuzianismus und der konfuzianischen Gesellschaft seit der frühen Aufklärung*, Münster/Hambug/London 2003, S. 369.

[2] O. T. In: *Neue Freie Presse*, Wien 1. März 1914. In: Nachlass Alfons Paquets, Teil II, B.

[3] Vera Niebuhr: *Alfons Paquet: The development of his thought in Wilhelmian and Weimar Germany*, Dissertation at the University of Wisconsin-Madison, Madison 1977, p. 55.

[4] Ku Hung-Ming, Alfons Paquet (Hrsg.): *Chinas Verteidigung gegen europäische Ideen*, Jena 1911, S. 9.

Reform redet, noch weit hoffnungsloser wäre als selbst der unserer alten chinesischen Literaten [...].[1]

Diese kritischen Kommentare zeigen jeweils die damalige geistige Situation in Europa und in China. Wahrscheinlich gerade wegen solcher Worte wollte Paquet das Buch in Deutschland herausgeben, um die Reflexion seiner Zeitgenossen gegenüber der eigenen Kultur anzuregen und das Verständnis zwischen der westlichen und östlichen Kultur zu fördern. Vera Niebuhr hat die Motivation für die Herausgabe des Buches von Ku untersucht und aufgezeigt, dass eine Gemeinsamkeit zwischen den beiden Intellektuellen darin liegt, dass sie beide die alte Tradition verehrten, wobei sie auch der neuen Technik und dem Fortschritt als solchem nicht feindlich gesinnt waren.[2] Es ist noch zu betonen, dass Paquet und Ku nach einer Synthese von westlicher und östlicher Kultur suchten; das dramatische Werk *Limo* ist ein exemplarisches Beispiel dafür.

Zusammenfassend kann man sagen, dass Paquet bei seiner Beschäftigung mit der chinesischen Kultur in dem expressionistischen dramatischen Werk *Limo* seine kulturellen und politischen Ideen dargestellt hat, die sich als seine Reaktion auf die damalige politische und geistige Situation in Europa manifestieren. Er versuchte, aus der Tugend des Individuums und dem Gedanken des Kaisertums und des Nichthandelns in der chinesischen Kultur die Lösung für die damalige geistige, gesellschaftliche und politische Situation zu finden. Bei der Beschäftigung mit der chinesischen Kultur suchte er zuerst nach kulturellen Ähnlichkeiten, aufgrund deren er östliche und westliche Kultur zu amalgamieren wünschte. Er hat durch seine Wahrnehmung und Reflexion in diesem literarischen Werk nicht nur seine Selbstbefreiung erzielt, sondern auch neue Energie für die eigene Kultur mitgebracht, um mit Ernst Cassirer zu sprechen. Der Einfluss seines Werkes lässt sich an der damaligen zeitgenössischen Rezeption ablesen. Im nächsten Teil wird Paquets Suche nach der Befruchtung der eigenen Kultur durch die Beschäftigung mit der chinesischen Kutur in seinen Essays interpretiert.

---

[1]   Ku Hung-Ming, Alfons Paquet (Hrsg.): *Chinas Verteidigung gegen europäische Ideen*, Jena 1911, S. 25.

[2]   Vgl. Vera Niebuhr: *Alfons Paquet: The development of his thought in Wilhelmian and Weimar Germany*, Dissertation at the University of Wisconsin-Madison, Madison 1977, pp. 45.

4

Befruchtung der eigenen Kultur durch chinesische Kultur – Anwendung der chinesischen Kultur für die Zeitkritik in Paquets Essays

Ernst Cassirer zufolge ist es die Aufgabe der Utopie, die symbolische Konstruktion „als eine der stärksten Waffen bei den Angriffen auf die bestehende politische und soziale Ordnung" zu verwenden und „eine neue Zukunft für die Menschheit anzuzeigen und wirklich werden zu lassen"[1]. Bei der Utopie spielt das symbolische Denken eine wichtige Rolle.

> Die große Bestimmung der Utopie ist es, Raum zu schaffen für das Mögliche, im Gegensatz zu einer bloßen passiven Ergebung in die gegenwärtigen Zustände. Es ist das symbolische Denken, das die natürliche Trägheit des Menschen überwindet und ihn mit einer neuen Fähigkeit ausstattet, der Fähigkeit, sein Universum immerfort umzugestalten.[2]

Die Beziehung zwischen Utopie und Essay wird von verschiedenen

---

[1] Beide Zitate: Ernst Cassirer: *Versuch über den Menschen. Einführung in eine Philosophie der Kultur*, aus dem Englischen von Reinhard Kaiser, Frankfurt am Main 1990, S. 100.

[2] Ernst Cassirer: *Versuch über den Menschen. Einführung in eine Philosophie der Kultur*, aus dem Englischen von Reinhard Kaiser, Frankfurt am Main 1990, S. 100.

Forschern hervorgehoben. Ch. Schärf hat darauf hingewiesen: „Unter dem Essay ist nicht nur eine bestimmte Schreibweise zu begreifen, sondern eine utopistische Grunddisposition."[1] Peter V. Zima hat auch angemerkt:

> Der Essay entsteht zwischen der Melancholie und der Utopie, weil der Intellektuelle als Essayist weiß, dass die Utopie weder kurzfristig noch mittelfristig zu verwirklichen ist – und dennoch nach den Möglichkeiten ihrer Verwirklichung fragt. Es ist diese Frage nach dem Möglich-Unmöglichen, nach der Utopie, die zu einer Essayistik drängt, die vieles offen lässt, weil sie keine Antworten parat hat.[2]

Paquets Essays entstehen demzufolge auch aus seiner Unzufriedenheit mit der gegenwärtigen Zeit und seiner Suche nach dem „Möglich-Unmöglichen". In seinen essayistischen Schriften diskutiert er vor allem die kulturellen Probleme in Deutschland bzw. Europa und bringt seine utopische Behauptung zum Ausdruck. Es ist nicht selten zu sehen, dass Paquet in seinen Essays die chinesische Kultur als ein Vorbild für Europa betrachtet und nach der Lösung für die kulturellen und sozialpolitischen Probleme in Europa sucht.

In seinem Artikel *Kant* aus dem Jahr 1922 hat Paquet angemerkt: „Ich bin schon seit einiger Zeit darangegangen, mir [...] eine Art Heiligenstift einzurichten, eine Hauskapelle mit etwa zwei Dutzend Altarnischen (es genügen aber auch drei!), zu denen ich [...] meine Zuflucht nehme, um Andacht zu halten."[3] Für die Sorgen und seelischen Nöte hat er etwa 24 seelische Ärzte aus der ganzen Welt:

> Drei sind aus dem fernen Osten gekommen: Laotse, Konfucius und der Buddha, aus Griechenland: Plato und Sophokles, aus Palästina: eine Anzahl Propheten des Alten Bundes [...] aus dem Neuen Testament: der Lieblingsjünger des Herrn, Johannes, aus dem Mittelalter Eckehart und Dante, aus der Neuzeit Luther und Böhme, Kant und Goethe, Schiller,

---

[1] Ch. Schärf: *Geschichte des Essays. Von Montaigne bis Adorno*, Göttingen 1999, S. 135.

[2] Peter V. Zima: *Essay/Essayismus. Zum theoretischen Potenzial des Essays: Von Montaigne bis zur Postmoderne*, Würzburg 2012, S. 32.

[3] Alfons Paquet: *Kant. Aus: Parnaß-Gespräche,* 1922. In: Nachlass Alfons Paquets, Teil II, A4.

Hölderlin und Kleist, aus dem 19. Jahrhundert Karl Christian Planck, Proudhon, Kierkegaard, Nietzsche, Ruskin, Tolstoi, Dostojewski und Walt Whitman – die Nische für das 20. Jahrhundert ist bis jetzt noch unbesetzt.[1]

Daran lässt sich erkennen, dass die chinesische Philosophie eine wichtige Rolle für seine Seele und Gedanken spielt. Paquets Beschäftigung mit den Lehren des Konfuzianismus und Taoismus aus der chinesischen Kultur in seinen Essays bringt seinen Wunsch zum Ausdruck, dass die Weisheiten aus der chinesischen Kultur nicht nur für sich selbst, sondern auch für die Zeitgenossen seiner Zeit als Ärzte fungieren sollten. Im Folgenden wird interpretiert, wie Paquet sich in seinen Essays mit der chinesischen Kultur bezüglich seiner utopischen Einstellung auseinandersetzt.

4.1 *Der Kaisergedanke* (1914) – Lösung aus der konfuzianischen Staatsphilosophie

Schon im Jahr 1909 hat Paquet sich Gedanken über das Kaisertum gemacht. In einer Rezension hat er seine Behauptung unmittelbar ausgeführt: „Es ist ein Verdienst des Buches, auf die Grundbedingungen eines durch hohes Verantwortlichkeitsbewußtsein ausgezeichneten Führertumes eindringlich zu verweisen."[2] Diesen Gedanken des Verantwortungsbewußtseins hat Paquet in seinem Artikel *Der Kaisergedanke* ausführlich diskutiert.

Paquet legt besonderes Augenmerk auf das Lernen aus der Geschichte, das in der chinesischen Kultur auch oft zu sehen ist. Konfuzius hat es z.B. in der Entwicklung seines Denksystems vollzogen, aus der Geschichte zu lernen. In den *Gesprächen* wird beispielsweise angedeutet: „Das Alte üben und das Neue

---

[1] Alfons Paquet: *Kant*. Aus: *Parnaß-Gespräche,* 1922. In: Nachlass Alfons Paquets, Teil II, A4.

[2] Alfons Paquet: *Die Führer im modernen Völkerleben, ihr Grundcharakter, ihre Erziehung, ihre Aufgaben. Von Hochschulprofessor Dr. Karl Kindermann, Stuttgart 1909, Verlag von Eugen Ulmer,* 25.12.1909. In: Nachlass Alfons Paquets, Teil II, A4.

kennen [...].“[1] Gerade wie Eun-Jeung Lee in ihrer Forschungsarbeit erläutert: Aus der Vergangenheit etwas zu lernen heißt, „nicht das Alte unhinterfragt zu übernehmen, sondern über die Vergangenheit zu reflektieren und sie zur Gegenwart in Bezug zu setzen“[2]. Paquet dient die Vergangenheit als ein Spiegel der Gegenwart. Er war einer der damaligen Schriftsteller des Expressionismus, die in der letzten Vorkriegszeit gegen den Nationalismus und Kriege[3] sprachen. In jener verworrenen Zeit nahm Paquet keine Weltflucht, sondern er suchte nach Lösungen für die kulturelle Krise aus dem eigenen und fremden Kulturerbe. Der Kaisergedanke, den er in der chinesischen und auch in der westlichen Kultur gefunden hat, gilt ihm als eine solche Lösung.

Um 1900 entwurfen vor allem Intellektuelle, Wirtschafter und Juristen die Ideen der Vereinigung der europäischen Länder, um einerseits dadurch den Frieden innerhalb von Europa zu schaffen, andererseits die Machtposition des Gesamteuropas in der Welt zu sichern. Ein großer Teil davon waren „Repräsentanten des gebildeten Bürgertums“ und Pazifisten und gehörte zum „national geprägten Liberalismus“[4]. Paquet zählte zu denjenigen, die um die

---

[1] Confucius: *Gespräche.* Aus d. Chines. übertr. u. hrsg. von Richard Wilhelm, Düsseldorf/ Köln 1980, S. 45.

[2] Eun-Jeung Lee: *Konfuzius interkulturell gelesen*, Nordhausen 2008, S. 38.

[3] Zur Analyse über den Staat als Zwangssystem vgl. Wolfgang Rothe: *Der Expressionismus. Theologische, soziologische und anthropologische Aspekte einer Literatur*, Frankfurt a.M. 1977, S. 196 ff. Die damaligen Schriftsteller des Expressionismus, die sich in der letzten Vorkriegszeit befanden, betrachteten den Staat als eine Grenze und Beschränkung und waren deswegen gegen den Nationalismus. Deshalb sprachen sie sich gegen Militär und Krieg aus. Paquets Einstellung gegen Kriege war vermutlich auch von seiner religiösen Gesinnung abhängig.

[4] Beide Zitate: Monika Grucza: *Bedrohtes Europa. Studien zum Europagedanken bei Alfons Paquet, André Suarès und Romain Rolland in der Periode zwischen 1890-1914*, Dissertation an der Justus-Liebig-Universität Gießen, Gießen 2008, S. 96.

Jahrhundertwende für die Idee der europäischen Monarchie plädierten.[1] Er nahm schon vor dem Ersten Weltkrieg den Essay als Ausdrucksform für seine Europa-Idee.[2] In seinem Essay *Der Kaisergedanke* hat er seine Überlegungen ausführlich erläutert, die aber realitätsfern sind.[3] In seiner Ausführung spielt die chinesische Kultur eine ausschlaggebende Rolle.

In diesem Artikel hat Paquet im Zeitalter der Zuspitzung des Nationalismus

---

[1] Grucza hat in ihrer Dissertation erwähnt, dass in der europäischen Vergangenheit auch Dante, Leibniz, Napoleon I. sowie Novalis eine Vorstellung von einer europäischen Universalmonarchie hatten. Grucza weist darauf hin, dass Paquet mit seinem Aufsatz *Der Kaisergedanke*, Max Waechter mit dem Buch *Ein europäischer Staaten-Bund* (S. 202) und der französische Anthropologe und Rassentheoretiker Georges Vacher de Lapouge mit *La question d'Alsace-Lorraine: un article de M. Robert Stein* (S. 5 f.) Befürworter „der Idee der Gründung einer gesamteuropäischen Monarchie" um die Jahrhundertwende waren. Vgl. Monika Grucza: *Bedrohtes Europa. Studien zum Europagedanken bei Alfons Paquet, André Suarès und Romain Rolland in der Periode zwischen 1890-1914*, Dissertation an der Justus-Liebig-Universität Gießen, Gießen 2008, S. 104 u. S. 118.

Mit Paquets Europa-Idee haben sich noch folgende Forschungsarbeiten beschäftigt: In den Sammelbänden *Ich liebe nichts so sehr wie die Städte* (2001) und *„In der ganzen Welt zu Hause". Tagungsband Alfons Paquet* (2003) wird Paquets Europa-Idee vor allem nach dem Ersten Weltkrieg untersucht, während Vera Niebuhrs Dissertation *Alfons Paquet: The development of his thought in Wilhelmian and Weimar Germany* (Dissertation at the University of Wisconsin-Madison, 1977) und Monika Gruczas Dissertation *Bedrohtes Europa. Studien zum Europagedanken bei Alfons Paquet, André Suarès und Romain Rolland in der Periode zwischen 1890-1914* (Dissertation an der Justus-Liebig-Universität Gießen, 2008) den Fokus auf die Europa-Idee von Paquet in der Vorkriegszeit legen. Außerdem setzt sich Paul Michael Lützeler in seinem Buch *Die Schriftsteller und Europa* (Baden-Baden 1998, 2. Auflage, S. 219-224) auch mit Paquets Europa-Idee auseinander.

[2] Monika Grucza hat angemerkt, dass Essay erst "seit der Zwischenkriegszeit zum wichtigsten literarischen Medium der Europa-Debatte geworden ist. Vor 1914 spielte der Europa-Essay hingegen als Ausdrucksmittel für die Schriftsteller eine geringere Rolle als in den Jahrzehnten danach. Auf die Europa-Idee der Schriftsteller im Zeitraum von 1890 bis 1914 lässt sich vor allem aus der Reiseliteratur schließen". In ihrer Forschung hat sie auch den Reisebericht von Paquet als Forschungsgegestand genommen. Vgl. Monika Grucza: *Bedrohtes Europa. Studien zum Europagedanken bei Alfons Paquet, André Suarès und Romain Rolland in der Periode zwischen 1890-1914*, Dissertation an der Justus-Liebig-Universität Gießen, Gießen 2008, S. 15.

[3] Vgl. Monika Grucza: *Bedrohtes Europa. Studien zum Europagedanken bei Alfons Paquet, André Suarès und Romain Rolland in der Periode zwischen 1890-1914*, Dissertation an der Justus-Liebig-Universität Gießen, Gießen 2008, S.118. Nicht nur Grucza, sondern auch Vera Niebuhr hat in ihrer Forschung auf die Realitätsfremdheit der Idee der europäischen Universalmonarchie hingedeutet.

auf die Zeit des Kaisertums in Europa – also des Imperiums und Imperialismus
– zurückgeblickt. Seine Erläuterung beginnt mit der Zeit von Cäsar, wo
Kaisertum und Christentum in dem Weltreich miteinander zusammenlebten.
Bis zur Reformation sei das Kaisertum immer noch da, das aber mit der
Entwicklung des Kolonialismus immer untergegangen sei. „Das Imperium
zerfiel, der Imperialismus blühte"[1], was dem späteren Europa viele Nachteile
und sogar „drohende Gefahren"[2] mitbringe. Vor diesem Hintergrund hat Paquet
die Notwendigkeit begriffen, seine Zeit als „die Zeit der Neubildung und der
Wiederaufnahme des großen Reichsgedankens"[3] zu betrachten. Anschließend
erläutert er den Grund des Zerfalls des Reichsgedankens im alten Europa. Und
zwar ist er der Ansicht, dass das Kaisertum schon bei den Römern zerfalle[4], weil
es ihnen „die Zucht der Größe"[5] fehle. Außerdem gebe es immer „Zwiespalt
zwischen Staat und Kirche"[6].

Des Weiteren blickt er nach dem alten China – dem alten Imperium und
nach Amerika – den neuen Vereinigten Staaten. Er vergleicht den Adler des
alten Reichs als Sinnbild der Macht mit dem Drachen vom Alten China und dem
Sternenbanner von Amerika. Für ihn haben die beiden Kulturen die Idee eines
Imperiums, aber „hier in jugendlichen, dort in greisen"[7]. Dabei betrachtet er
den amerikanischen Reichsgedanken als ein Abbild von Europa,[8] während das
des chinesischen Kaisertums, das auf dem konfuzianischen System basiert, als
ein Vorbild von Europa fungiert. Er bringt seine Hochschätzung der Lehre von
Konfuzius wie folgt zum Ausdruck:

Die Tiefe und Schönheit der Lehre des Kungfutse ist um so
bemerkenswerter, als ihr ein ausgebildeter Gottesbegriff mangelt. Der

---

①   Alfons Paquet: *Der Kaisergedanke*, Frankfurt am Main 1915, S. 38.
②   Alfons Paquet: *Der Kaisergedanke*, Frankfurt am Main 1915, S. 38.
③   Alfons Paquet: *Der Kaisergedanke*, Frankfurt am Main 1915, S. 38.
④   Vgl. Alfons Paquet: *Der Kaisergedanke*, Frankfurt am Main 1915, S. 39.
⑤   Alfons Paquet: *Der Kaisergedanke*, Frankfurt am Main 1915, S. 39.
⑥   Alfons Paquet: *Der Kaisergedanke*, Frankfurt am Main 1915, S. 40.
⑦   Alfons Paquet: *Der Kaisergedanke*, Frankfurt am Main 1915, S. 44.
⑧   Paquet hat im Vorwort des Buches *Asiatische Reibung* darauf hingewiesen, dass Europa
    Asien kennen solle, wie Amerika gegenüber Europa gemacht habe. Vgl. Alfons Paquet:
    Asiatische Reibung. Politische Studien, München/Leipzig 1909, Vorwort, VI.

Konfuzianismus ist, soweit er als eine Religion überhaupt bezeichnet werden kann, mit seinem System der Gesetze und der Zeremonien gleichsam ein Buch des Alten Testaments.[1]

Darauffolgend versucht er, mittels eines Vergleichs zwischen der europäischen Kultur einerseits und der chinesischen Kultur andererseits deren Ähnlichkeiten herauszustellen, mit denen er meines Erachtens beweisen und die Leser davon überzeugen möchte, dass Europa die Grundlage für die Reichsidee besitzt und wie das Alte China das Kaisertum ausüben kann. Um diese These aufzustellen, analysiert er zuerst aus den geschichtlichen und religiösen Perspektiven heraus die folgenden Fragen: warum China sich das „Reich der Mitte" nennt und das Land im Auge der Kaiser ein „Heiligtum der Erde" ist. Anhand dieser Ausführungen findet er im Monotheismus die Ähnlichkeit zwischen der chinesischen und der europäischen Kultur. Außerdem verehren die Kaiser sowohl in China als auch in Europa die Macht des Himmels. Aufgrund der Analyse kommt Paquet zum folgenden Schluss: „Diese Ähnlichkeiten im Aufbau der Gewalten weisen auf die gleiche Anlage alles Menschlichen im Sinne eines geistigen Wesens, das sich unter gleichen Bedingungen gleichen Ausdruck schafft."[2]

Paquet sieht im chinesischen Kaisertum lange und starke Lebenskraft. Der Absturz der Qing-Dynastie und die Gründung der Republik bedeuten für ihn kein Ende des Kaisertums, sondern nur eine Art vom „Dynastiewechsel"[3], was mehrmals in der chinesischen Geschichte passiere. In Anlehnung an die europäische Geschichte deutet er die chinesische Situation an:

> Die Symptome eines revolutionären Zeitalters, die sich für Europa schon in der Reformation ankündigten, die in den Gewittern der napoleonischen Zeit die Atmosphäre reinigten und noch weiterhin ein Absterben alter Einrichtungen zu erwarten geben, werden auch für China

---

[1] Alfons Paquet: *Der große Gedanke der Missionen*. In: Alfons Paquet: *Der Kaisergedanke*, Frankfurt am Main 1915, S. 177.

[2] Alfons Paquet: *Der Kaisergedanke*, Frankfurt am Main 1915, S. 46.

[3] Alfons Paquet: *Der Kaisergedanke*, Frankfurt am Main 1915, S. 47.

in den jetzigen und künftigen Umwälzungen festzustellen sein.[1]

In Bezug auf die ›Symptome‹ hat Paquet auf die politischen Unruhen und die kulturelle Krise hingewiesen. Er betont, dass früher der Konfuzianismus, der Taoismus, der Buddhismus und die Staatsmacht harmonisch miteinander gelebt haben, während in der republikanischen Zeit sie gegeneinander kämpfen. Diese Kämpfe haben zu einer religiösen Krise geführt, „die sich einesteils im Zerfall der alten Sitten, auf der anderen Seite in der Zunahme des Sektenwesens äußert"[2].

Paquet hebt zwei Besonderheiten der Staatskunst in China hervor: Erstens, das Kaisertum, das sich dem Himmel unterwerfe, trage alle Verantwortungen[3] für das Land, was für Paquet ein Beweis dafür ist, „wie tief der Gedanke der Kausalität in die Philosophie des Staatslebens eingedrungen war"[4]; zweitens, der starke Einfluss von dem Konfuzianismus bis ins zwanzigste Jahrhundert. In China gebe es auch Streit zwischen der Politik und der Religion, aber der Kaiser spiele die entscheidende Rolle, während in Europa die Kirche zum größten Feind der Politik werde. Paquet setzt die Hoffnung auf die Realisierung des Kaisertums in Europa in den „Protestantismus im weiten unkirchlichen Sinne", in dem „Auswirken der Reformationen und der Revolutionen Europas"[5]. Aufgrund der Analyse des chinesischen Kaisertums behauptet er, dass in Europa das Kaisertum auch über der Kirche stehen sollte.[6]

Anschließend erläutert Paquet die Notwendigkeit der Vereinigung der

---

[1] Alfons Paquet: *Der Kaisergedanke*, Frankfurt am Main 1915, S. 47.

[2] Alfons Paquet: *Der Kaisergedanke*, Frankfurt am Main 1915, S. 48.

[3] Das Wort ›Verantwortung‹ kommt in Paquets späteren Schriften auch mehrmals vor, das mehr mit der taoistischen Weisheit als mit der konfuzianischen Lehre in Verbindung steht. Es ist aber nicht zu leugnen, dass die Verantwortung im Konfuzianismus auch wichtig ist. In der Forschung von W. Grube wird es beispielsweise darauf hingewiesen, dass in China der Fürst als Mandat des Himmels sich „dem Himmel gegenüber verantwortlich fühlen" soll. Vgl. Wilhelm Grube: *Religion und Kultus der Chinesen*, Leipzig 1910, S. 29. In dieser Hinsicht lässt sich erkennen, dass Paquet zu seiner späteren Lebenszeit taoistische Weisheiten bewundert, während er in seinen früheren Jahren eher die konfuzianische Lehre hoch schätzte.

[4] Alfons Paquet: *Der Kaisergedanke*, Frankfurt am Main 1915, S. 49 f.

[5] Beide Zitate: Alfons Paquet: *Der Kaisergedanke*, Frankfurt am Main 1915, S. 51.

[6] Vgl. Alfons Paquet: *Der Kaisergedanke*, Frankfurt am Main 1915, S. 51 f.

europäischen Länder[1] bezüglich der Not in Europa, nämlich die konkurrierende Beziehung innerhalb Europas und die Bedrohung aus den Ländern außerhalb von Europa. Sich in der unruhigen Situation der Vorkriegszeit Europas befindend, fürchtete er sich vor dem Krieg, der der Kraft und Mächtigkeit jedes Landes schaden würde. Um seine Ideen deutlicher darzustellen, nennt Paquet die Türkei als ein Beispiel dafür, dass der Streit gegen- und die Abgrenzung voneinander ein Verlust für alle europäischen Länder seien. Für ihn ist es Tatsache: „So bietet der europäische Imperialismus mit seinen zufälligen Gemeinsamkeiten, Kreuzungen und Gegensätzen ein getreues Abbild der Verwirrung in Europa selbst."[2] Paquet gehört zu den wenigen Plädoyern, die für die monarchische Europaeinheit sprechen.[3] Aber er denkt auch an die Interessen des eigenen Landes, was auch typisch bei der Debatte um die Einheit Europas um die Jahrhundertwende ist.[4] Trotzdem sind die gemeinsamen Interessen von Europa für ihn wichtiger als die nationalen Interessen.[5] Vor diesem Hintergrund blickt er auf die Geschichte des Westens und das Kulturerbe des Ostens zurück.

Im Jahr 1916 erschien Paquets Aufsatz *Zur Idee des europäischen Gleichgewichts* in der *Europäischen Staats- und Wirtschafts-Zeitung*. In diesem Aufsatz weist er auf den Gedanken vom Bündnissystem als Bürgerschaft und Herstellung des Gleichgewichts in Europa von Friedrich Gentz hin und

---

[1] Monika Grucza weist in ihrer Dissertation darauf hin, dass die Europaidee um die Jahrhundertwende vor dem Hintergrund der Bedrohung der innerlichen friedlosen Beziehung und der „Gelben Gefahren", „Schwarzen Gefahren" und „amerikanischen Gefahren" entstand. Vgl. Monika Grucza: *Bedrohtes Europa. Studien zum Europagedanken bei Alfons Paquet, André Suarès und Romain Rolland in der Periode zwischen 1890-1914*, Dissertation an der Justus-Liebig- Universität Gießen, Gießen 2008.

[2] Alfons Paquet: *Der Kaisergedanke*, Frankfurt am Main 1915, S. 57.

[3] Vgl. Monika Grucza: *Bedrohtes Europa. Studien zum Europagedanken bei Alfons Paquet, André Suarès und Romain Rolland in der Periode zwischen 1890-1914*, Dissertation an der Justus-Liebig- Universität Gießen, Gießen 2008, S. 256.

[4] Vgl. Monika Grucza: *Bedrohtes Europa. Studien zum Europagedanken bei Alfons Paquet, André Suarès und Romain Rolland in der Periode zwischen 1890-1914*, Dissertation an der Justus-Liebig- Universität Gießen, Gießen 2008, S. 261.

[5] Paul Michael Lützeler stellt fest, dass Paquets Idee dem Gedanken Nietzsches nahe liegt, wenn Paquet behauptet, dass die gemeinsamen Interessen des europäischen Imperialismus wichtiger als die nationalen sind. Vgl. Paul Michael Lützeler: *Die Schriftsteller und Europa. Von der Romantik bis zur Gegenwart*, München 1992, S. 220.

stellt die Bücher von Constantin Frantz vor, die auf dem Gedanken von Gentz
beruhen. Paquet lehnt sich an die Gedanken von Gentz und Frantz an und spricht
sich für den Kaisergedanken aus, der seines Erachtens die Kriege in Europa
vermeiden und Frieden schaffen könne. Er räumt ein, dass die Entwicklung
seines Kaisergedankens das Ergebnis von der von Konfuzius beeinflussten
Staatsphilosophie, der damaligen politischen Situation und den Gedanken von
Gentz und Frantz sei.

> Vielleicht führte die in Europa sich verbreitende Bekanntschaft mit
> den Philosophen des fernen Ostens, besonders mit dem großen Lehrer
> Kungtse dazu, sie in einem antiken und völlig naiven Sinne zu stellen, aber
> ihre Antwort in Formeln zu suchen, die auf der modernen soziologischen
> Forschung, in einem vorurteilslosen Studium der gesellschaftlichen
> Erscheinungen und der politischen Tendenzen beruhen.[1]

In demselben Aufsatz stellt er auch die Entstehungsgeschichte seines Artikels
Der Kaisergedanke vor:

> Ich habe versucht, in meinem Buch „Der Kaisergedanke" (1915) diesen
> Weg zu gehen. Der Aufsatz, der die Grundlage des Buches bildet, entstand
> mittelbar infolge der Aufforderung des Herausgebers des in Schanghai
> erscheinenden „Ostasiatischen Lloyd" zu einem Beitrag anläßlich des 25.
> Jahrestages der Regierung Kaiser Wilhelms II.[2]

Es ist deutlich zu sehen, dass seine Idee des Kaisergedankens unter dem
Einfluss der konfuzianischen Lehre und der damaligen politischen Situation
entstanden ist:

> Es war nach den Balkankriegen. In Athen wurde in patriotischen
> Umzügen die gelbe Fahne mit dem zweiköpfigen schwarzen Adler, die
> alte Kaiserfahne von Byzanz, umhergetragen. Dieses Riesenzeichen wirkte

---

[1] Alfons Paquet: *Zur Idee des europäischen Gleichgewichts*. In: *Europäische Staats- und
Wirtschafts-Zeitung*, 30.9.1916, Nr 26/27. In: Nachlass Alfons Paquets, Teil II, A5.

[2] Alfons Paquet: *Zur Idee des europäischen Gleichgewichts*. In: *Europäische Staats- und
Wirtschafts-Zeitung*, 30.9.1916, Nr 26/27. In: Nachlass Alfons Paquets, Teil II, A5.

ungeheuerlich in den Händen eines so kleinen, national erhitzten Volkes und erweckte unwillkürlich die Frage nach dem Sinn der alten kaiserlichen Wahrzeichen, die auch bei den Erben des alten römischen Reiches noch nicht erloschen sind.[1]

Er findet die Lösung für die damalige Situation in dem Kaisergedanken: „In ihm ist eine Zwecksetzung der sozialen Kräfte, ist Maß und Kriterium des Patriotismus gegeben, und zuletzt handelt es sich bei ihm um die wenigstens ideologische Lösung des alten Problems einer obersten schiedsrichterlichen und stellvertretenden Instanz."[2] Paquet meint, dass der Kaisergedanke nicht nur für ein einzelnes Land, sondern auch für alle Menschen sinnvoll sei:

> Nicht die Staatsidee in ihrer nationalen Zielsetzung und Ausschließlichkeit, sondern die Reichsidee als Inbegriff der den Staatengruppen gemeinsamen Interessengrundlagen gehört die Zukunft [...]. Zweifellos vollzieht sich in fast allen Fällen der Weg zur Reichsidee durch die Staatsidee; aber auf dem Wege zur Reichsidee vollzog sich noch jedesmal auch ein Zusammentreffen und Verschmelzen von Staatsideen.[3]

Anhand der oben zitierten Stelle ist erkennbar, dass Paquet für den Kaisergedanken plädiert, um die Kriege zu vermeiden. Außerdem erkennt er die Beziehung zwischen der Staatsidee und der Reichsidee, deren Verhältnis wie die Beziehung zwischen den nationalen und kosmopolitischen Gedanken nachzuvollziehen ist.

Zum Kaisergedanken bringt Dietrich Kreidt Folgendes zum Ausdruck: „[...] rückwärtsgewandte wie der Gedanke eines erneuerten, konstitutionellen Kaisertums, oder geradezu reaktionäre Phantasien über eine europäische

---

[1] Alfons Paquet: *Zur Idee des europäischen Gleichgewichts.* In: *Europäische Staats- und Wirtschafts-Zeitung*, 30.9.1916, Nr 26/27. In: Nachlass Alfons Paquets, Teil II, A5.

[2] Alfons Paquet: *Zur Idee des europäischen Gleichgewichts.* In: *Europäische Staats- und Wirtschafts-Zeitung*, 30.9.1916, Nr 26/27. In: Nachlass Alfons Paquets, Teil II, A5.

[3] Alfons Paquet: *Zur Idee des europäischen Gleichgewichts.* In: *Europäische Staats- und Wirtschafts-Zeitung*, 30.9.1916, Nr 26/27. In: Nachlass Alfons Paquets, Teil II, A5.

Union unter deutscher Hegemonie [...].“[1] Paquet versucht, mit dem Gedanken des Kaisertums Frieden zu schaffen. Er erklärt einmal deutlich seine Ideen gegen einen Krieg: „Denkbar ist ein europäischer Zustand, der nicht durch die Anhäufung von Waffen, sondern durch die Weckung neuer Lebenskräfte in den Völkern, dem europäischen Lebensraume und dem Spiel der Weltkräfte einen neuen Sinn gibt.“[2] Gerade so wie es Bernhard Koßmann anmerkt: „Frieden schaffen ohne Waffen, Paquet könnte für diesen Slogan das gedankliche Rüstzeug liefern.“[3]

Dem Kaisergedanken von Paquet hat Martina Thöne nicht nur politische Bedeutung, sondern auch soziale und geistige Bedeutungen beigemessen:

> Als symbiotisches Ordnungsgefüge, das auf einem intensiven Ur- und Gottvertrauen fußt, tritt das in eine östliche Gestalt gekleidete Gemeinschaftsbewußtsein der individualistischen Zerrissenheit als Ideal gegenüber [...], so ist das hier ersichtlich werdende Vertrauen auf ein strukturiertes Kollektiv am besten zu verstehen, wenn man bedenkt, dass der Kaisergedanke Paquets Überzeugung zufolge weniger eine macht- als eine gesellschaftspolitische Relevanz barg.[4]

Im Essayband *Kaisergedanken* lässt sich dem entsprechend folgende Stelle nachlesen: „So ist auch nicht die Macht um ihrer selbst willen der Ausdruck des Kaisertumes, sondern die Ordnung, Zusammenschaffung und Begütung aller Mächte, die von Menschenhänden verwaltet werden.“[5] In diesem Hinblick sehnt sich Paquet nach einer ordnungsmässigen Gemeinschaft. Seine Ideen bezüglich des Kaisertumgedankens bringen seine utopischen Vorstellungen gegenüber der damaligen sozialpolitischen Situation zum Ausdruck.

---

[1] Dietrich Kreidt: *Augenzeuge von Beruf. Ein Porträt des Schriftstellers Alfons Paquet*, Köln 1986, S. 9.

[2] Alfons Paquet: *Wehrlosigkeit*, in: *Die neuen Ringe*, Frankfurt a.M. 1924, S. 118.

[3] Stadt- und Universitätsbibliothek (Hrsg.): *Begleitheft zur Ausstellung der Stadt- und Universitätsbibliothek Frankfurt am Main*, Neuaufl., Frankfurt am Main 1994, S. 20.

[4] Martina Thöne: *Zwischen Utopie und Wirklichkeit.Das dramatische Werk von Alfons Paquet*, Frankfurt am Main 2005, zugl. Dissertation an der Universität Düsseldorf, Düsseldorf 2004, S. 1.

[5] Alfons Paquet: *Der Kaisergedanke*, Frankfurt am Main 1915, S. 80.

4.2 *Chinesierung* (1916) – Inspirationen aus Ku Hung-Mings Ideen

Der Artikel *Chinesierung* wurde am 12. September 1916 in der *Frankfurter Zeitung* und in dem Essayband *Rom oder Moskau* (1923) mit kleinen Änderungen nochmal veröffentlicht. Stilistisch betrachtet, ist dieser Aufsatz eine Mischung aus einem Essay und einer Rezension, in dem sich Paquets Gedankenveränderungen erkennen lassen. Während Paquet in seinem dramatischen Werk *Limo* (1913) und in dem Essay *Der Kaisergedanke* (1914) noch an die konfuzianische Treue der Beamten gegenüber dem Kaiser glaubt, hebt er nach dem Ausbruch des Ersten Weltkrieges in dem Aufsatz *Chinesierung* mehr die Teilnahme des Volkes an der Politik hervor.

Paquet spricht im *Chinesierung* gegen die Meinung von Wladimir Solowiew, dass die Chinesierung eine Gefahr für Europa bedeutet und übernimmt die kulturellen Ideen von Ku Hung-Ming. In diesem Aufsatz betont Paquet, wie Ku in seinem Buch *Der Geist des chinesischen Volkes und der Ausweg aus dem Krieg* (Jena 1916), die Rolle der Masse im Krieg und Frieden. Paquet erkennt die enge Verbindung zwischen der Masse und dem Krieg. „Der Krieg der Gegenwart ist ein Krieg der Massen, und nur der scharf erregte Instinkt der Massen, nicht etwa die Einsicht und die egozentrische Vernunft einzelner beherrscht jetzt die Stimmungen der Völker"[1], wie er feststellt. Chinesierung könne Frieden schaffen. Dann nennt er das neue Buch von Ku Hung-Ming als Beispiel und stellt die kulturellen Ideen von Ku vor. Besonders Kus Meinung, dass die Treue in der konfuzianischen Lehre der Ausweg aus dem Krieg sei, bewundert Paquet.

Diese Treue bezieht sich auf legitimen Träger der Autorität, und im alten, vom Geist seiner klassischen Philosophen regierten China bestanden keine Zweifel darüber, wer diese Träger waren. Der Konfuzianismus lehrt den Menschen ohne Religion auszukommen und bietet ihm in diesem Kodex, der den Generationen tatsächlich ein Gefühl der Sicherheit und der

---

[1] Alfons Paquet: *Chinesierung*. In: *Frankfurter Zeitung*, I., 12.9.1916. In: Nachlass Alfons Paquets, Teil II, A5.

Fortdauer zu geben vermochte, einen Ersatz für Religion.[1]

Paquet stimmt der Meinung von Ku zu, dass Treue ein Ideal sei, „das die im Fluß und in der unabsehbaren Ausdehnung befindlichen Massen zu einem heilsamen Stillstand, den quirlenden Stoff zum Kristallisieren bringen will"[2]. Er betont wie Ku die Kraft der Treue: „Der Chinese fordert die Nationen Europas auf, ihre gegenwärtigen Magnae Chartae der Freiheit und ihre Verfassungen zu zerreißen und eine neue Magna Charta, nämlich die der Treue des guten Bürgers, zu errichten."[3]

Aber er übernimmt die Meinung von Ku nicht ohne eigene Überlegung. Ku ist der Meinung, „daß nur ein Mann, der mit der unbedingten Macht ausgestattet sei, Schluß zu gebieten, den Krieg beenden könne. Der Krieg könne auch nur dadurch wirklich beendet werden, daß man eine Magna Charta der Treue schaffe"[4]; anders als Ku bringt Paquet Folgendes zum Ausdruck: „Die Zeit für eine neue Magna Charta mag einmal kommen, aber sie muß von ganz unten her, aus den Leiden und dem Besserungswillen der Völker her [...]."[5] Demsprechend kann man daran erkennen, dass Paquet während des Krieges seinen Gedanken verändert hat. Vor dem Ersten Weltkrieg hat er in seinem dramatischen Gedicht *Limo* (1913) und im Essay *Der Kaisergedanken* (1914) noch für das Kaisertum und die autoritäre kaiserliche Macht plädiert. Aber in dem Artikel *Chinesierung* setzt er die Hoffnung eher in die Kraft des Volkes. Am Ende stimmt er der Meinung von Ku über die Treue in der chinesischen Kultur zu und legt besonderes Augenmerk auf die Treue der verschiedenen Völker. Er schreibt wie folgt:

Daß es eine Magna Charta der Treue sein wird, auch der Treue der

[1] Alfons Paquet: *Chinesierung*. In: *Frankfurter Zeiung*, I., 12.9.1916. In: Nachlass Alfons Paquets, Teil II, A5.

[2] Alfons Paquet: *Chinesierung*. In: *Frankfurter Zeiung*, I., 12.9.1916. In: Nachlass Alfons Paquets, Teil II, A5.

[3] Alfons Paquet: *Chinesierung*. In: *Frankfurter Zeiung*, I., 12.9.1916. In: Nachlass Alfons Paquets, Teil II, A5.

[4] Alfons Paquet: *Chinesierung*. In: *Frankfurter Zeiung*, I., 12.9.1916. In: Nachlass Alfons Paquets, Teil II, A5.

[5] Alfons Paquet: *Chinesierung*. In: *Frankfurter Zeiung*, I., 12.9.1916. In: Nachlass Alfons Paquets, Teil II, A5.

Völker untereinander, die durch das Chaos der Kriege den Weg zum Kosmos einer friedlichen Verwaltung der Erde gehen, diesen Wunsch mögen wir mit den Chinesen teilen, auch wenn er unausweichlich auf etwas wie die Chinesierung Europas deuten sollte.[1]

4.3 *Glauben und Technik* (1924) – Pietät des chinesischen Volkes

Im Jahr 1924 wurde der Artikel *Glauben und Technik* in seinem bei der Frankfurter Societäts-Druckerei erschienenen Buch *Die Neuen Ringe* veröffentlicht. Im selben Jahr wurde der Aufsatz in der *Frankfurter Zeitung* mit kleinen Veränderungen publiziert. 1926 und 1927 erschien dieser Artikel erneut.[2] Im *Glauben und Technik* diskutiert Paquet die Beziehung zwischen der Technik und dem Geist. Er kritisiert die Ratlosigkeit und Unersättlichkeit der Menschen bei der Entwicklung der Technik.

Der Mensch ist durch diese Geschenke nicht besser geworden, er ist eher wie ein überbeschenktes Kind, das sich langweilt. Er ist sachlicher geworden. Aber hinter dieser Sachlichkeit verbirgt sich eine Unersättlichkeit der Ansprüche, ein Unmaß von Undank, andachtslose Naturentfremdung: die seelische Verarmung.[3]

Dabei bezieht er die Pietät in der chinesischen Kultur in seine Überlegung

---

[1] Alfons Paquet: *Chinesierung*. In: *Frankfurter Zeiung*, I., 12.9.1916. In: Nachlass Alfons Paquets, Teil II, A5.

[2] Der Artikel in der *Frankfurter Zeitung* im Jahr 1924 stammt wohl aus dem Buch *Die Neuen Ringe* von Alfons Paquet und ist ein Teil des originalen Texts. Vgl. Alfons Paquet: *Glauben und Technik*. In: *Frankfurter Zeitung*, I., 3.6.1924. Vgl. auch Alfons Paquet: *Glauben und Technik*. In: *Der Kritiker*, Novemberheft 1926, S. 161 f. In: Nachlass Alfons Paquets, Teil II, A4. Vgl. auch Alfons Paquet: *Glauben und Technik*. In: *Rundfunk*, Aus: *Funk-Woche*, Berlin, 24.1.1927. Im Jahr 1930 wurde dieser Artikel nochmals editiert. Vgl. Alfons Paquet: *Glauben und Technik*, 1930, Handschriften und Typoskript. In: Nachlass Alfons Paquets, Teil II, A4.

[3] Alfons Paquet: *Glauben und Technik*. In: *Frankfurter Zeitung*, I., 3.6.1924. Vgl. auch Alfons Paquet: *Glauben und Technik*. In: *Der Kritiker*, Novemberheft 1926, S. 161 f. Hier S. 161.

ein:

> Wir wissen von einem fremden Volke, dem chinesischen, das bis vor
> wenigen Jahren noch zu den konservativsten zählte, daß es bei Bahnbauten
> in seinem Lande den fremden Ingenieuren die Bedingung stellte, sie
> müßten ihre Eisenbahnlinien um die Ruhestätten der Toten, an heiligen
> Berghöhen und Bauwerken in weitem Bogen vorüberführen.[1]

Zugleich weist er auf Folgendes hin: „Wohl aber sollten wir uns diesen
Glauben zu eigen machen, der aus der Pietät seine Kräfte nimmt und die
ahnungsvolle Einsicht bedeutet, daß geistiges Wesen in allen Dingen gegenwärtig
ist."[2] In den Artikeln im Jahr 1924 und im Jahr 1926 befindet sich dieser
Abschnitt am Ende, während der im Aufsatz aus dem Buch *Die Neuen Ringe* in
den ersten Abschnitten steht. Der Artikel im Jahr 1930 enthält fast gleichen Inhalt
wie der Aufsatz aus dem Buch *Die Neuen Ringe*.

Er stellt in diesem Aufsatz fest, dass die Entwicklung der Technik viele
Überraschungen mitgebracht und das Streben nach „Freiheit, Einheit und
Gegenseitigkeit"[3] erfüllt, aber zugleich auch Enttäuschungen mit sich gebracht
habe. Die Menschen seien dadurch ein „überbeschenktes Kind"[4] geworden
und dabei haben sie nur verarmte Seele. Sie haben sich zum Sklaven „des
mechanischen Fortschrittes und des materiellen Nutzens"[5] gemacht. Die
schlimmere Folge, die die Technik mitgebracht habe, sei der Maschinenkrieg
zwischen verschiedenen Ländern und Kulturen.[6] Die Technik sei nicht mehr ein
Diener der Menschheit, sondern ihre „Todfeindin"[7].

---

[1] Alfons Paquet: *Glauben und Technik*. In: *Der Kritiker*, Novemberheft 1926, S. 162.

[2] Alfons Paquet: *Glauben und Technik*. In: *Der Kritiker*, Novemberheft 1926, S. 162.

[3] Alfons Paquet: *Glauben und Technik*. In: Alfons Paquet: *Die Neuen Ringe. Reden und
Aufsätze zur Deutschen Gegenwart*, Frankfurt a.M. 1924, S. 24 f.

[4] Alfons Paquet: *Glauben und Technik*. In: Alfons Paquet: *Die Neuen Ringe. Reden und
Aufsätze zur Deutschen Gegenwart*, Frankfurt a.M. 1924, S. 24.

[5] Alfons Paquet: *Glauben und Technik*. In: Alfons Paquet: *Die Neuen Ringe. Reden und
Aufsätze zur Deutschen Gegenwart*, Frankfurt a.M. 1924, S. 25.

[6] Vgl. Alfons Paquet: *Glauben und Technik*. In: Alfons Paquet: *Die Neuen Ringe. Reden und
Aufsätze zur Deutschen Gegenwart*, Frankfurt a.M. 1924, S. 25 f.

[7] Alfons Paquet: *Glauben und Technik*. In: Alfons Paquet: *Die Neuen Ringe. Reden und
Aufsätze zur Deutschen Gegenwart*, Frankfurt a.M. 1924, S. 26.

In dieser Hinsicht bewundert Paquet die Techniker, Bauarbeiter und Schöpfer in der alten Zeit, die mit Glauben die Natur verbessert haben. Im Vergleich dazu habe die Arbeit der Techniker in der Gegenwart „viel Zwangsläufigkeit und wenig Freiheit"①. Deshalb führt Paquet die Pietät des chinesischen Volkes an:

> Aber auch noch sehr wenig mit dem Glauben, mit den Kräften der Pietät und der ahnungsvollen Einsicht in das geistige Wesen einer Landschaft, das durch sinnhaftes Bauen gesteigert, durch einen widrigen Fabrikschornstein ganz zerstört werden kann.②

Er weist unmittelbar darauf hin, dass die Entwicklung der Technik mit der Ehrfurcht vor dem Unerforschbaren verbunden sein sollte. Außer Präzision sollten die Techniker mit der Technik etwas Besseres für die Menschen mitbringen und einen Glauben haben, „der mehr ist als jener blinde Fortschrittsglaube, dem auch der Uebersättigte noch zu dienen meint, der längst dem lebendigen Reich des gegenseitigen Dienstes nicht mehr angehört"③. Er appelliert, dass man in der Technik auf die Sitte achten und den religiösen Blickwinkel im Zusammenhang mit Kunst, Technik und Ethik gewinnen sollte. Am Ende des Aufsatzes schreibt Paquet:

> Weder die Idee der Kunst, der Gestaltung um der Schönheit willen, noch die Idee der Ethik, nämlich das Leben nach sittlichen Prinzipien zu gestalten, noch auch die Idee der Technik, die die Idee der Naturerkenntnis ist, haben einen Vorrang vor einander. Das gemeinsame Gesetz in allem zu begreifen und diesem gemeinsamen Gesetz zu dienen, dies auch ist Religion. Sie ist Anwendung von Glauben durch das Wissen. Aus ihr fließen die Gesetze für *das Reich*.④

---

① Alfons Paquet: *Glauben und Technik*. In: Alfons Paquet: *Die Neuen Ringe. Reden und Aufsätze zur Deutschen Gegenwart*, Frankfurt a.M. 1924, S. 23.

② Alfons Paquet: *Glauben und Technik*, 1930, Handschriften und Typoskript. In: Nachlass Alfons Paquets, Teil II, A 4. Diese Sätze sind gleich wie die aus dem Zeitungsartikel im Jahr 1924 und aus dem Aufsatz im Buch *Die Neuen Ringe*.

③ Vgl. Alfons Paquet: *Glauben und Technik*. In: Alfons Paquet: *Die Neuen Ringe. Reden und Aufsätze zur Deutschen Gegenwart*, Frankfurt a.M. 1924, S. 24 f. u. S. 31.

④ Alfons Paquet: *Glauben und Technik*. In: Alfons Paquet: *Die Neuen Ringe. Reden und Aufsätze zur Deutschen Gegenwart*, Frankfurt a.M. 1924, S. 31. Herv. im Orig.

So ist seine religiöse Anschauung auch zu sehen. Er setzt seine Hoffnung in die Religion, die als der Ausweg aus der Not dienen würde, die von der Technikentwicklung mitgebracht wird.

4.4 *Deutschlands Verantwortung* (1932) – Verantwortung aus der Lehre von Tschuangtse

In diesem Essay erläutert Paquet sein Verständnis zur Verantwortung und bei seiner Interpretation zitiert er die Lehre von Tschuangtse. Deutschland geriet im Jahr 1932 in Not und Verwirrung. Die Wirtschaftssituation in Deutschland war schlecht und Bevölkerungsüberschuss ist nach und nach zum Problem geworden. Drei Parteien, nämlich die alte sozialdemokratische Partei, die nationalsozialistische Partei und die kommunistische Partei, waren damals die drei großen Parteien in Deutschland, die verschiedene politische Meinungen vertraten. Paquet schildert die damalige Situation wie folgt:

> Als ein herzloser Eroberer und Ausbeuter steht der europäische Mensch seiner Umwelt gegenüber. Nicht nur vor den farbigen Kassen, sondern auch vor den Benachteiligten, Enterbten im eigenen Volk. Und gleich steht er da als ein Bankrotteur, dem schliesslich nichts übrig bleibt, als die Waffe der Vernichtung gegen sich selbst zu richten.[1]

Die Zukunft war dunkel und man sah keinen Ausweg. Die Menschen sprachen gegen Kriege und wollten der miserablen Lage entgehen. Vor diesem Hintergrund war die Verantwortung von großer Bedeutung. Der Ausweg liegt Paquets Meinung zufolge in den Händen des Einzelnen.

Paquet versucht, sich von dem nationalistischen Gedanken loszulösen und durch die neue Gestaltung Deutschlands einen Ausweg aus der Not zu finden. Er schlägt vor, dass Hamburg, Köln und Berlin in der Neuordnung eine wichtige verbindende Rolle spielen sollten, weil sie West- und Osteuropa zusammenbringen können. Außerdem sollte die Zusammenarbeit mit anderen

---

[1] Alfons Paquet: *Unsere Zeit und Goethe*, Rede in Wiesbaden, 20.3.1932. In: Nachlass Alfons Paquets, Teil II, A4.

Ländern beim Wasserbau gefördert werden. Auf dieser Grundlage appelliert er an das Publikum in Bezug auf die Verantwortung.

„Es ist Menschenrecht und Menschenpflicht, Verantwortung zu fordern und zu tragen"[1], so schreibt er. Mittels der Verantwortung werde der Wert des Einzelnen für die Gesamtheit erzielt. Verantwortung zu tragen sei ein unerläßlicher Teil des Menschenlebens.

> Verantwortung ist eine Sache des Gewissens, das Gewissen selbst, ist die auf die Person bezogene Einsicht in die Gesetze, nach denen Ursachen sich auswirken [...] Und die Menschwerdung, die der Sinn des Gewissens ist, der große tröstliche, brennende Grund aller Gewissenspein und Schmerzen, die Menschwerdung bleibt irgendwo unterwegs im Tierischen, Unverantwortlichen stecken.[2]

Die Verantwortung habe mit Gewissen zu tun und durch Tragen der Verantwortung könne man das Menschentum erreichen. Was die Verantwortung des Führers betrifft, heißt es bei Paquet weiter:

> Diese Verantwortung wirkt im Befehl, im Opfer, in der Askese [...]. Verantwortung, auf das einzelne Volk bezogen, betrifft einfach die Wahrung seines Lebens, seiner Arbeitsfähigkeiten, seines Gesamtbesitzes an Bodenschätzen und Kulturgütern, und schließlich jener Lässigkeit, die es ihm möglich macht, seine Feste zu feiern, mit den Nachbarn auf die Weise des gegenseitigen Austausches und Besuches zu verkehren.[3]

Der Führer müsse für das Leben des Menschen in der Gemeinschaft zuständig sein. Außerdem betreffe die Verantwortung auch die Überlieferung der Kultur:

> Sie betrifft bei jedem Volke auch die Möglichkeit seines Weiterlebens,

---

[1] Alfons Paquet: *Deutschlands Verantwortung*. In: *Die Zeit*, Berlin 5.3.1932, S. 165-170. In: Nachlass Alfons Paquets, Teil II, A5. Hier S. 169.

[2] Alfons Paquet: *Deutschlands Verantwortung*. In: *Die Zeit*, Berlin 5.3.1932, S. 165-170. In: Nachlass Alfons Paquets, Teil II, A5. Hier S. 170.

[3] Alfons Paquet: *Deutschlands Verantwortung*. In: *Die Zeit*, Berlin 5.3.1932, S. 165-170. In: Nachlass Alfons Paquets, Teil II, A5. Hier S. 170.

die Einbeziehung der Gestorbenen und der Ungeborenen in das Volksschicksal, die einzelne Generation ist ja nur der ins Licht gerückte Teil der Kette auf der Bahn zwischen Vergangenheit und Zukunft. Verantwortung bezieht sich auch auf das Verhältnis zwischen den Geschlechtern, auf dem die Reproduktionskraft des Volkes beruht und auf die Kontinuität des Volkes gegenüber der Parteientwicklung.[1]

Daran wird erkennbar, dass der Führer für das gute Leben und das Weiterbestehen, also die Kontinuität der Kultur verantwortlich ist, was unmittelbar an die chinesische Kultur erinnert. Daraufhin hat Paquet die Worte von Tschuangtse zitiert: „»Die Herrscher der Vorzeit«, sagt Tschuangtse, »schrieben alles Gelingen dem Volke, alles Misslingen sich selber zu. Was Recht war, maßen sie dem Volke, was Unrecht war sich selber bei.«"[2] Dann bringt er seine eigene Wahrnehmung zum Ausdruck: „Das bedeutete in der mythischen Auffassung, daß die Herrscher auch Dinge verantworteten, die sie persönlich nicht verursacht haben konnten, Missernten, Ueberschwemmungen, Epidemien, Kriege, soziale Erschütterungen."[3] Paquet merkt an, dass die Herrscher im alten China Zensoren haben, die die Herrscher zur Pflicht zu ermahnen. Ein wichtiger Teil der Pflicht der Herrscher liegt im Opfer, mittels dessen das Volk beruhigt wird.

> Die Herrscher vollzogen die Opfer, hielten durch symbolische Akte die Beziehungen zwischen Volk und Himmel aufrecht und nahmen bei Unglücksfällen, die das Volk beunruhigten, eine öffentliche Busse auf sich, deren Vollzug eine Art Seelenruhe verbreitete, die nun wieder die Grundlage für die Wiederkehr der Ruhe zur Selbsthilfe war.[4]

Danach zitiert Paquet weiter aus *Tschuangtse*:

---

[1] Alfons Paquet: *Deutschlands Verantwortung*. In: *Die Zeit*, Berlin 5.3.1932, S. 165-170. In: Nachlass Alfons Paquets, Teil II, A5. Hier S. 170.

[2] Alfons Paquet: *Deutschlands Verantwortung*. In: *Die Zeit*, Berlin 5.3.1932, S. 165-170. In: Nachlass Alfons Paquets, Teil II, A5. Hier S. 170.

[3] Alfons Paquet: *Deutschlands Verantwortung*. In: *Die Zeit*, Berlin 5.3.1932, S. 165-170. In: Nachlass Alfons Paquets, Teil II, A5. Hier S. 170.

[4] Alfons Paquet: *Deutschlands Verantwortung*. In: *Die Zeit*, Berlin 5.3.1932, S. 165-170. In: Nachlass Alfons Paquets, Teil II, A5. Hier S. 170.

»Nicht so die Herrscher dieser Zeit«, fährt der Weise fort. »Sie verhehlen Dinge und rügen, die es nicht sehen können. Sie legen gefährliche Arbeiten auf und strafen, die sie nicht zu unternehmen wagen. Sie verhängen überschwere Lasten und züchtigen, die sie nicht zu tragen vermögen. Und da das Volk fühlt, dass seine Kräfte alledem nicht gewachsen sind, nimmt es seine Zuflucht zum Betruge. Denn wo große Lüge herrscht, wie sollte das Volk nicht lügnerisch sein! Wenn seine Stärke nicht ausreicht, nimmt es seine Zuflucht zum Betruge. Wenn sein Wissen nicht ausreicht, nimmt es seine Zuflucht zur Täuschung. Wenn sein Besitz nicht ausreicht, nimmt es seine Zuflucht zum Raube. Und wer ist es, der solchen Raubes Schuld und Verantwortung trägt?«[1]

Mit Hilfe dieser zitierten Worte weist Paquet darauf hin, dass die Führer gemäß der Lehre von Tschuangtse Verantwortung für das Volk und das Land tragen sollten.

Diese Worte stammen ursprünglich aus dem siebten Abschnitt des fünfundzwanzigsten Buches aus *Tschuangtse*. In diesem Abschnitt wird die Frage danach behandelt, worin die Schuld an dem Verbrechen und den Verbrechern besteht und es wird festgestellt, dass nicht Ehre, Schmach, Güter und Geld für das Volk am wichtigsten sind, wenn man es von dem Verbrechen oder Rauben ablenken möchte. Das Wichtigste ist, dass es zum Naturstand zurückkehren sollte. Die Menschen werden aufgefordert, zur Urzeit zurückzukehren, die noch vor der Zeit sei, in der die Kulturträger Yao, Schun und Yu gelebt haben. Nur in der Urzeit besitzen die Menschen Freiheit und Natur und entsprechen dem *dao*, während die Zeiten von Yao, Schun und Yu, die von Konfuzius verehrt worden seien, nur Verfallserscheinungen darstellen. In dieser Hinsicht lässt sich erkennen, dass Tschuangtse hier wie Laotse das Nicht-Handeln der Herrscher betont.

Die Worte, die von Paquet zitiert wurden, bringen genau die Zeitkritik zum Ausdruck.

Die Fürsten des Altertums schrieben allen Gewinn dem Volke zu

---

[1] Alfons Paquet: *Deutschlands Verantwortung*. In: *Die Zeit*, Berlin 5.3.1932, S. 165-170. In: Nachlass Alfons Paquets, Teil II, A5. Hier S. 170.

und allen Verlust sich selbst, schrieben alles Gute dem Volke zu und alles
Verkehrte sich selbst. Darum, wenn irgend etwas in Unordnung geriet,
so zogen sie sich zurück und suchten den Fehler bei sich. Heutzutage
machen sie's nicht also. Sie verhehlen die Dinge, die sie wollen, und
erklären die Leute für Toren, wenn sie sie nicht erraten; sie vergrößern
die Schwierigkeiten und rechnen's den Leuten als Sünde zu, wenn sie sich
nicht daran wagen. Sie erschweren die Verantwortung und strafen die
Leute, wenn sie ihr nicht gewachsen sind. Sie machen die Wege weit und
richten die Leute hin, die nicht ans Ziel gelangen. Wenn so die Leute am
Ende sind mit ihrem Wissen und ihrer Kraft, so werfen sie sich auf den
Betrug. Wenn die Herrscher täglich betrügen, wie kann man da erwarten,
daß die Untertanen nicht betrügen? Wo die Kraft nicht ausreicht, da muß
man betrügen; wo das Wissen nicht ausreicht, da muß man lügen; wo der
Besitz nicht ausreicht, da muß man rauben. Alle die Taten der Diebe und
Räuber, wem fallen sie in Wirklichkeit zur Last?[①]

Diese Worte zeigen uns vor allem die verwirrte und chaotische Lage in der
Zeit, in der Tschuangtse lebte. Er war unzufrieden mit den Taten der Herrscher.
Genau diesen Zustand erlebte Paquet in seiner Zeit. Außerdem kann man sehen,
dass in dem ausgeführten Passus nicht nur die Verantwortung des Herrschers
betont, sondern ein weiterer Schritt getan wird, nämlich der Herrscher sollte das
Nicht-Handeln ausüben und nicht die Sitten und Gesetze beachten, die lediglich
den weiteren Verfall des Volkes verursachen würden. In dem Artikel *Deutschlands
Verantwortung* hebt Paquet besonders die Verantwortung des Herrschers hervor,
die meines Erachtens auch ein Nicht-Handeln enthält.

Diese Worte erinnern unmittelbar an die Zeitkritik und die Lehre von Laotse,
der seine Zeit wie folgt kritisiert:

---

① Tschuangtse: *Das wahre Buch vom südlichen Blütenland*, aus dem Chinesischen
verdeutscht und erläutert von Richard Wilhelm, Jena 1912, Buch XXV, Abschnitt 7,
S. 195. Es ist jedoch zu betonen, dass diese Worte anstatt von Tschuangtse von Be Gü
ausgesprochen worden sind, der auch ein Schüler von Laotse war. Paquet hat wohl
aufgrund der Übersetzung die Meinung vertreten, dass diese Worte von Tschuangtse
stammen würden.

Daß die Leute hungern,/ ist, weil ihre Oberen zu viele Steuern fressen;/ darum hungern sie./ Daß die Leute schwer zu leiten sind,/ ist, weil ihre Oberen zu viel machen;/ darum sind sie schwer zu leiten./ Daß die Leute den Tod zu leicht nehmen, / ist, weil sie des Lebens Überfluß erzeugen wollen;/ darum nehmen sie den Tod zu leicht./ Wer aber nicht um des Lebens willen handelt,/ der ist besser als der, dem das Leben teuer ist.[1]

Wie im *Tschuangtse* offenbart diese Zeitkritik die Lehre von dem Nicht-Handeln. „So ist die Freiheit, die Selbständigkeit das Grundprinzip der Staatsordnung des Laotse. Die Leute gewähren lassen, amachen lassen, sich nicht einmischen, nicht regieren: das ist das Höchste"[2], wie Richard Wilhelm erläutert. Über die Lüge und Betrug des Volkes wird im neunzehnten Kapitel des *Tao Te King* Folgendes geäußert:

Gebt auf die Heiligkeit, werft weg die Erkenntnis: / Und das Volk wird hundertfach gewinnen! / Gebt auf die Sittlichkeit, werft weg die Pflicht: / Und das Volk wird zurückkehren zu Familiensinn und Liebe! / Gebt auf die Kunst, werft weg den Gewinn: / Und Diebe und Räuber wird es nicht mehr geben! / In diesen drei Stücken ist der schöne Schein nicht ausreichend. / So sorgt, daß die Menschen etwas haben, woran sie sich halten können! / Zeigt Einfachheit, haltet fest an der Lauterkeit: / so mindert sich die Selbstsucht, so verringern sich die Begierden.[3]

Es wird in diesen Worten aufgefordert, alles aufzugeben und in den Naturstand zurückzukehren. „Das Nicht-Handeln üben: / so kommt alles in Ordnung"[4], wie es im *Tao Te King* heißt. Nur wenn der Herrscher Nicht-Handeln ausübt, kann das Volk harmonisch leben. Nicht zuletzt kann man an dieser Stelle

---

[1] Laotse: *Tao Te King. Das Buch des Alten vom Sinn und Leben*, aus dem Chinesischen verdeutscht und erläutert von Richard Wilhelm, Jena 1923, S. 80, Kap. 75.

[2] Richard Wilhelm: *Laot-Tse und der Taoismus*, Stuttgart 1925, S. 65.

[3] Laotse: *Tao Te King. Das Buch des Alten vom Sinn und Leben*, aus dem Chinesischen verdeutscht und erläutert von Richard Wilhelm, Jena 1923, S. 21, Kap. 19.

[4] Laotse: *Tao Te King. Das Buch des Alten vom Sinn und Leben*, aus dem Chinesischen verdeutscht und erläutert von Richard Wilhelm, Jena 1923, S. 5, Kap. 3.

auch das Kapitel achtzig im *Tao Te King* zitieren:

> Mag das Land klein sein und wenig Leute haben./ Laß es zehnerlei
> oder hunderterlei Geräte haben,/ ohne sie zu gebrauchen./ Laß die Leute
> den Tod wichtignehmen / und nicht in die Ferne schweifen./ Ob auch
> Schiffe und Wagen vorhanden wären,/ sei niemand, der darin fahre./ Ob
> auch Wehr und Waffen da wären,/ sei niemand, der sie entfalte./ Laß die
> Leute wieder Knoten aus Stricken knüpfen/ und sie gebrauchen statt der
> Schrift./ Mach' süß ihre Speise/ und schön ihre Kleidung,/ friedlich ihre
> Wohnung/ und fröhlich ihre Sitten./ Nachbarländer mögen in Sehweite
> liegen,/ daß man den Ruf der Hähne und Hunde gegenseitig hören kann:/
> Und doch sollten die Leute im höchsten Alter sterben,/ ohne hin und her
> gereist zu sein.[1]

Daran wird erkennbar, dass Laotse sich in diesen Worten vor allem gegen
das Tun des Herrschers, also die Gesetze und Verordnungen, ausspricht. Der
Herrscher sollte sich in die Gelegenheiten des Volkes nicht einmischen und ihm
Naturzustand und Freiheit gewährleisten. Dabei sollte er sich um das Wohlergehen
des Volkes kümmern. Der ideale Zustand des Landes scheint utopisch und ist
gerade das Gegenteil der aktuellen Situation in der damaligen Zeit, in der Paquet
lebte. In dieser Hinsicht lässt sich nachvollziehen, weswegen Paquet in jener
chaotischen und dunklen Zeit an taoistische Lehre dachte.

Paquets Glaube an die Verantwortung zeigt sich bereits in seinen Schriften
vor dem Ersten Weltkrieg. In einer Rezension zu dem Buch *Die Führer im
modernen Völkerleben* (Stuttgart 1909) betont Paquet die Verantwortlichkeit
des Führers: „Es ist ein Verdienst des Buches, auf die Grundbedingungen eines
durch hohes Verantwortlichkeitsbewußtsein ausgezeichneten Führertumes
eindringlich zu verweisen."[2] Diesen Gedanken hat er in seinem Artikel *Der
Kaisergedanke* deutlicher ausgeführt. Aber der Kaisergedanke bezieht sich eher
auf die konfuzianische Lehre. Wie R. Wilhelm erklärt hat, habe Konfuzius ein

---

[1] Laotse: *Tao Te King. Das Buch des Alten vom Sinn und Leben*, aus dem Chinesischen
verdeutscht und erläutert von Richard Wilhelm, Jena 1923, S. 85, Kap. 80.
[2] Alfons Paquet: *Die Führer im modernen Völkerleben, ihr Grundcharakter, ihre Erziehung,
ihre Aufgaben*, 25.12.1909. In: Nachlass Alfons Paquets, Teil II, A4.

System von „Spannung und Beziehungen"[1] ausgebaut, um den Kulturorganismus zu schützen. In diesem System müssen die Oberen Verantwortung für die Unteren tragen.[2]

Im Jahr 1932 hat Paquet an einer Umfrage teilgenommen, an der sich auch Alfred Döblin, Gottfried Benn, Heinrich Mann, Joseph Roth und andere Intellektuelle beteiligt haben. Paquet hat diesbezüglich Folgendes festgehalten:

> Frieden auf Erden ist den Hirten von Engeln verkündet worden. Im Munde von himmlischen Wesen, die nicht freien und sich nicht freien lassen, klingt diese Botschaft am hellsten und verständlichsten. Sie ist aber an Hirten gerichtet worden, die nachts auf offenem Felde ihre Schafe hüteten. Es gibt kein besseres Bild für die Politiker unserer Tage.[3]

Für ihn seien die Politiker wie Hirten, die das Volk schützen sollten. Paquet betonte in den 1930er Jahren die Verantwortung des Herrschers und zwar nicht mehr die im konfuzianischen Sinne. Er setzt seine Hoffnung eher in die taoistische Lehre.

Im Taoismus ist „die Freiheit, die Selbständigkeit das Grundprinzip der Staatsordnung [...], ist das ‚Nichthandeln' der Grundsatz"[4]. Dabei erzeugt alles, „was als Moral und Kultur gepriesen wird, Heiligkeit, Wissen, Sittlichkeit, Pflicht, Kunst, Gewinn" nur „einen falschen Schein"[5]. Wozu die taoistische Lehre auffordert, ist die Rückkehr zur Natur statt der Aufklärung des Volkes. Außerdem sollte die Regierung sich um das Wohlergehen des Volkes kümmern. Anhand der zitierten Worte aus *Tschuangtse* in dem Artikel *Deutschlands Verantwortung* lässt sich beurteilen, dass die Verantwortung des Herrschers von Paquet hervorgehoben

[1] Richard Wilhelm: *Laot-Tse und der Taoismus*, Stuttgart 1925, S. 65.
[2] Vgl. Richard Wilhelm: *Laot-Tse und der Taoismus*, Stuttgart 1925, S. 65. „Die Oberen haben jeweils die höheren Verpflichtungen und sind verantwortlich für den Einfluß durch Beispiel und Wesensart, den sie ausüben. Dieser Einfluß muß ermöglicht werden: daher die Ständeordnung. Dieser Einfluß muß ausgeübt werden: daher die Führerverantwortlichkeit."
[3] Alfons Paquet: Antwort auf die Rundfrage: Frieden auf Erden. Versuch einer zeitgemäßen Bibelinterpretation, 21.11.1932. Aus: *Die Literarische Welt*, 22.12.1932, Nr. 53, S. 5 f. In: Nachlass Alfons Paquets, Teil II, A4.
[4] Richard Wilhelm: *Laot-Tse und der Taoismus*, Stuttgart 1925, S. 65.
[5] Beide Zitate: Richard Wilhelm: *Laot-Tse und der Taoismus*, Stuttgart 1925, S. 66.

wird, die aber nicht mehr mittels der konfuzianischen Sitten vollzogen wird,
sondern mit Hilfe der taoistischen Lehre, nämlich des Nicht-Handelns. Anhand
der taoistischen Lehre bringt Paquet in dem Artikel *Deutschlands Verantwortung*
einerseits seine Unzufriedenheit mit jener Zeit, andererseits aber auch seine
Hoffnung zum Ausdruck.

4.5 *Politik im Unscheinbaren* (1933) – Verantwortlichkeit und Hoffnung in Tschuangtse

Ab 1933 ist Paquet in die Zeit des „innerlichen Exils" getreten. Im damaligen
Europa herrschten „Unduldsamkeit"[1], „eine unerhörte Vernunftfeindschaft"[2],
„Lieblosigkeit, Verfall, Verbrechen"[3]. Paquet merkt an, dass die Kirche in
seiner Zeit schweige, „um politische Entwicklungen nicht zu stören"[4]. Er als
ein Wahrheitssuchender machte sich Gedanken über das Verhältnis zwischen
Politik und Ethik. Er stellt die Politik aus Blut und Eisen in seiner Zeit in Frage
und findet einen Ausweg aus den damaligen verwirrten politischen und sozialen
Situationen in der Verantwortung der Politiker: „Man muss tief graben, um die
wirkliche Grundlage zu finden. Sie ruht in den verantwortlichen Menschen."[5]
Diese Meinung drückt er schon im *Deutschlands Verantwortung* im Jahr 1932
aus. In dem Artikel *Politik im Unscheinbaren* zitiert Paquet erneut die Philosophie
von Tschuangtse, deren er sich auch schon im *Deutschlands Verantwortung*

---

[1]   Alfons Paquet: *Politik im Unscheinbaren*, 1933. In: Nachlass Alfons Paquets, Teil II, A4.
[2]   Alfons Paquet: *Politik im Unscheinbaren*, 1933. In: Nachlass Alfons Paquets, Teil II, A4.
[3]   Alfons Paquet: *Politik im Unscheinbaren*, 1933. In: Nachlass Alfons Paquets, Teil II, A4.
[4]   Alfons Paquet: *Politik im Unscheinbaren*, 1933. In: Nachlass Alfons Paquets, Teil II, A4.
[5]   Alfons Paquet: *Politik im Unscheinbaren*, 1933. In: Nachlass Alfons Paquets, Teil II, A4.

bedient hatte. Mit diesem Zitat[1] wollte er vermutlich seinen Wunsch nach verantwortlichen Staatsmännern und Herrschern zum Ausdruck bringen.

Außerdem dringt er in diesem Aufsatz in das individuelle Dasein ein. Er bemerkt, dass das Individuum in seiner Zeit verschwunden sei.

> Statt der Menschen sprechen die grossen Organisationen. Auch sie sprechen von Not und Spannung. Aber ihre Sprache ist unpersönlich. [...] Menschen verschwinden in den Organisationen. Die Organisationen handeln. Sie sind Werkzeuge eines unpersönlichen Willens. Durch Disziplin und Ordnung handeln sie. Ihr Handeln ist unpersönlich. Es ist kalt und blutig grausam.[2]

Das dunkle Zeitalter, in dem das Individuum kraftlos ist und wie eine Maschine lebt, wird von ihm kritisiert. Dieses Problem sollten die verantwortlichen Menschen lösen. Er setzt seine Hoffnung in Ethik, vor allem das Verantwortungsbewusstsein der Politiker. Die Politiker sollten jedes Individuum berücksichtigen und ihm Freiheit geben. In dieser Hinsicht wird die Frage beantwortet, warum Paquet in den 1930er Jahren die taoistische Lehre hoch schätzte.

Darüber hinaus nennt Paquet in diesem Aufsatz die Quäker als Beispiel,

---

[1] Vgl. Alfons Paquet: *Politik im Unscheinbaren*, 1933. In: Nachlass Alfons Paquets, Teil II, A4. „Die Herrscher der Vorzeit", sagt ein chinesischer Weiser Tschiangtse, „schrieben alles Gelingen dem Volke, alles Misslingen sich selber zu." Das bedeutete, dass jene Herrscher mystische Dinge verantworteten, die sie persönlich nicht verursacht haben konnten. wie Missernten, Ueberschwemmungen, Epidemien, Kriege, soziale Erschütterungen. Jene Herrscher hielten durch symbolische Opfer die Beziehungen zwischen Volk und Himmel aufrecht und nahmen nach Unglücksfällen, die das Volk beunruhigten, eine öffentliche Busse auf sich, deren Vollzug eine Art Seelenruhe verbreitete, die nun wieder die Grundlage zur rüstigen Selbsthilfe war. „Nicht so die Herrscher dieser Zeit", fährt der Chinese fort. „Sie verhehlen Dinge und rügen, die sie nicht sehen können. Sie legen gefährliche Arbeiten auf und strafen, die sie nicht zu unternehmen wagen. Sie verhängen überschwere Lasten und züchtigen, die sie nicht zu tragen vermögen. Und da das Volk fühlt, dass seine Kräfte alledem nicht gewachsen sind, nimmt es seine Zuflucht zum Betruge. Denn wo grosse Lüge herrscht, wie sollte das Volk nicht lügnerisch sein. Wenn seine Stärke nicht ausreicht, sucht es Täuschung. Wenn sein Besitz nicht ausreicht, nimmt es seine Zuflucht zum Raube. Und wer ist es, der solchen Raubes Schuld und Verantwortung trägt?"

[2] Alfons Paquet: *Politik im Unscheinbaren*, 1933. In: Nachlass Alfons Paquets, Teil II, A4.

die in Pennsylvanien von einem gewaltlosen Staat träumten und ein Experiment
machten. Mit diesem Beispiel verficht er die Politik der Wehrlosigkeit, die der
taoistischen Lehre auch unmittelbar nahesteht. Er spricht gegen Gewalt und
Krieg. Die Hoffnung wird in den einzelnen Menschen gesetzt. Er legt Folgendes
dar: „Die einfachen und wahrhaftigen Beziehungen von Mensch zu Mensch haben
viel Grausiges verhindert, haben unendlich viel Schlimmes wieder gutgemacht
und zur Heilung gebracht."[1] Nicht nur die Verantwortung und Nicht-Handeln des
einzelnen Politikers, sondern auch die Wahrhaftigkeit des allgemeinen Menschen
ist der Ausweg. Deshalb stellt er am Ende dieses Textes fest: „Verantwortlichkeit
und Hoffnung sind verwirklichte Religion. Die grossen und glänzenden Taten
auf dem Gebiete der Politik werden nur aus dem Unscheinbaren [,] das sich von
grossen Worten stets zurückhält, hervorgehen."[2]

Es ist zu sehen, dass Paquet die humanistischen Kräfte wertgeschätzt und
sich gegen den Krieg ausspricht. Es ist nicht zu übersehen, dass dieser Artikel
im Jahr 1933 erschien, als die NS-Partei in Deutschland an die Macht kam,
entstanden ist. Der furchtbaren sozialen und politischen Situation gegenüber sah
Paquet die Kraft der innerlichen Welt der Menschen und des Nicht-Handelns
entgegengesetzt. In jener dunklen Zeit beschäftigte er sich mit der chinesischen
Philosophie, die ihm wie ein Wegweiser dient. Er bemühte sich, anhand von
Verantwortung und Hoffnung die Wärme für die dunkle Zeit zu finden.

4.6 *Li* (1942)

In diesem Essay hat Paquet in Anlehnung an das chinesische *li* die
Höflichkeit hervorgehoben. „Das Wörtchen Li, kurz wie ein Vogelruf, bedeutet
im Chinesischen Sitte, Höflichkeit, Abstand, gutes Benehmen. Europäisch
ausgedrückt, ist Höflichkeit das Oel in der Maschinerie des Lebens."[3] Er legt die
Notwendigkeit von *li* in der chinesischen Kultur dar:

---

[1] Alfons Paquet: *Politik im Unscheinbaren*, 1933. In: Nachlass Alfons Paquets, Teil II, A4.

[2] Alfons Paquet: *Politik im Unscheinbaren*, 1933. In: Nachlass Alfons Paquets, Teil II, A4.

[3] Alfons Paquet: *Li*, 16. Mai. 1942, In: *Frankfurter Zeitung*. In: Nachlass Alfons Paquets,
Teil II, A6.

Im alten China galt es als äußerst ungezogen, vor einem Höhergestellten die Füße im rechten Winkel zu setzen oder ihm ins Gesicht zu sehen, statt bescheiden den Blick auf den obersten Gewandknopf auf der linken Schulter zu richten, oder beim Betreten eines Raumes vor den dort Anwesenden die tiefe Verbeugung, zuerst die nach rechts, dann die nach links, zu unterlassen.[1]

Paquet ist der Meinung, dass man die Höflichkeitsformen durch neue und bessere ersetzen könne. Außerdem sei Höflichkeit Geschenk von der menschlichen Natur.

Dieser Text erinnert unmittelbar an seinen Aufsatz *Chinesierung* während des Ersten Weltkriegs, in dem er den Weg zum Frieden findet. Er fasst in dem Aufsatz die Meinung von Ku Hung-Ming über den chinesischen Geist wie folgt zusammen:

Er bezeichnet den Geist des chinesischen Volkes als eine heitere und (wohl hauptsächlich mit Geduld und Genügsamkeit) gesegnete Gemütsart, und er versteht es, in einer erfrischenden und belehrenden Weise und begreiflich zu machen, warum es so ist.[2]

Paquet stimmt der Meinung von Ku zu und schätzt die geistigen Kräfte in der chinesischen Kultur hoch. Daraufhin erläutert er, dass *li* nicht nur „guter Geschmack" und „Abstand zu den Dingen" bedeutet, sondern auch als Staatsreligion wirkt.

Aber diesem Li liegt zugleich ein Ehrenkodex zu Grunde, eine Art Staatsreligion, ein ungeschriebener Vertrag des Gehorsams, der gottgewollten Abhängigkeit zwischen dem einzelnen und seiner Familie, bis tief in die Vergangenheit hinein, und seinem Kaiser, der im alten China ja nichts anderes ist als der höchste denkbare, ins Mystische reichende

---

[1] Alfons Paquet: *Li*, 16. Mai. 1942, In: *Frankfurter Zeitung*. In: Nachlass Alfons Paquets, Teil II, A6.
[2] Alfons Paquet: *Chinesierung*. In: *Frankfurter Zeiung*, I., 12.9.1916. In: Nachlass Alfons Paquets, Teil II, A5.

Punkt der sozialen Pyramide.①

Die Ehrfurcht und Gehorsamkeit, die vom *li* verlangt werden, spielen in der
Familie und im Staat in China eine gravierende Rolle. *Li* gilt in der chinesischen
als Verhaltensnormen in der Gesellschaft und Grundordnung des Staats. Anhand
von *li* wird die Ordnung erzielt.

Sich im Zweiten Weltkrieg befindend, suchte Paquet nach dem Ausweg
aus der geistigen Not, wie füher, in der chinesischen Weisheit. Die göttliche
Treue unter dem Volk und zwischen den Völkern wäre wohl die Lösung. Paquets
Schriften zeigen, dass er immer auf das *li* geachtet hat. Paquet wollte wohl anhand
von *li* die Ordnung in der damaligen europäischen Gesellschaft wiederherstellen.

4.7   Fazit

Die oben interpretierten Essays zeigen, dass Paquet in seiner Zeitkritik
die chinesische Kultur hoch schätzt und als ein Vorbild betrachtet. In diesen
Essays fungiert die chinesische Kultur als ein lehrhaftes Modell für Europa bzw.
Deutschland und gilt als Argument für Paquets kulturkritische Ideen. Außerdem
kann man Paquets Gedankenveränderungen im Allgemeinen auf der einen Seite
und bei der Beschäftigung mit der chinesischen Kultur auf der anderen Seite
sehen.

Aufgrund seiner Wahrnehmung der chinesischen Kultur äußert er seine
utopischen Konzepte gegenüber der damaligen Zeit. Mittels der Analyse dieser
Essays ist deutlich zu sehen, dass Paquets Wahrnehmung der chinesischen Kultur
in seine Gedanken über Politik und Technikzivilisation mit einbezogen wird.
Er bemerkt die Probleme bei der Entwicklung der Technik und den schlechten
politischen und sozialen Zustand in seiner Zeit und bemüht sich, aus der
Geschichte, Religion und den geistigen Kräften die Lösung zu finden. Bei der
Suche nach der Lösung legt er sein Augenmerk auf die chinesische Kultur, in der
er nicht nur Kaisergedanken, Pietät, Treue, *li*, sondern die Verantwortung und

---

①   Alfons Paquet: *Chinesierung*. In: *Frankfurter Zeitung*, I., 12.9.1916. In: Nachlass Alfons
Paquets, Teil II, A5.

Nicht-Handeln des Herrschers gefunden hat.

Seine Auseinandersetzung mit der chinesischen Kultur spiegelt seine Meinung bezüglich der interkulturellen Kommunikation wider. In seiner Rede über Goethe hat Paquet Folgendes geäußert:

> Dieser deutsche Dichter, der kein anderes Volk hasste oder beleidigte, wird als einer der ganz grossen Lehrer der Menschheit verstanden werden [...]. Er [sein Nachruhm; Q. C.] ist auch die fortzeugende Wirkung der Wahrheit, die er kündet. Sie flammt in dunklen Höhlen voran als eine Fackel Licht und Dunkelheit, die sich da treffen, geben unserer Kundgebung das Mass: ein Sicherkennen im gegenseitigen Grusse, ein Gelöbnis zum hohen Menschentum, Glut der Siegeshoffnung im Namen der schöpferischen Liebe.[1]

Anhand seiner Schriften und seines Lebens wird deutlich, dass Paquet Goethe als ein Vorbild mit Blick auf das Kulturverständnis würdigt und an das Publikum appelliert, mehr Liebe einander gegenüber zu zeigen und nach dem höchsten Menschentum zu streben. Seine Beschäftigung mit den taoistischen und konfuzianischen Weisheiten zeigt dabei, dass er ein verantwortlicher Intellektueller ist, der sich Sorgen um seine Zeit machte und seine Zeitkritik äußerte. Außerdem wird seine Weltoffenheit zum Ausdruck gebracht, besonders wenn er behauptet, dass ihm die großen Denker aus der westlichen und östlichen Kultur als praktische „Seelenärzte" für die Probleme und Sorgen dienen[2]. Aufgrund seines Kulturverständnisses und seiner Weltoffenheit erzielt Paquet eine Bereicherung der eigenen Kultur, was auch Cassirer in seiner Kulturtheorie andeutet.

---

[1] Alfons Paquet: *Goethe, der Franke*, Rede am 13.5.1932 in Frankfurt, Opernhaus, Typoskript. In: Nachlass Alfons Paquets, Teil II, A4.

[2] Vgl. Alfons Paquet: *Kant*. In: *Parnaß-Gespräche*, 15.8.1922. In: Nachlass Alfons Paquets, Teil II, A4.

5

Schlusswort

Die vorliegende Arbeit beschäftigte sich aufgrund der Recherchen im Nachlass Alfons Paquets chronologisch mit seiner Wahrnehmung der chinesischen Kultur in seinem dramatischen Werk *Limo, der große beständige Diener* (1913) und in seinen Essays (*Der Kaisergedanke* (1914), *Chinesierung* (1916), *Glauben und Technik* (1924), *Deutschlands Verantwortung* (1932), *Politik im Unscheinbaren* (1933), *Li* (1942)). Ergänzend wurde die Kulturtheorie von Ernst Cassirer zu Rate gezogen, der zufolge ein (Sprach-)Künstler im Medium seines Werkes als einer symbolischen Form, die Form der Dinge in der physischen realen Welt durch Bewegung im Bewußtsein aufdeckt. In Anlehnung daran gehören die aufgezählten Schriften von Paquet zur symbolischen Form, in der der Schriftsteller die Dinge der historischen Wirklichkeit enthüllt.

Die Ausgangsthese der Arbeit, und zwar, dass Paquet die symbolischen Kräfte als Mittel zur Entdeckung der historischen Wirklichkeit verwendet und zugleich nach der Synthese der Kulturen im Westen und Osten gesucht hat, konnte im Zuge der durchgeführten Untersuchung bestätigt werden. Bei der Beschäftigung mit der chinesischen Kultur in den Schriften von Paquet - am deutlichsten zu erkennen im dramatischen Gedicht *Limo* (1913) - handelt es sich um eine Symbolrezeption, -weiterverarbeitung und den Versuch einer Symbolintegration in die abendländische Kultur. Im Prozess seiner Auseinandersetzung mit der chinesischen Kultur stellt Paquet sein eigenes ethisches und politisches Konzept auf, das auf dem Gedankengut der chinesischen Kultur basiert und es ihm ermöglicht, seine eigene, zeitgenössische abendländische Kultur zu bereichern und gleichzeitig kritisch zu hinterfragen.

Durch seine persönlichen Reiseerfahrungen war Paquet im Vergleich zu den meisten seiner Zeitgenossen etwas besser vertraut mit der chinesischen Kultur, in der er die Hoffnung auf einen Ausweg aus der Kulturkrise um die Jahrhundertwende sah. Vor dem Hintergrund seiner Auseinandersetzung mit der chinesischen Kultur wandte er sich der Wirklichkeit in der deutschen historischen Gegenwart zu. In dem dramatischen Werk *Limo* befasst er sich mit dem Ahnenkult und der konfuzianischen Lehre sowie der taoistischen Weisheit aus der chinesischen Kultur. Darin stellt er seine Ideen über Politik und Ethik dar, die auf seinem persönlichen Verständnis des konfuzianischen politischen und ethischen Ideals und der taoistischen Konzeption des Nicht-Handelns beruhen. Dabei sucht er nach Ähnlichkeiten und einer kulturellen Synthese im Osten einerseits und im Westen andererseits.

Ganz im Sinne der Kulturtheorie von Ernst Cassirer, die den Aspekt der Weltoffenheit als Basis und Voraussetzung für gegenseitige (inter-)kulturelle Befruchtung bzw. Bereicherung impliziert, gelingt es Paquet, nicht nur die deutsche Kultur im engen Sinn, sondern auch - weitergefasst - die europäische Kultur durch sein Interesse an und persönliche Begegnung mit der chinesischen Kultur zu bereichern. Kurz: Die Interkulturalität erweitert Paquets Kulturalität. In seinen Essays *Der Kaisergedanke* (1914), *Chinesierung* (1916), *Glauben und Technik* (1924), *Deutschlands Verantwortung* (1932), *Politik im Unscheinbaren* (1933), *Li* (1942), die historisch die Zeit zwischen den beiden Weltkriegen umfassen, begründet und legitimiert er seine Zeitkritik und seine positivutopischen Ideen mit Blick auf die politischen und sozialen Entwicklungen in Deutschland und Europa mit dem chinesischen Gedankengut.

An dem dargestellten Prozess der Begegnung mit der chinesischen Kultur, deren Reflexion und Integratioin in die europäische Kultur ist erkennbar, dass Paquet den Kollektivismus als wichtiges Wesensmerkmal der alten chinesischen Kultur hoch schätzt, die nach der Klassifikation von Cassierer dem Mythischen und ›Primitiven‹ zugeordnet werden kann.

An dieser Stelle ist anzumerken, dass Paquets Blick auf die traditionelle chinesische Kultur nicht etwa als Argument für eine konservative Haltung seinerseits zu verstehen wäre; ganz im Gegenteil: Paquet schätzte die Entwicklung der Wissenschaft sehr hoch und hat zeitlebens versucht, neue Technik zu erleben, z.B. durch das Reisen mit dem Zug und Fleugzeug oder praktische Anwendung von Rundfunk und Film. Gewiss, im Zeitalter der Industrialisierung waren Begriffe wie ‚technischer Fortschritt‘, ‚Beschleunigung‘ und ‚Montage von Einzelbildern‘ omnipräsent, während die Zeitgenossen gleichzeitig am Verlust des Einheitsgefühls und der Seelenleere litten. Vor diesem Hintergrund beginnt Paquet, nach Lösungen für und Auswegen aus dieser Krisensituation der geistigen Verarmung, und zwar aus den geistigen Kräften heraus, zu denen die chinesische Kultur zählt. In dieser Hinsicht ist zu betonen, dass er mit seiner Bejahung der Wissenschaft und der kollektiven mythischen Gedanken eigentlich die Meinung des Pluralismus vertrat.

Folgende Ergebnisse lassen sich im Rahmen der vorliegenden Arbeit stichpunktartig zusammenfassen: Erstens, Paquets Beschäftigung mit der chinesischen Kultur in seinen Schriften bringt nicht nur seine Interkulturalität, sondern auch seine Kulturalität zum Ausdruck, weil Paquet als Schriftsteller und Journalist stets nicht nur weltoffen, sondern auch wirklichkeitszugewandt war. Zweitens, seine Sehnsucht nach der alten chinesischen Kultur äußert sich in seiner zeitgemäßen Kritik an der Gesellschaft, Kultur und Politik. Dabei nimmt Paquet die chinesische Kultur nicht als eine bloße Kopie in sein geistiges Schaffen auf, sondern reflektiert und vermittelt durch die eigene Kultur. Drittens, Paquets Auseinandersetzung mit der chinesischen Kultur und ihrem Gedankengut liefert einen Beweis für die Wechselbeziehung zwischen der Kultrualität und Interkulturalität, die Ernst Cassirer in seiner Kulturtheorie andeutet (Stichwort: Weltoffenheit als Voraussetzung für Befruchtung bzw. Horizonterweiterung in der eigenen Kultur). In diesem interkulturellen Kommunikationsprozess hat Paquet drei Phasen erlebt, nämlich die Begegnung mit der chinesischen Kultur – die Suche nach der kulturellen Synthese – die Befruchtung der eigenen Kultur mittels der chinesischen Kultur. In diesen drei Phasen spiegelt Paquets

symbolisches Denken sein Verständnis zu sich selbst zum einen und zur Welt zum anderen wider, wobei es sich bei diesem Verständnis auch um eine Form des kulturellen Produkts handelt. Paquets Weltoffenheit und ständige Reflexion bei der Wahrnehmung der chinesischen Kultur ermöglichen es ihm, eine geistige Befreiung seines Selbst zu erzielen und zugleich neue Perspektiven für seine(n) eigene(n) Kultur(kreis) mit- und in den zeitgenössischen gesellschaftlichen Diskurs einzubringen.

Literaturverzeichnis

A. Archivalien

Ausgewertete Materialien in der STUB Frankfurt am Main:

Albert Leovolo: *Vom Büchertisch*. In: *Echaz-Bote*, Pfullingen 27.8.1913. In: Nachlass Alfons Paquets, Teil II, B.

Alfons Paquet an Frau Wilhelm, 3.4.1941. o. O. In: Nachlass Alfons Paquets, Teil II, A8 III.

Alfons Paquet an R. Wilhelm, 14. XI. 1925, Frankfurt/M Wolfsgangstr. 122. In: Nachlass Alfons Paquets, Teil II, A8 III.

Alfons Paquet: *Antwort auf die Rundfrage: Frieden auf Erden. Versuch einer zeitgemäßen Bibelinterpretation*, 21.11.1932. Aus: *Die Literarische Welt*, 22.12.1932, Nr. 53, S. 5-6. In: Nachlass Alfons Paquets, Teil II, A4.

Alfons Paquet: *Asiatische Perspektive. Rez.* In: *Die Hilfe*, 27.11.1913. In: Nachlass Alfons Paquets, Teil II, A4, S. 763-764.

Alfons Paquet: *Chinamüdigkeit?* In: *Frankfurter Zeitung*, 6.10.1912, 4. Morgenblatt. In: Nachlass Alfons Paquets, Teil II, A5.

Alfons Paquet: *Chinesierung*. In: *Frankfurter Zeiung*, I., 12.9.1916. In: Nachlass Alfons Paquets, Teil II, A5.

Alfons Paquet: *Chinesische Denker. Rez.* In: *Die Post*, Berlin 13.6.1913. In: Nachlass Alfons Paquets, Teil II, A5.

Alfons Paquet: *Chinesische Gesichter und Landschaften.* In: *Frankfurter Zeitung*, I., 28.2.1922. In: Nachlass Alfons Paquets, Teil III, Zeitungsartikel.

Alfons Paquet: *Das Licht in der Wolke.* In: *Frankfurter Zeitung*, I., 25.12.1923. In: Nachlass Alfons Paquets, Teil III, Zeitungsartikel.

Alfons Paquet: *Der fünfte Akt.* In: *Zeit und Streitfragen. Korrespondenz des Bundes Deutscher Gelehrter und Künstler*, Berlin 23.2.1917, Nr. 7. In: Nachlass Alfons Paquets, Teil II, A5.

Alfons Paquet: *Der Weg eines Schriftstellers*, 18. 5. 1932. In: Nachlass Alfons Paquets, Teil III, Zeitungsartikel.

Alfons Paquet: *Deutsche Industriepolitik in China.* In: *Magazin für Technik und Industriepolitik*, 22.1.1914, IV/14, S. 596-599. In: Nachlass Alfons Paquets, Teil II, A 5.

Alfons Paquet: *Deutschlands Verantwortung.* In: *Die Zeit*, Berlin 5.3.1932, S. 165-170. In: Nachlass Alfons Paquets, Teil II, A5.

Alfons Paquet: *Die Führer im modernen Völkerleben, ihr Grundcharakter, ihre Erziehung, ihre Aufgaben. Von Hochschulprofessor Dr. Karl Kindermann*, Stuttgart 1909, Verlag von Eugen Ulmer, 25.12.1909. In: Nachlass Alfons Paquets, Teil II, A4.

Alfons Paquet: *Die Not des Schriftstellers*, Rede nicht gehalten, 2.3.1933. In: Nachlass Alfons Paquets, Teil II, A4.

Alfons Paquet: *Die Seele Chinas. Rez.* In: *Der Kunstwart*, 40/1, 10/1926, S. 54-56. In: Nachlass Alfons Paquets, Teil II, A4.

Alfons Paquet: *Gedanken über "Limo",* Masch.-Text mit e. Korrekturen, o. J. In: Nachlass Alfons Paquets, Teil II, A3 (Bl. 1-6).

Alfons Paquet: *Glauben und Technik*, 1926. In: *Der Kritiker*, Novemberheft 1926. S. 161-162. In: Nachlass Alfons Paquets, Teil II, A4.

Alfons Paquet: *Glauben und Technik*, 1930, Handschriften und Typoskript. In: Nachlass Alfons Paquets, Teil II, A4.

Alfons Paquet: *Glauben und Technik.* In: *Frankfurter Zeitung*, I., 3.6.1924. In: Nachlass Alfons Paquets, Teil III, Zeitungsartikel.

Alfons Paquet: *Glauben und Technik.* In: *Rundfunk.* Aus: Funk-Woche, Berlin, 24.1.1927.

Alfons Paquet: *Goethe, der Franke, Rede am 13.5.1932 in Frankfurt, Opernhaus,* Typoskript. In: Nachlass Alfons Paquets, Teil II, A4.

Alfons Paquet: *Goethes auf Reisen,* o. J., Korrekturbogen, S. 136-151. In: Nachlass Alfons Paquets, Teil II, A4.

Alfons Paquet: Kant. In: *Parnaß-Gespräche,* 15.8.1922. In: Nachlass Alfons Paquets, Teil II, A4.

Alfons Paquet: *Limo, der große beständige Diener,* Masch.-Abschr. mit e. Korrekturen, o. J. In: Nachlass Alfons Paquets, Teil II, A3.

Alfons Paquet: *Meine Rundfunkerfahrungen,* o. J. In: Nachlass Alfons Paquets, Teil II, A 4.

Alfons Paquet: *O. T., „Limo, der große beständige Diener",* o. J., Handschrift. In: Nachlass Alfons Paquet, Teil II, A3 (Bl. 1-9).

Alfons Paquet: *Politik im Unscheinbaren,* 1933. In: Nachlass Alfons Paquets, Teil II, A4.

Alfons Paquet: *Reisen und Abenteuer.* Aus: *Das deutsche Buch,* H 8/9, 1922, S. 372-376. In: Nachlass Alfons Paquets, Teil II, A4.

Alfons Paquet: *Religion. Antwort auf eine Rundfrage der Christlichen Welt.* In: *Die christliche Welt,* Marburg 20.1.1910, Nr. 3/1910, S.58-59. In: Nachlass Alfons Paquets, Teil II, A4.

Alfons Paquet: *Sklaverei ist abgeschafft.* In: *Arbeiter-Bühne,* Heft 8/9, August/ September 1929, S. 5-10. In: Nachlass Alfons Paquets, Teil II, A5.

Alfons Paquet: *Tagebuch,* N. 13, 1908. In: Nachlass Alfons Paquets, Teil II, A7.

Alfons Paquet: *Tagebuch,* N. 14, 1908. In: Nachlass Alfons Paquets, Teil II, A7.

Alfons Paquet: *Tagebuch,* N. 16, 1908. In: Nachlass Alfons Paquets, Teil II, A7.

Alfons Paquet: *Tagebuch,* Nr. 17, 1908/09. In: Nachlass Alfons Paquets, Teil II, A7.

Alfons Paquet: *Tagebuch,* Nr. 31, 1911. In: Nachlass Alfons Paquets, Teil II, A7.

Alfons Paquet: *Tagebuch,* Nr. 34, 1911. In: Nachlass Alfons Paquets, Teil II, A7.

Alfons Paquet: *Tagebuch,* Nr. 37, 1911/12. In: Nachlass Alfons Paquets, Teil II, A7.

Alfons Paquet: *Titelentwürfe für eine geplante Buchreihe mit Inhaltsangaben*, o. J. In: Nachlass Alfons Paquets, Teil II, A4.

Alfons Paquet: *Unsere Zeit und Goethe. Rede in Wiesbaden*, 20.3.1932. In: Nachlass Alfons Paquets, Teil II, A4.

Alfons Paquet: *Völker, hört die Signale. Zum Kongreß der kolonialen Völker*. In: *Dresdener Volkszeitung*, 3.3.1927, N. 52. In: Nachlass Alfons Paquets, Teil II, A5.

Alfons Paquet: *Von den Wandlungen des Reisens und Beschreibens*. In: *Frankfurter Zeitung*, II., 1.6.1930. In: Nachlass Alfons Paquets, Teil II, A5.

Alfons Paquet: *Zur Idee des europäischen Gleichgewichts*. In: *Europäische Staats- und Wirtschafts-Zeitung*, 30.9.1916, Nr 26/27. In: Nachlass Alfons Paquets, Teil II, A5.

Arthur Eloesser: *„Ein Emissär des Deutschtums. Alfons Paquet: Li oder Im neuen Osten."* In: *Vossische Zeitung*, 4.10.19[??]. In: Nachlass Alfons Paquets, Teil II, B.

Bemerkungen. Chinesische Kulturschande, II., 4.8.1931. In: Nachlass Alfons Paquets, Teil III, Zeitungsartikel.

China-Institut an Alfons Paquet, 25.8.1925, China-Institut an Alfons Paquet am 28.12.1928 und 6.6.1929; Alfons Paquet an China-Institut am 4.1.1929. In: Nachlass Alfons Paquets, Teil III, China-Mappe. Briefwechsel mit der Körperschaft: China-Institut Frankfurt a.M.

D. H. Sarnetzki: *Alfons Paquet. Zu seinem 60. Geburtstag*. In: *Kölnische Zeitung*, 25.1.1941. In: Nachlass Alfons Paquets, Teil III, Zeitungsartikel.

D.: *Landestheater. Uraufführung: Limo, Der große beständige Diener. Dramatisches Gedicht von Alfons Paquet*. In: *Stuttgarter Tagblatt*, 16.6.1924. In: Nachlass Alfons Paquets, Teil II, B.

Dr. Harraß: *Theater und Musik. Alfons Paqeut: Limo, der große beständige Diener*. In: *Kölnische Zeitung*, 20.6.1924. In: Nachlass Alfons Paquets, Teil II, B.

Dr. Wilhelm von Scholz: *„Limo"*. In: *Der Tag*, Berlin 22. Okt. 191[?]. In: Nachlass Alfons Paquets, Teil II, B.

e. h.: *Landestheater. Alfons Paquet: „Limo, der große, beständige Diener"*. In:

Schwäbische Tagwacht, 17.6.1924. In: Nachlass Alfons Paquets, Teil II, B.

Eine Sympathieerklärung von I.A.H., 23.6.1925. In: Nachlass Alfons Paquets, Teil II, A4.

H. H.: *Alfons Paquet, Li oder Im neuen Osten*. In: *Ostsee-Zeitung*, Stettin 17.10.19[??]. In: Nachlass Alfons Paquets, Teil II, B.

H. W.: *Württembergisches Landestheater. Uraufführung: Alfons Paquet, Limo. Stuttgart*. In: *Schwäbische Merkur*, 17.6.1924. In: Nachlass Alfons Paquets, Teil II, B.

Hans von Zwehl: *Neues Drama*. In: *Junge Volksbühne*, Nr. 3, 3.1926. In: Nachlass Alfons Paquets, Teil II, A4.

Heinz Neuberger: *Paquet-Uraufführung in Stuttgart*. In: *Saar-Kurier*, o. J. In: Nachlass Alfons Paquets, Teil II, B.

Karl Goldmann: *Li oder Im neuen Osten*. In: *Das literarische Echo*, Berlin 1.4.1914. In: Nachlass Alfons Paquets, Teil II, B.

Kurt Kersten: *Neue Bücher*. In: *Die Gegenwart*, Berlin 4. Okt. 1913. In: Nachlass Alfons Paquets, Teil II, B.

L. Roth. *Rez.* In: *Die Tat*. Jena, Heft 9. In: Nachlass Alfons Paquets, Teil II, B.

M. G.: *Württ. Landestheater. Limo. „Der große beständige Diener". Dramatisches Gedicht von Alfons Paquet*. In: *Deutsches Volksblatt*, Stuttgart 17.6.1924. In: Nachlass Alfons Paquets, Teil II, B.

O. T. In: *Deutsche Zeitung*, Moskau 3.1.1914. In: Nachlass Alfons Paquets, Teil II, B.

O. T. In: *Die neue Zeit*, Stuttgart 4.18.19[??]. In: Nachlass Alfons Paquets, Teil II, B.

O. T. In: *Kunstwart*, 1. Dezemberheft 1913. In: Nachlass Alfons Paquets, Teil II, B.

O. T. In: *Neue Freie Presse*, 1. März 1914, Wien. In: Nachlass Alfons Paquets, Teil II, B.

O. T. In: *Süddeutsche Literaturschau*, Stuttgart 1.7.1924. In: Nachlass Alfons Paquets, Teil II, B.

O. T. In: *Zeitung*, Paris 26.10.1917. In: Nachlass Alfons Paquets, Teil II, B.

R. A.: *Württ. Landestheater: „Limo, der große beständige Diener". Ein dramatisches Gedicht von Alfons Paquet. Uraufführung*. In: *nicht identifizierte Stuttgarter (?) Zeitung*. O. J. In: Nachlass Alfons Paquets, Teil II, B.

Richard Wilhelm an Alfons Paquet, 1.10.1925, Frankfurt a.M. In: Nachlass Alfons Paquets, Teil II, A8 III.

Richard Wilhelm an Alfons Paquet, 20.11.1925, Frankfurt a.M. In: Nachlass Alfons Paquets, Teil II, A8 III.

Richard Wilhelm: *Leitsätze zu dem Vortrag. Bildung und Sitte in China*. Vortrag am 23. Okt. 1928 im China-Institut zur Herbsttagung vom 22. bis 25. Oktober. In: Nachlass Alfons Paquets, Teil II, A4.

Schian: *Li oder Im neuen Osten. Von Alfons Paquet*. In: *Die christliche Welt*, Marburg 5.12.19[??]. In: Nachlass Alfons Paquets, Teil II, B.

Städte und Völkerschicksale. Stockholm und Schanghai. Autor unklar. St., 15.5.1932. In: Nachlass Alfons Paquets, Teil III, Zeitungsartikel.

Theater und Jugend. In: *Junge Volksbühne*, Nr. 3, 3/1926. In: Nachlass Alfons Paquets, Teil II, A4.

Von hr. O. T. In: Nachlass Alfons Paquets, Teil II, B.

W. Widmann: *Paquet als Dramatiker, „Limo, der beständige Diener"*. In: *Münchener Neueste Nachrichten*, 16. Juni 1924. In: Nachlass Alfons Paquets, Teil II, B.

Werner E. Thormann: *Alfons Paquet: Limo, der große Beständige Diener. Ein dramatisches Gedicht. Musik von Bruno Stürmer*. In: *B.V.B. Vertrieb dramatischer Werke*, Frankfurt a.M., o. J. In: Nachlass Alfons Paquets, Teil II, B.

Wilh. Breves.: *„Fahrten ins Blaue"*. In: *Rheinisch-Westfälische Zeitung*, Essen a. Ruhr 1.7.1920. In: Nachlass Alfons Paquets, Teil II, B.

Nachlass Richard Wilhelms im Archiv der Bayerischen Akademie der Wissenschaften (ABAdW) in München:

Postkarte von Alfons Paquet an Richard Wilhelm, 12.12.1912, Berlin. In: Bayerische Akademie der Wissenschaften, NL Wilhelm, II/241c.

Postkarte von Alfons Paquet an Richard Wilhelm, 2.1.1911, Dresden. In: Bayerische Akademie der Wissenschaften, NL Wilhelm, II/241c.

Postkarte von Alfons Paquet an Richard Wilhelm, 22.07.1913, Hellerau. In: Bayerische Akademie der Wissenschaften, NL Wilhelm, II/241c.

Postkarte von Alfons Paquet an Richard Wilhelm, 9.9.1912, [?]. In: Bayerische Akademie der Wissenschaften, NL Wilhelm, II/241c.

Andere Quellen:

Richard Dehmel an Paquet, o. O., am 28.5.1902. Brief aus Nachlass Richard Dehmel. Handschrift. Digitalisierter Bestand von der Staats- und Universitätsbibliothek Hamburg Carl von Ossietzky. Quelle: https://digitalisate.sub.uni/hamburg.de/de/nc/detail.html?tx_dlf%5Bid%5D=9394&tx_dlf%5Bpage%5D=1&tx_dlf%5Bpointer%5D=0. Letzter Abruf am 28. Mai 2019 um 19:40 Uhr).

Preußische Akademie der Künste. PrAdK 0807. 15.3.2. Umbildung der Abteilung für Dichtung. Quelle:https://archiv.adk.de/BildsucheFrames?easydb=vle92 0214rilef7l4bv6cnp9s0&ls=2&ts=1561722339. (Letzter Abruf am 28. Juni 2019 um 14:12 Uhr).

https://digi.ub.uni-heidelberg.de/diglit/uah_m13/0660. (Letzter Abruf am 4. August 2019 um 14:18 Uhr).

B. Primärliteratur

Primärliteratur Paquets:

Asiatische Reibungen. Politische Studien, München/Leipzig 1909.

Auf Erden, Ein Zeit- und Reisebuch in fünf Passionen, Jena 1908 (2. Auflage).

Autobiographische Skizze. In: *Das literarische Echo*, 1.10.1912, Jg. 15, H. 1, S. 35–37.

Autobiographisches Zwischenspiel (1940). In: ders., *Gesammelte Werke*, Bd. 3, Stuttgart 1970, S. 21–29.

Briefe aus China. Die Gilden (T. V). In: *Frankfurter Zeitung*, 16. Oktober 1910, Jg. 55, Nr. 286, S. 1.

Briefe aus China. Die Missionen (T. VII, Schluss). In: *Frankfurter Zeitung*, 12. Dezember 1910, Jg. 55, Nr. 345, S. 1.

Briefe aus China. Die Missionen (T. VII). In: *Frankfurter Zeitung*, 12. Dezember 1910, Jg. 55, Nr. 343, S. 1.

Briefe aus China. Die Nanyanger Industrieausstellung (T. III). In: *Frankfurter Zeitung*, 24. Juli 1910, Jg. 55, Nr. 202, S. 1.

Briefe aus China. Die Unruhen (T. I). In: *Frankfurter Zeitung*, 26. Juni 1910, Jg. 55, Nr. 174, S. 1.

Briefe aus China. Handelsverhältnisse im Fernen Osten (T. VI). In: *Frankfurter Zeitung*, 30. Oktober 1910, Jg. 55, Nr. 300, S. 1.

Briefe aus China. Politische Bünde und Parteien (T.II). In: *Frankfurter Zeitung*, 10. Juli 1910, Jg. 55, Nr. 188, S. 1.

Briefe aus China. Schiffahrtsfragen im fernen Osten (T. IV). In: *Frankfurter Zeitung*, 17. August 1910, Jg. 55, Nr. 226, S. 1.

Chinas Verteidigung gegen europäische Ideen, Ku Hung-Ming, hrsg. von Alfons Paquet, Jena 1911.

Chinesische Kulturpolitiker. In: *Süddeutsche Monatshefte*, 1911/1912, Bd. 9, S. 414-419.

Chinesische Schriftsteller. In: *März. Eine Wochenschrift*, gegründet von Albert Langen, Hrsg.: Ludwig Thoma und Hermann Hesse, fünfter Jahrgang 1911, Dritter Band, Juli bis September, S. 464-472, S. 508-513.

Der Kaisergedanke. Aufsätze, Frankfurt a. M. 1915.

Die Dichtkunst der Chinesen, T. 1. In: *Stimmen der Gegenwart. Monatsschrift für moderne Literatur und Kritik*, Januar 1902, Bd. 3, Nr. 1, S. 7-9.

Die Dichtkunst der Chinesen, T. 2. In: *Stimmen der Gegenwart. Monatsschrift für moderne Literatur und Kritik*, Februar 1902, Bd. 3, Nr. 2, S.45-50.

Die Neuen Ringe. Reden und Aufsätze zur Deutschen Gegenwart, Frankfurt a.M. 1924.

Eine Herbstfahrt durch die Mandschurei und Sibirien, T. I, In: *Deutsche Zeitung*, 1.11.1903, Jg. 8, Nr. 257, S. I. (In der Zeitung wurde die traditionelle Seitennummerierung durch Buchstabennummerierung ersetzt.)

Eine Herbstfahrt durch die Mandschurei und Sibirien, T. II. In: *Deutsche Zeitung*, 13.11.1903, Jg. 8, Nr. 267, S. E.

Eine Herbstfahrt durch die Mandschurei und Sibirien, T. II. In: *Deutsche Zeitung*,

14.11.1903, Jg. 8, Nr. 268, S. E.

Eine Herbstfahrt durch die Mandschurei und Sibirien, T. III. In: *Deutsche Zeitung*, 22.11.1903, Jg. 8, Nr. 274, S. E.

Eine Herbstfahrt durch die Mandschurei und Sibirien, T. III. In: *Deutsche Zeitung*, 24.11.1903, Jg. 8, Nr. 275, S. E.

Eine Herbstfahrt durch die Mandschurei und Sibirien, T. IV. In: *Deutsche Zeitung*, 29.11.1903, Jg. 8, Nr. 280, S. R-S.

Hanns Martin Elster (Hrsg.): *Alfons Paquet. Gesammelte Werke. Dritter Band. Reisen*, Stuttgart 1970.

Hanns Martin Elster (Hrsg.): *Alfons Paquet. Gesammelte Werke. Erster Band. Gedichte*, Stuttgart 1970.

Hanns Martin Elster (Hrsg.): *Alfons Paquet. Gesammelte Werke. Zweiter Band. Romane, Erzählungen*, Stuttgart 1970.

Held Namenlos. Neun Gedichte, Jena 1912.

Li oder Im neuen Osten, zweites Tausend, Frankfurt am Main 1913.

Limo, der große beständige Diener, Frankfurt am Main 1913.

Meine Reisen. In: *Der Bücherwurm*, 1924, Jg. 9, H. 4, S. 105-106.

Skizze zu einem Selbstbildnis, 1925. In: *Bibliographie Alfons Paquet*, Bearb. von Marie-Henriette Paquet, Henriette Klingmüller, Sebastian Paquet, Wilhelmine Woeller-Paquet, Frankfurt a. M. 1958, S. 9-20.

Städte, Landschaften, ewige Bewegungen. Ein Roman ohne Helden, Hamburg 1927.

Südsibirien und die Nordwestmongolei, Jena 1909.

Vom chinesischen Geist. In: *Frankfurter Zeitung*, 16.4.1911. In: *Confucius: Gespräche*. Übersetzt u. hrsg. von Richard Wilhelm. Düsseldorf/Köln 1980.

Primärliteratur über Konfuzianismus und Taoismus:

Confucius: *Gespräche*. Übersetzt u. hrsg. von Richard Wilhelm, Düsseldorf/Köln 1980.

Konfutse: *Gespräche (Lun Yü)*, aus d. Chines. verdeutscht u. erläutert von Richard Wilhelm, Jena 1910.

Laotse: *Tao Te King. Das Buch des Alten vom Sinn und Leben*, aus dem

Chinesischen verdeutscht und erläutert von Richard Wilhelm, Jena 1923.

Richard Wilhelm (Übers. u. Hrsg.): *Li Gi. Das Buch der Riten, Sitten und Gebräuche*, Düsseldorf/Köln 1981.

Tschuangtse: *Das wahre Buch vom südlichen Blütenland*, aus dem Chinesischen verdeutscht und Erläutert von Richard Wilhelm, Jena 1912.

Victor von Strauss (Übers.): *Lao-tses Tao Te King*, Leipzig 1924.

Primärliteratur für die Kulturtheorie Ernst Cassirers:

Ernst Cassirer; Birgit Recki (Hrsg.): *Philosophie der symbolischen Formen, Erster Teil, Die Sprache,* Band 11, Darmstadt 2001.

Ernst Cassirer; Birgit Recki (Hrsg.): *Philosophie der symbolischen Formen, Zweiter Teil, Das mythische Denken,* Band 12, Darmstadt 2002.

Ernst Cassirer; Birgit Recki (Hrsg.): *Philosophie der symbolischen Formen, Dritter Teil, Phänomenologie der Erkenntnis*, Band 13, Darmstadt 2002.

Ernst Cassirer; John Michael Krois (Hrsg.): *Zur Metaphysik der symbolischen Formen*, Bd. I., Hamburg 1995.

Ernst Cassirer: *Versuch über den Menschen. Einführung in eine Philosophie der Kultur,* aus dem Englischen von Reinhard Kaiser, Frankfurt am Main 1990.

恩斯特·卡西尔：《人论》. 甘阳译. 上海：上海译文出版社, 1985.

C. Sekundärliteratur

Alfred Forke: *Geschichte der alten chinesischen Philosophie*, Hamburg 1927.

Andreas Hütig: *Kultur als Selbstbefreiung des Menschen. Kulturalität und kulturelle Pluralität bei Ernst Cassirer*. In: Hans-Martin Gerlach, Andreas Hütig, Oliver Immel (Hrsg.): *Symbol, Existenz, Lebenswelt. Kulturphilosophische Zugänge zur Interkulturalität*, Frankfurt a. M. 2004, S. 121-138.

Aristoteles, Begr. von Ernst Grumach, Hrsg. von Hellmut Flashar: *Werke: in deutscher Übersetzung*, Bd. 5, Berlin 2008.

Barbara Neymeyr u.a. (Hrsg.): *Stoizismus in der europäischen Philosophie, Literatur, Kunst und Politik. Eine Kulturgeschichte von der Antike bis zur*

Moderne, Band 1, Berlin 2008.

Barbara Neymeyr u.a. (Hrsg.): *Stoizismus in der europäischen Philosophie, Literatur, Kunst und Politik. Eine Kulturgeschichte von der Antike bis zur Moderne*, Band 2, Berlin 2008.

Bernhard Koßmann (Hrsg.): *Alfons Paquet (1881–1944), Begleitheft zur Ausstellung der Stadt- und Universalbibliothek Frankfurt a. M., 10. September – 7. Oktober 1981*, Frankfurt a. M. 1981.

Birgit Recki: *Kultur als Praxis. Eine Einführung in Ernst Cassirers Philosophie der symbolischen Formen*, Berlin 2004.

Ch. Schärf: *Geschichte des Essays. Von Montaigne bis Adorno*, Göttingen 1999.

Changke Li: *Der China-Roman in der deutschen Literatur 1890-1930: Tendenzen und Aspekte*, Regensburg 1992.

Christiane C. Günther: *Aufbruch nach Asien. Kulturelle Fremde in der deutschen Literatur um 1900*, München 1988.

Christopher Meid: *Geschichtstransformationen im Drama der Weimarer Republik: Ernst Toller – Emil Ludwig – Alfons Paquet. In: Sonja Georgi u.a. (Hrsg.): Geschichtstransformationen: Medien, Verfahren und Funktionalisierungen historischer Rezeption*, Bielefeld 2015, S. 417-437.

Christopher Meid: *Griechenland-Imaginationen: Reiseberichte im 20. Jahrhundert von Gerhart Hauptmann bis Wolfgang Koeppen*, Berlin [u.a.] 2012.

Claude Lévi-Strauss: *Traurige Tropen*, Frankfurt am Main 1991.

Claus Bernet: *Quäker aus Politik, Wissenschaft und Kunst: 20. Jahrhundert; ein biographisches Lexikon*, Nordhausen 2007.

Dietrich Kreidt: *Augenzeuge von Beruf. Ein Porträt des Schriftstellers Alfons Paquet*, Köln 1986, Rundfunk.

Dorothea Wippermann u. Georg Ebertshäuser: *Wege und Kreuzungen der China — Kunde an der Goethe Universität, Frankfurt am Main*, Frankfurt a.M., London 2007.

Dr. Werner Thormann: *Alfons Paquet. Auswahl und Einführung*, München-Gladbach 1926.

Duan Lin: *Konfuzianische Ethik und Legitimation der Herrschaft im alten*

China, Berlin 1997, zugl.: Dissertation an der Ruprecht-Karls-Universität Heidelberg, Heidelberg 1994.

Egon Erwin Kisch: *Über Alfons Paquet*. In: Egon Erwin Kisch: *Mein Leben für die Zeitung, 1926-1947, Journalistische Texte 2*, Berlin/Weimar 1983, S. 143-146.

Eric J. Leed: *Die Erfahrung der Ferne. Reisen von Gilgamesch bis zum Tourismus unserer Tage*, aus dem Englischen von Hans-H. Harbort, Frankfurt/New York 1993.

Ernst Rose, Ingrid Schuster (Hrsg.): *Blick nach Osten: Studien zum Spätwerk Goethes und zum Chinabild in der deutschen Literatur des 19. Jahrhunderts*, Bern [u. a.] 1981.

Eugen Feifel: *Geschichte der chinesischen Literatur*, Hildesheim 1967.

Eun-Jeung Lee: *„Anti-Europa“: Die Geschichte der Rezeption des Konfuzianismus und der konfuzianischen Gesellschaft seit der frühen Aufklärung*, Münster/Hambug/London 2003.

Eun-Jeung Lee: *Konfuzius interkulturell gelesen*, Nordhausen 2008.

Franz Steinfort: *Hörspiele der Anfangszeit: Schriftsteller und das neue Medium Rundfunk*, Essen 2007.

Gerd Koenen: *Rom oder Moskau. Deutschland, der Westen und die Revolutionierung Russlands 1914-1924*, Dissertation der Eberhard-Karls-Universität zu Tübingen, Tübingen 2003.

Gideon Freudenthal: *Auf dem Vulkan. Die Kulturtheorie von Ernst Cassirer*. In: Bernhard Greiner, Christoph Schmidt (Hrsg.): *Arche Noah. Die Idee der ›Kultur‹ im deutsch-jüdischen Diskurs*, Freiburg im Breisgau 2002, S. 145-171.

H. A. Pierer (Hrsg.): *Encyclopädisches Wörterbuch der Wissenschaften, Künste und Gewerbe, neunter Band*, Altenburg 1828.

Hanns Martin Elster: *Alfons Paquet, Leben und Werk*, in: Alfons Paquet, Hanns Martin Elster (Hrsg.): *Gesammelte Werke, Bd. 1*, Stuttgart 1970, S. 5-30.

Hans Link, Peter Leimbigler und Wolfang Kubin: *China: Kultur, Politik und Wirtschaft*, Tübingen [u.a.] 1976.

Harry T. Craver: *The Abominable Art of Running Away: Alfons Paquet and*

Concepts of Travel Writing in Germany, 1900-1933. In: *Colloquia Germanica*, Vol. 46, No. 3, Themenheft: Reiseliteratur, Gastherausgeber: Karin Baumgartner, 2013, pp. 284-302.

Hartmut Walravens: *Richard Wilhelm (1873-1930). Missionar in China und Vermittler chinesischen Geistesguts*, Nettetal 2008.

Heiner Roetz: *Die chinesische Ethik der Achsenzeit. Eine Rekonstruktion unter dem Aspekt des Durchbruchs zu postkonventionellem Denken*, Frankfurt am Main 1992.

Helmut Lethen: *Neue Sachlichkeit 1924-1932. Studien zur Literatur des „Weißen Sozialismus"*, Stuttgart 1970.

Herbert Heckmann, Ingulf Radtke: *Wider das Vergessen: Schriftsteller des 20. Jahrhunderts, unterdrückt in der Zeit des Nationalsozialismus, vergessen nach 1945*, Darmstadt 1985.

Hermann Kähler: *Von Hofmannsthal bis Benjamin: ein Streifzug durch die Essayistik der zwanziger Jahre*, Berlin 1982.

Ingrid Schuster: *China und Japan in der deutschen Literatur: 1890-1925*, Bern 1977.

Johann Jakob Maria de Groot: *Die Religion der Chinesen*. In: Die Kultur der Gegenwart, T.1, Abt. 3,1. In: *Die Religionen der Orients und die altgermanische Religion*, 1913, S.161-190.

Johannes Werner: *Welt und Wort: Über Alfons Paquet*. In: Karl H. Pressler (Hrsg.): *Börsenblatt für den Deutschen Buchhandel*, München 1994, Nr. 51, 28.6.1994, S. A 201-205.

Julia Ching: *Konfuzianismus und Christentum*, Mainz 1989.

Jürgen Osterhammel: *Die Flughöhe der Adler. Historische Essays zur globalen Gegenwart*, München 2017.

Jutta Schlich (Hrsg.): *Intellektuelle im 20. Jahrhundert in Deutschland*, Tübingen 2000.

Karl Korn: Rheinische Profile: *Stefan George, Alfons Paquet, Elisabeth Langgässer*, Pfullingen 1988.

Karl Nikolaus Renner: *Fernsehjournalismus. Entwurf einer Theorie des kommunikativen Handelns*, Konstanz 2007.

Kisôn Kim: *Theater und Ferner Osten: Untersuchung zur deutschen Literatur im 1. Viertel des 20. Jahrhunderts*, Frankfurt a.M 1982.

Kora Busch: *Paul Zechs Exilwerk. Zwischen postkolonialer Anerkennung und exotischer Vereinnahmung indigener Völker Lateinamerikas*, Frankfurt a.M. 2017, zugl. Dissertation an der Universität Paderborn, Paderborn 2016.

Ku Hung-Ming, Alfons Paquet (Hrsg.): *Chinas Verteidigung gegen europäische Ideen*, Jena1911.

Kuei-Fen Pan-Hsu: *Die Bedeutung der chinesischen Literatur in den Werken Klabunds*, Frankfurt am Main 1990.

Longpei Lü: *Brecht in China und die Tradition der Peking-Oper*, Dissertation an der Universität Bielefeld, Bielefeld 1982.

Maoping Wei: *Günther Eich und China. Studien über die Beziehungen des Werks von Günther Eich zur chinesischen Geisteswelt*, Dissertation an der Ruprecht-Karls-Universität Heidelberg, Heidelberg 1989.

Marie Lampert, Rolf Wespe: *Storytelling für Journalisten*, 3. überarb. Aufl., Konstanz 2013.

Marie-Henriette Paquet, Henriette Klingmüller, Dr. Sebastian Paquet und Wilhelmine Woeller-Paquet: *Bibliographie. Alfons Paquet*, Frankfurt am Main 1958.

Martina Thöne: *Alfons Paquets dramatische Triologie "Fahnen", "Sturmflut", "William Penn" und ihre theatralische Umsetzung in den zwanziger Jahren*, Hausarbeit, Düsseldorf 2000.

Martina Thöne: *Zwischen Utopie und Wirklichkeit: das dramatische Werk von Alfons Paquet*, Frankfurt a. M. [u.a.] 2005, zugl. Dissertation an der Heinrich-Heine-Universität Düsseldorf, Düsseldorf 2004.

Matías Martínez (Hrsg.): *Erzählen. Ein interdisziplinäres Handbuch*, Stuttgart 2017.

Monika Grucza: *Bedrohtes Europa. Studien zum Europagedanken bei Alfons Paquet, André Suarès und Romain Rolland in der Periode zwischen 1890-1914*, Dissertation an der Justus-Liebig-Universität Gießen, Gießen 2008.

Oliver M. Piecha, Sabine Brenner (Hrsg.): *»In der ganzen Welt zu Hause«. Tagungsband Alfons Paquet*, Düsseldorf 2003.

Oliver M. Piecha: *Der Weltdeutsche: eine Biographie Alfons Paquets*, Wiesbaden [u.a.] 2016.

Oswald Schwemmer: *Ernst Cassirer. Ein Philosoph der europäischen Moderne*, Berlin 1997.

Pae Heinz Paetzold: *Ernst Cassirer zur Einführung*, 2. überarb. Aufl., Hamburg 2002.

Paul Michael Lützeler: *Die Schriftsteller und Europa: von der Romantik bis zur Gegenwart*, 2. Aufl., München 1992.

Peter J. Brenner: *Der Reisebericht in der deutschen Literatur. Ein Forschungsüberblick als Vorstudie zu einer Gattungsgeschichte*, Tübingen 1990.

Peter Opitz: *Der Weg des Himmels: zum Geist und zur Gestalt des politischen Denkens im klassischen China*, München 2000.

Peter V. Zima: *Essay/Essayismus. Zum theoretischen Potenzial des Essays: Von Montaigne bis zur Postmoderne*, Würzburg 2012.

Peter W. Marx (Hrsg.): *Handbuch Drama*, Stuttgart/Weimar 2012.

Richard Wilhelm: *Laot-Tse und der Taoismus*, Stuttgart 1925.

Rüdiger vom Bruch, Friedrich Wilhelm Graf, Gangolf Hübinger: *Kultur und Kulturwissenschaften um 1900. Krise der Moderne und Glaube an die Wissenschaft*, Stuttgart 1989.

Sabine Brenner, Gertrude Cepl-Kaufmann und Martina Thöne: *Ich liebe nichts so sehr wie die Städte... Alfons Paquet als Schriftsteller, Europäer, Weltreisender*, Frankfurt am Main 2001.

Sabine Brenner: *Alfons Paquets frühe Reiseberichte – Rußland, Japan, China: zur Poetik und literarischen Praxis der Gattung*, Magisterarbeit, Düsseldorf 1999.

Salome Wilhelm (Hrsg.): *Richard Wilhelm: Der geistige Mittler zwischen China und Europa*, Düsseldorf/Köln 1956.

Silvio Viette, Hans-Georg Kemper: *Expressionismus*, München 1994.

Stadt- und Universitätsbibliothek (Hrsg.): *Begleitheft zur Ausstellung der Stadt- und Universitätsbibliothek Frankfurt am Main*, Neuaufl., Frankfurt am Main 1994.

Stephan Schmidt: *Die Herausforderung des Fremden. Interkulturelle Hermeneutik und konfuzianisches Denken*, Darmstadt 2005.

Thomas Anz: *Literatur des Expressionismus*, Stuttgart [u.a.] 2002.

Thomas B. Schumann: *Plädoyers gegen das Vergessen: Hinweise zu einer alternativen Literaturgeschichte. Porträts und Aufsätze über vergessene oder unbekannte Autoren und Bücher des 20. Jahrhunderts*, Berlin 1979.

Thomas Vogl: *Die Geburt der Humanität. Zur Kulturbedeutung der Religion bei Ernst Cassirer*, Hamburg 1999.

Ulf Diederichs: *Eugen Diederichs: Selbstzeugnisse und Briefe von Zeitgenossen*, Düsseldorf [u.a.] 1967.

Ulrich von Felbert: *China und Japan als Impuls und Exempel. Fernöstliche Ideen und Motive bei Alfred Döblin, Bertolt Brecht und Egon Erwin Kisch*, Frankfurt am Main/Bern/New York 1986.

Vera Niebuhr: *Alfons Paquet: The development of his thought in Wilhelmian and Weimar Germany*, Dissertation at the University at Wisconsin-Madison, Madison 1977.

Weigui Fang: *Das Chinabild in der deutschen Literatur, 1871-1933. Ein Beitrag zur komparatistischen Imagologie*, Frankfurt am Main 1992, zugl. Dissertation an der technischen Hochschule Aachen, Aachen 1992.

Weijian Liu: *Kulturelle Exklusion und Identitätsentgrenzung. Zur Darstellung Chinas in der deutschen Literatur 1870-1930*, Bern 2007.

Wilhelm Grube: *Religion und Kultus der Chinesen*, Leipzig 1910.

Winfried Baumgart (Hrsg.): *Von Brest-Litovsk zur deutschen Novemberrevolution: aus den Tagebüchern, Briefen und Aufzeichnungen von Alfons Paquet, Wilhelm Groener und Albert Hopman; März bis November 1918*, Göttingen 1971.

Wolfgang Rothe: *Der Expressionismus. Theologische, soziologische und anthropologische Aspekte einer Literatur*, Frankfurt a.M. 1977.

Young-bae Song: *Konfuzianismus, Konfuzianische Gesellschaft und die Sinisierung des Marxismus. Ein Beitrag zur Widerlegung der Theorie der "asiatischen Produktionsweise" und zum sozialen und ideengeschichtlichen Verständnis der chinesischen Revolution*, Dissertation an der Johann

Wolfgang Goethe-Universität zu Frankfurt am Main, Frankfurt a.M. 1983.

Yuan Tan: *Der Chinese in der deutschen Literatur: unter besonderer Berücksichtigung chinesischer Figuren in den Werken von Schiller, Döblin und Brecht*, Göttingen 2007, zugl. Dissertation an der Universität Göttingen, Göttingen 2006.

Yun-Yeop Song: *Bertolt Brecht und die chinesische Philosophie*, Bonn 1978.

Yuqing Wei: *Das Lehrer-Schüler-Verhältnis bei Rousseau und Konfuzius. Eine vergleichende Untersuchung zu zwei klassischen Erziehungsparadigmen*, Münster/New York 1993.

方厚升．君子之道:《辜鸿铭与中德文化交流》．厦门：厦门大学出版社，2014.

余明锋，张振华编:《卫礼贤与汉学：首届青岛德华论坛文集》．北京：商务印书馆，2017.

D. Weiterführende Sekundärliteratur

Andreas Kramer: *Regionalismus und Moderne: Studien zur deutschen Literatur 1900-1933*, Berlin 2006.

Gertrude Cepl-Kaufmann: *Die Erfindung einer kulturellen Landschaft: das Rheinland in Europa*. In: Gertrude Cepl-Kaufmann u. a.: *Rheinisch! Europäisch! Modern!: Netzwerke und Selbstbilder vor dem Ersten Weltkrieg*, Essen 2013.

Hans Peter Neureuter: *Alfons Paquet und seine Reportagen vom Finnischen Bürgerkrieg 1918*, Stuttgart 1983.

Kai-Uwe Merz: *Das Schreckbild: Deutschland und der Bolschewismus 1917 bis 1921*, Berlin [u.a.] 1995.

Lutz Becht: *Friedrich Rittmeyers „Deutschtum" und eine Replik von Alfons Paquet*. In: Lutz Becht (Hrsg.): *Rückkehr zur völkischen Religion: Glaube und Nation im Nationalsozialismus und heute*, Frankfurt am Main 2003, S. 132-154.

Michael Bienert: *Die eingebildete Metropole: Berlin im Feuilleton der Weimarer Republik*, Stuttgart 1992.

Natalija V. Gel᾽fand, Eva Olaru: *Deutsche revolutionäre Schriftsteller und ihre Bundesgenossen: 1918 - 1945; eine Bibliographie sowjetischer Veröffentlichungen 1918-1980*, Aus dem Russ. übers., Berlin [u.a.] 1987.

Oxana Swirgun: *Das fremde Rußland: Rußlandbilder in der deutschen Literatur 1900-1945*, Frankfurt a.M. [u.a.] 2006, zugl. Dissertation an der Ruhr-Universität Bochum, Bochum 2005.

Reinhard D. Theisz: *Alfons Paquets "Fahnen" und Tankred Dorsts "Toller": eine vergl. Untersuchung zum dokumentarischen Drama der 20er und 60er Jahre*, Ann Arbor [u.a.] 1972, zugl. Dissertation at the University of New York, New York 1972.

Reinhold Grimm und Jost Hermand: *Deutsche Revolutionsdramen: Georg Büchner, Adolf Glassbrenner, Robert Griepenkerl, Gerhart Hauptmann, Arthur Schnitzler, Reinhard Goering, Alfons Paquet, Ernst Toller, Friedrich Wolf, Bertolt Brecht, Peter Weiss, Tankred Dorst*, Frankfurt a. M. 1968.

Sabine Brenner: *"Das Rheinland aus dem Dornröschenschlaf wecken!": Zum Profil der Kulturzeitschrift Die Rheinlande (1900 - 1922)*, Düsseldorf 2004, zugl. Dissertation an der Heinrich-Heine-Universität Düsseldorf, Düsseldorf 2003.

Sabine Brenner: *Wir ungereimten Rheinländer ....* In: Sabine Brenner (Hrsg.): *„Ganges Europas, heiliger Strom!". Der literarische Rhein (1900–1933)*, Düsseldorf 2001, S. 47-74.

Vera Niebuhr: *Rheinischer Dichter und Verfechter des Internationalismus.* In: *Archiv für Frankfurts Geschichte und Kunst*, 1980, H. 57, S. 219-241.

Volker Michels, Hans Carossa: *Über Hans Carossa*, Frankfurt am Main 1979.

Anhang

Lebenslauf von Alfons Paquet – Ein „universal gebildeter Schriftsteller"[1]

> „Ich bin ein Mensch des Westens,
> aber ich habe genug vom Osten
> in mich aufgenommen, um zu wissen,
> daß im Osten jede Frage schlummert,
> deren Antwort unser Schicksal heißt."[2]
>
> Alfons Paquet

Wie alle anderen Intellektuellen in den ersten Jahrzehnten des zwanzigsten Jahrhunderts in Deutschland, hat Alfons Paquet (1884-1944) sich auch Gedanken über den Zustand und die Zukunft Deutschlands gemacht. Er hatte keine politischen Vorlieben. Aber gegen Krieg war er sehr entschieden. Seiner Ansicht nach sollte man die Kultur im Osten und im Westen ineinander integrieren und

---

[1] Stadt- und Universitätsbibliothek (Hrsg.): *Begleitheft zur Ausstellung der Stadt- und Universitätsbibliothek Frankfurt am Main*, Neuaufl., Frankfurt am Main 1994, Vorwort.

[2] Alfons Paquet: *Der Weg eines Schriftstellers*, 18.5.1932. In: Nachlass Alfons Paquets, Teil III, Zeitungsartikel.

voneinander lernen. Anhand eines Abrisses seines Lebens in diesem Teil wird Alfons Paquet als ein weltoffener Mensch dargestellt.

Alfons Paquet hatte ein vielseitiges Leben. Er lehnte jede Beschränkung ab und suchte immer nach neuen Möglichkeiten. Mit seinen vielseitigen Erlebnissen ist er ein „universal gebildeter Schriftsteller"[1] geworden. Er liebte das Schreiben, aber er „schwelgte nie in lyrischer Innerlichkeit"[2]. Er liebte Reisen, aber er „huldigte nicht der Exotik ferner Länder"[3]. Er könnte mit seiner Dissertation eine gute Karriere in der wissenschaftlichen Forschung schaffen, aber er „drängte es nicht in die Forschung"[4]. Er lehnte jede Beschränkung und Spezialisierung ab, damit er zu einem voll gebildeten Menschen wurde. „Paquet ist eine wesentliche Einzelerscheinung im deutschen und im rheinischen Schrifttum. Wer ihn ganz verstehen und erfassen und sich ihm nicht nur von außen her nähern will, muß ihm auf die vielfältigsten künstlerisch-kulturellen Wege folgen"[5], so hat D. H. Sarnetzki zum 60. Geburtstag Paquets angemerkt. Im Folgenden wird das Leben von Alfons Paquet vorgestellt, damit wir seine kulturellen Ideen besser verfolgen können.

Jugendphase – die Weltstadt London kennenlernen, erste literarische Erfahrungen

Alfons Paquet wurde am 26. Januar 1881 in Wiesbaden in einer geschäftlichen Familie mit baptistischer Religion geboren. Paquet sollte eigentlich wie sein Vater die Handschuhmacherei erlernen und nach dessen Wunsch künftig Fabrikant werden. Er hatte hingegen aber mehr Interesse am Lesen und Schreiben. Diese Neigung war ganz anders als der Plan von seinem Vater. Deshalb wurde er mit dem Alter von 15 Jahren von seinem Vater nach London zu seinem Onkel

---

[1] Stadt- und Universitätsbibliothek (Hrsg.): *Begleitheft zur Ausstellung der Stadt- und Universitätsbibliothek Frankfurt am Main*, Neuaufl., Frankfurt am Main 1994, Vorwort.

[2] Stadt- und Universitätsbibliothek (Hrsg.): *Begleitheft zur Ausstellung der Stadt- und Universitätsbibliothek Frankfurt am Main*, Neuaufl., Frankfurt am Main 1994, S.13.

[3] Stadt- und Universitätsbibliothek (Hrsg.): *Begleitheft zur Ausstellung der Stadt- und Universitätsbibliothek Frankfurt am Main*, Neuaufl., Frankfurt am Main 1994, S.10.

[4] Stadt- und Universitätsbibliothek (Hrsg.): *Begleitheft zur Ausstellung der Stadt- und Universitätsbibliothek Frankfurt am Main*, Neuaufl., Frankfurt am Main 1994, S.14.

[5] D. H. Sarnetzki: *Alfons Paquet. Zu seinem 60. Geburtstag*. In: *Kölnische Zeitung*, 25.1.1941. In: Nachlass Alfons Paquets, Teil III, Zeitungsartikel.

geschickt, um dort eine Ausbildung als Lehrling im Tuchgeschäft zu machen und später das familiäre Geschäft zu übernehmen. Er gab seinen Traum aber nicht auf. Sein Alltagsleben in London hat er im Artikel *Skizze zu einem Selbstbildnis* wie folgt dargestellt:

> Ich [...] verlor mich aber bald in die Dockhöfe, die Parks, die Museen der ungeheuren Stadt [...] Ich verbrachte Tage in den Dockhöfen, Marktstraßen und Versammlungshallen von Whitechapel; abends von sechs bis neun saß ich in der Guildhall-Bibliothek und las alte Bände der ‚Deutschen Rundschau' mit ihren krausen, seltsam erregenden Polemiken für und gegen Nietzsche, mit den indologischen Aufsätzen Max Müllers, mit den niederschmetternd schönen Erzählungen Gottfried Kellers, mit dramaturgischen Aufsätzen, die mir heiß machten.[1]

Während seines Aufenthalts in London hat er viel Zeit in der Bibliothek verbracht und zahlreiche Bücher gelesen, was als eine wichtige Grundlage für seine zukünftige Karriere galt. Es war ihm noch klarer, dass die geschäftliche Karriere ihm nicht passte. Man kann vermuten, dass sein Kennenlernen mit der Weltstadt London einerseits seine Neugier nach der Welt weckte und andererseits seinen Traum zum Schreiben noch klarer machte.

Nach einem Jahr fuhr er zurück nach Wiesbaden. Sein Traum zum Lesen und Schreiben wurde aber wieder wegen seines Vaters unterbrochen. Diesmal musste er eine Lehre im väterlichen Handwerk machen. Mit dem verdienten Geld hat er 1899 eine Reise nach Süddeutschland und in die Schweiz gemacht, was als ein früherer Beweis für seine Neugier nach der Welt gilt. Neben der Arbeit als kaufmännischer Volontär in einem Herrenmodengeschäft beschäftigte er sich mit dem Schreiben in der Freizeit. Er schreibt Folgendes in seinem biographischen Artikel:

> In jenen Jahren lebte ich ganz mit meinen Reclamheften, ein Teil meiner Bibliothek befand sich immer in meiner Tasche. Nachts füllten

---

[1] Alfons Paquet: *Skizze zu einem Selbstbildnis*, 1925. In: Marie-Henriette Paquet, Henriette Klingmüller, Sebastian Paquet, Wilhelmine Woeller- Paquet: *Bibliographie Alfons Paquet*, Frankfurt a. M. 1958, S. 9-20. Hier S. 12 f.

sich meine Mappen mit Geschriebenem. Ich schrieb Erzählungen, Dramenbruchstücke, philosophische Aufsätze, kleine Lieder und Prosagedichte […]. Ich hatte irgendein Drama von Shakespeare aufgeschlagen, zuweilen auch die milden und wissenden Aufsätze des Amerikaners Emerson oder einen der gründlichen und bissigen Paragraphen Schopenhauers.[1]

Er las und schrieb unermüdlich. Dafür fand er auch Anerkennung beim Publikum. Sein erstes veröffentlichtes Gedicht an Gutenberg erschien in der Festnummer des *Mainzer Anzeigers*. Dafür erhielt er eine Einladung zu Veranstaltungen zum Verehren Gutenbergs. Im Jahr 1900 hat er den Dichterpreis »Goldene Rose« für seine Erzählung *Abendwölkchen* erhalten. Durch diese Anerkennungen sah er mehr Hoffnung auf die Realisierung seines Traumes. Im selben Jahr wurde er kaufmännischer Angestellter in Berlin. 1901 wurde sein erster Erzählungsband *Schutzmann Mentrup und Anderes* bei Schmitz Verlag zu Köln veröffentlicht, was ihm wohl half, einen Entschluss zu fassen. In Berlin hat er Carl Busse (1872-1918) kennengelernt, der 1902 Paquets Gedichtband *Lieder und Gesänge* in der Reihe „Neue deutsche Lyriker" herausgegeben hat. Somit begann Paquet die Laufbahn als Schriftsteller, was aber nur als eine Facette seines Lebens gilt. Danach hatte er seinen Stift immer in der Hand und beschäftigte sich immer mit dem Schreiben. Er war „allem Kulturellen, Historischen, allen politischen, religiösen und wirtschaftlichen Fragen aufgeschlossen"[2] und dachte immer an ein „bessere[s] und friedlichere[s] Zusammenleben der Menschen"[3].

Studium, Karrierelaufbahn und Weltreisen – weiterer Schritt zur Welt

Er hat an verschiedenen Orten studiert und gearbeitet. Aber er war nie weit entfernt vom Schreiben, von Ausstellungen und Reisen. Diese drei Punkte bildeten eine wichtige Grundlage für seine weltbürgerliche Identität. Im Jahr

---

[1] Alfons Paquet: *Skizze zu einem Selbstbildnis*, 1925. In: Marie-Henriette Paquet, Henriette Klingmüller, Sebastian Paquet, Wilhelmine Woeller- Paquet: *Bibliographie Alfons Paquet*, Frankfurt a. M. 1958, S. 9-20. Hier S. 14 f.

[2] Stadt- und Universitätsbibliothek (Hrsg.): *Begleitheft zur Ausstellung der Stadt- und Universitätsbibliothek Frankfurt am Main*, Neuaufl., Frankfurt am Main 1994, Vorwort.

[3] Stadt- und Universitätsbibliothek (Hrsg.): *Begleitheft zur Ausstellung der Stadt- und Universitätsbibliothek Frankfurt am Main*, Neuaufl., Frankfurt am Main 1994, Vorwort.

1901 wurde er Lokalredakteur der *Mühlhäuser Zeitung* in Thüringen und danach ging er zu Wilhelm Schäfer und arbeitete bei der Zeitschrift *Rheinlande* als Redaktionshilfe in Düsseldorf. Ein halbes Jahr später war er als Redakteur bei dem *Düsseldorfer Ausstellungstageblatt* tätig. Er hat auch im selben Jahr eine Reise nach Niederrhein und Holland gemacht.

Im Winter 1902 begann er Philosophie in Heidelberg zu studieren.[1] Dort besuchte er viele verschiedene Lehrveranstaltungen: Geographie, Philosophie, Rechtswissenschaft und Kunstgeschichte. Das Studium wurde im Jahr 1903 wegen seiner Reise durch Sibirien bis an den Rand des Pazifiks unterbrochen und erst im Winter fortgesetzt. Damit zählte er zu den Ersten, die mit der neu gebauten transsibirischen Eisenbahn fuhren. „In seinen Berichten über Land und Leute, die er für die Deutsche Zeitung und für die Akademische Turnerzeitung schrieb, bewies er journalistische Umsicht sowie einen wachen Sinn für historische und wirtschaftliche Zusammenhänge."[2] Nach der abenteuerlichen Rückkehr nach

---

[1] Nach der Matrikel der Universität Heidelberg hat sich Paquet am 29. Okt. 1902 im Studienfach Philosophie immatrikuliert. Vgl. https://digi.ub.uni-heidelberg. de/diglit/uah_m13/0660. (Letzter Abruf am 4. August 2019 um 14:18 Uhr.) An den Vorlesungsverzeichnissen kann man sehen, dass damals an der Universität von der philosophischen Fakultät auch Lehrveranstaltungen über Volkswirtschaft, Nationalökonomie und Geographie angeboten wurden. Vgl. https://digi.ub.uni-heidelberg. de/diglit/VV1900WSbis1905SS/0148. (Letzter Abruf: um 14:18, am 4. August 2019). Detaillierte Informationen über die Vorlesungen im WS 1902/03 Vgl. https://digi.ub.uni-heidelberg.de/diglit/VV1900WSbis1905SS/0012. (Letzter Abruf am 4. August 2019 um 14:18 Uhr.)
In der Chronik seiner Biographie steht, dass er an der Universität Heidelberg Philosophie, Geographie und Volkswirtschaft studiert hat. Vgl. Paquet-Archiv (Hrsg.): *Bibliographie*. Alfons Paquet, Frankfurt am Main 1958, S. 190. Außerdem ist seine Biographie auch in den folgenden Büchern zu sehen. Diese verschiedenen Chroniken ergänzen einander. Vgl. Bernhard Koßmann und Monika Richter: *Begleitheft zur Ausstellung der Stadt- und Universitätsbibliothek Frankfurt am Main*, Frankfurt a.M. 1981, S. 6-8. Vgl. auch Sabine Brenner; Gertrude Cepl-Kaufmann; Martina Thöne: *„Ich liebe nichts so sehr wie die Städte ...": Alfons Paquet als Schriftsteller, Europäer, Weltreisender*, Frankfurt a.M 2001, S. 167-176.

[2] Vgl. Stadt- und Universitätsbibliothek (Hrsg.): *Begleitheft zur Ausstellung der Stadt- und Universitätsbibliothek Frankfurt am Main*, Neuaufl., Frankfurt am Main 1994, S. 14.

Heidelberg besuchte er dann im Jahr 1904 in St. Louis eine Weltausstellung[1] und reiste von dort nach Denver. Dabei schrieb er für die *Mississipi-Blätter* und sammelte Bücher für die sozialen Institute Wilhelm Mertons in Frankfurt. Außerdem machte er auch ein Studium der Jugendfürsorge in den U.S.A. Als er wieder in Deutschland war, begann das Wintersemester in München.

Im Jahr 1905 war er wieder bei einer Weltausstellung in Lüttich und reiste in die Donauländer und nach dem Vorderen Orient, nämlich in die Türkei und nach Syrien. Aber er musste in Beirut wegen Fieber umkehren. 1906 setzte er sein Studium in Jena fort und zwei Jahre später machte er die Verteidigung für seine Doktorarbeit *Das Ausstellungsproblem in der Volkswirtschaft*, mit der er eigentlich eine gute Karriere als Wissenschaftler haben könnte. Aber er hielt seinen Schritt nicht und ging weiter in sein buntes Leben. Danach reiste er nach Sibirien, in die Mongolei und nach China mit der Unterstützung von der *Frankfurter Zeitung* und Geographischen Gesellschaft zu Jena. Im Winter 1908 arbeitete er am Institut für Gemeinwohl in Frankfurt am Main[2]. 1909 reiste er nach Paris. Von April bis September des nächsten Jahres reiste er wieder nach China und Japan und auf dem Rückweg über Moskau, Finnland und Schweden. Am 18. Oktober 1910 heiratete er die Malerin Marie-Henriette Steinhausen und zog nach Hellerau um. Zugleich war er Nachfolger von Wolf Dohrn am Deutschen Werkbund.

Seine Reisen in dieser Zeit boten ihm nicht nur nützliche Informationen für Berichte, sondern auch Inspiration für seine Dichtung. Paquets China-Reise und seine Rezeption von China fanden ihren literarischen Niederschlag hauptsächlich in den folgenden Werken: *Li oder Im neuen Osten* (1912), *Held Namenlos* (1912) und *Limo, der große beständige Diener* (1913). Besonders das dramatische Werk und die Gedichte wurden von den bisherigen Forschern übersehen. Außerdem hat er während seiner Chinareise im Jahr 1910 Ku Hung-Ming kennengelernt und

---

[1]   Zu dieser Ausstellung war auch Max Weber gefahren. Nach Jürgen Osterhammel waren die USA um 1900 für die deutschen Intellektuellen ein völlig fremdes Land. Zwischen Alexander von Humboldts Aufenthalt im Jahr 1804 in Amerika und Max Webers Besuch der Weltausstellung betrat fast kein bekannter deutscher Intellektueller das Land. Die erlebte Welt und Welt-Öffentlichkeit waren viel kleiner als die von heute. Vgl. Jürgen Osterhammel: *Die Flughöhe der Adler. Historische Essays zur globalen Gegenwart*, München 2017, S. 55.

[2]   1908-1910, 1918-1944 wohnte er in Frankfurt a.M.

dessen Buch *Chinas Verteidigung gegen europäische Ideen* (1911) herausgegeben.

1913 reiste er nach Palästina. Danach hat er oft über dieses Land und das Judentum sowie den Zionismus geschrieben. Vor dem Ausbruch des Ersten Weltkrieges hat er schon mehr als 7 Bücher publiziert, einschließlich Reiseberichte, Erzählungen, Gedichte sowie des Romans *Kamerad Fleming* (Frankfurt a.M. 1911).

1914 zog er nach Oberursel am Taunus um, um für eine Ausstellung für Industrie und Gewerbe in Frankfurt a.M. vorzubereiten, die leider wegen des Kriegsausbruchs ausfiel. Von 1916 bis 1918 wurde er als Korrespondent der *Frankfurter Zeitung* nach Stockholm geschickt. Danach siedelte er nach Frankfurt a.M. über und reiste nach Finnland. Von Juli bis November 1918 war er als Mitglied der Kaiserlichen Diplomatischen Mission des Grafen Mirbach in Moskau. Er fasste die vom ihm verfassten Zeitungsartikel über die Situationen in Russland zusammen und veröffentlichte das Buch *Im kommunistischen Rußland. Briefe aus Moskau* (1919). Auch im Buch D*er Geist der russischen Revolution* (1919) fanden seine Gedanken darüber ihren Niederschlag. Das Tagebuch während des Moskau-Aufenthalts ist in dem Buch *Von Brest-Litovsk zur deutschen Novemberrevolution*[1] zu sehen. Während dieses Aufenthalts erlebte er die bolschewistische Revolution und die Ermordung des Grafen Mirbach. Seine Schriften galten als Zeugnis der geschichtlichen Geschehnisse. Paquets reiche Reiseerfahrungen machten ihn exemplarisch in seiner Zeit, wie Dietrich Kreidt anmerkt: „Es gibt neben Egon Erwin Kisch wohl keinen Autor der deutschsprachigen Literatur in der ersten Hälfte unseres Jahrhunderts, der häufiger durch die entlegensten Gegenden der Welt gereist wäre als Alfons Paquet."[2]

Kulturdenker, Interkulturalität und das „innerliche Exil"

Paquet hielt nie seinen Schritt in die Welt. Zugleich griff er auch in die Kultur ein. „Von der Mutter erbte ich die Lebenswärme, die die Wurzel alles

---

[1] Vgl. Winfried Baumgart (Hrsg.): *Von Brest-Litovsk zur deutschen Novemberrevolution: aus den Tagebüchern, Briefen und Aufzeichnungen von Alfons Paquet, Wilhelm Groener und Albert Hopman; März bis November 1918*, Göttingen 1971.

[2] Vgl. Dietrich Kreidt: *Augenzeuge von Beruf: Ein Porträt des Schriftstellers Alfons Paquet*, Köln 1986, S. 1.

Dichterischen ist."[①] Mit seiner Lebenswärme war die Identität der Kulturdenker und Dichter in ihm verschmolzen. Nach dem Ersten Weltkrieg hat er sich viel für die deutsche Kultur und Deutschland eingesetzt.

Paquet war ein Rheinländer und zugleich auch Weltbürger. In den 1920er, 1930er und 1940er Jahren hat er sich sowohl in seinen Schriften als auch in seinen Tätigkeiten intensiv mit dem Rheinland beschäftigt. Die Werke wie zum Beispiel *Der Rhein als Schicksal* (1920), *Die Botschaft des Rheines. Ballade* (1922), *Der Rhein, eine Reise* (1923), *Antwort des Rheines* (1928), *Der Rhein. Vision und Wirklichkeit* (1940) und *Die Botschaft des Rheins. Erlebnis und Gedicht* (1941) und die Begründung des „Rheinischen Dichterbundes" verkörpern seine Suche nach dem Ausweg aus der dunklen Zeit. Zugleich kann man seine Rheinlande-Ideen auch als ein Beispiel für seine Internationalität betrachten.[②] Paquets Zeitgenossen haben Folgendes kommentiert: „Sein Acker ist die ganze Erde. Aber seine Heimat ist am Rhein, und der geliebte Strom hat ihn immer und immer bewegt."[③]

Außerdem hat er inzwischen viele Reisen gemacht und sich mit fremden Kulturen beschäftigt. Seine Stellungnahme gegen Unterdrückung und Sklaverei ermöglicht es ihm, internationale Verbindungen herzustellen. 1920 reiste er als erster Deutscher nach dem damals gesperrten Konstantinopel und Balkan.[④] Im Jahr 1921 und 1922 reiste er nach Griechenland, in die Türkei und nach Genf und Brüssel. Ab 1925 ist er Mitglied des China-Institus geworden und zählte danach auch zum Mitglied des Buddhismus-Forschungsinstituts von China-Institut in Frankfurt a.M. 1926 war er auf einer Vortragsreise durch England. Er besuchte 1927 den Kongreß der Kolonialen Völker in Brüssel. 1930 machte er eine Vortragsreise durch Lettland. Im selben Jahr wurde er Vorsitzender des Bundes

① Vgl. Alfons Paquet: *Skizze zu einem Selbstbildnis*, 1925. In: Marie-Henriette Paquet, Henriette Klingmüller, Sebastian Paquet, Wilhelmine Woeller- Paquet: *Bibliographie Alfons Paquet*, Frankfurt a. M. 1958, S. 9-20. Hier S. 12.

② Vgl. Stadt- und Universitätsbibliothek (Hrsg.): *Begleitheft zur Ausstellung der Stadt- und Universitätsbibliothek Frankfurt am Main*, Neuaufl., Frankfurt am Main 1994, S. 30 f.

③ *Alfons Paquet. Zum 50. Geburtstag*, 26. Januar, A. 26.1.1931. In: Nachlass Alfons Paquets, Teil II.

④ Vgl. *Der Dichter Alfons Paquet*, In: *Junge Volksbühne*, Nr.3, 3/1926. In: Nachlass Alfons Paquets, Teil II, A4.

rheinischer Dichter.

Wahrscheinlich dank dieser internationalen Tätigkeiten hatte er die Chance, am Anfang September als Sekretär des Goethepreis-Kuratoriums Sigmund Freud in Grundlsee zu besuchen. Am 29. Januar 1932 wurde er in die Sektion für Dichtkunst der Preußischen Akademie der Künste gewählt.[1] Schon am 22. März 1933 trat er wegen Verweigerung der Solidaritätserklärung aus der Preußischen Akademie der Künste aus.[2] Im März 1933 hat er eine Rede verfasst, die aber nicht gehalten wurde. In der Rede hat er die immer schlechter gewordene Situation der Schriftsteller geschildert und bedauert.

> Der Schriftsteller [...] sieht sich um in diesem Deutschland, und er sieht Zerrissenheit, hass und Verhetzung, hysterischen, durch nichts Greifbares begründeten Jubel, und als Untergrund Leid, Leid, Leid. Und die Stummheit, die Führerlosigkeit, das Schweigen eines ganzen Volkes, seine Geistfeindschaft, sein Misstrauen gegen die Träger des [?], seine Unfähigkeit auch im Kampf mit dem [?].[3]

Am 31. Mai 1933 wurden seine Bücher in Hamburg verbrannt.[4] 1934 machte er Flugreisen über Europa. Ab 1935 übernahm er die Leitung der Redaktion des Stadtblattes und später auch zeitweise des Feuilletons der

---

[1] Am 29. Januar 1932 wurde neben ihm noch andere fünf neue Mitglieder zugewählt: Max Mell, Rudolf G. Binding, Ina Seidel, Rudolf Pannwitz und Gottfried Benn. In: Preußische Akademie der Künste. PrAdK 1252 unter der Klassifikation 03. 2. Protokolle der Sitzungen des Senats, der Mitglieder und der Gesamtakademie. Auch im Dokument PrAdK 1100 unter der Klassifikation 04.1.W ahlen, Schriftwechsel. Quelle: https://archiv. adk.de/BildsucheFrames?easydb=vle920214rilef7l4bv6cnp9s0&ls=2&ts=1561722339. (Letzter Abruf am 28. Juni 2019 um 13:52 Uhr.)

[2] In dieser Zeit haben Huch, Thomas Mann, Pannwitz und A. Döblin die Loyalitätserklärung abgelehnt. Austrittsbestätigungen und Austrittsaufforderungen durch den Präsidenten galten für Thomas Mann, Döblin, Paquet, Jakob Wassermann, René Schickele, Mombert, Kellermann, v. Unruh, Werfel, Leonhard Frankf, Kaiser, Rudolf Pannwitz. In: Preußische Akademie der Künste. PrAdK 0807. 15. 3. 2. Umbildung der Abteilung für Dichtung. Quelle: https://archiv.adk.de/BildsucheFrames?easydb=vle920214rilef7l4bv6cnp9s0&ls=2 &ts=1561722339. (Letzter Abruf am 28. Juni 2019 um 14:12 Uhr.)

[3] Alfons Paquet: *Die Not des Schriftstellers*, 2.3.1933. In: Nachlass Alfons Paquets, Teil II, A4. Die Rede wurde nicht gehalten.

[4] Vgl. Stadt- und Universitätsbibliothek (Hrsg.): *Begleitheft zur Ausstellung der Stadt- und Universitätsbibliothek Frankfurt am Main*, Neuaufl., Frankfurt am Main 1994, S. 21.

Frankfurter Zeitung. Anfang September reiste er nach Schweden und wurde unterwegs bei Eberswalde im Zug von der Staatspolizei verhaftet und nach Berlin ins Gefängnis in der Christian-Albrecht-Straße überführt. Zum Schluss wurde er mit Hilfe des Auswärtigen Amts freigelassen und er reiste weiter nach Schweden. Er hätte zwar Chance, mit seiner Familie ins Ausland zu fliehen, aber er blieb weiter in Deutschland und begann mit der inneren Emigration, obwohl er wegen seiner Unbeugsamkeit von den Nationalsozialisten aus dem öffentlichen Leben ausgeschaltet wurde. 1937 besuchte er die Quäker-Weltkonferenz in Philadelphia und machte Flugreisen für Vorträge in den U.S.A. 1938 reiste er nach den Genua-Casablanca-Kanarische Inseln und nach London. 1940 reiste er nach Schlesien und Sachsen und machte häufige Aufenthalte in Köln.

Ab 31. August 1943 stellte ihn *Frankfurter Zeitung* ein und er hatte keine Möglichkeit mehr zur Veröffentlichung seiner Artikel. Inzwischen besuchte er Zechen und Gruben und verfasste viele Bergbau-Studien. Er schrieb in dieser Zeit auch Essays zur *Metaphysik der Ware* und arbeitete an den Romanen *Erfüllungen* und *Der Herr Karl* und autobiographischen Aufzeichnungen. Er plante auch für eine spätere Gesamtausgabe und verfasste Filmmanuskripte. Vom 29. Januar bis 4. Februar 1944 verfasste Paquet Tagebuchaufzeichnungen über die Zerstörung der Stadt Frankfurt a.M. unter dem Titel *Die Katastrophe*, die erst posthum erschienen. Am letzten Abend diktierte er noch das Manuskript *Mansfeld*. Um vier Uhr morgens am 8. Februar 1944 starb er im Luftschutzkeller seiner Wohnung in Frankfurt a.M., die am 18. März zerstört wurde. Sein Grab befindet sich auf dem Frankfurter Hauptfriedhof.

Fazit:

Als Schriftsteller, Journalist und Kulturdenker beschäftigte sich Paquet in seinem ganzen Leben mit Reisen und Schreiben. In seinen Tätigkeiten und Schriften treten die Identitäten des Deutschen und Weltbürgers hervor. Benno Reifenberg bringt über Paquet Folgendes zum Ausdruck: „Er wird dem Nahen nicht treulos, wenn er in die Fremde zieht. Fernweh und Heimweh ist ihm dasselbe."[1]

---

[1] Benno Reifenberg: *Alfons Paquet. Zu seinem neuen Buch: „Fluggast über Europa"*. In: *Frankfurter Zeitung*, II. 16.12.1934. In: Nachlass Alfons Paquets, Teil II, A4.

Mittels des Schreibens wollte er den Ursprung der Welt entdecken. Mit Hilfe des Reisens wollte er nicht nur neues Wissen erwerben, sondern auch sich selbst besser kennenlernen. Im *Begleitheft zur Ausstellung der Stadt- und Universitätsbibliothek* gibt es eine Tabelle für seine Auslandsreisen[1], welche Paquets reiche ausländische Reiseerlebnisse vor Augen führt. Seine Neugier auf die Welt und auf das Wesen des Menschen wird mit Mut erfüllt. Paquet war nie ein Schriftsteller, der ausschließlich innerlich und literarisch orientiert war. Er setzte sich auch mit den aktuellen politischen, gesellschaftlichen und kulturellen Problemen sowie mit den neuen technischen Entwicklungen auseinander. Seine zahlreichen politischen Schriften und seine Beschäftigung mit Rundfunk[2], Filmen sowie Flugzeugen gelten als Beweise dafür.

Seine Beschäftigung mit der „Welt" – mit Natur und Städten auf der einen Seite und mit der globalen Kultur auf der anderen Seite zeigt deutlich, dass er ein weltbürgerlicher Intellektueller war. Er schreibt in seiner Biographie Folgendes:

> Das bloße Beschreiben und Darstellen der Dinge war mir nie die Hauptaufgabe, aber es war mir trotzdem ein Weg zum Wesentlichen, ein Stück Weltphysiognomik. Das Auge bescheint das Sichtbare wie das Unsichtbare, man kann im Sichtbaren nicht leben, ohne Unsichtbares zu fühlen. Und schließlich kann auch das Unsichtbare nicht sein, ohne daß es einmal sichtbar würde.[3]

Paquet hat als Schriftsteller und Journalist einen großen literarischen Schatz hinterlassen. Leider geriet er nach dem Zweiten Weltkrieg in Vergessenheit. Obwohl eine dreibändige Gesamtausgabe in den 1970er Jahren erschien, hat sich die Situation der Vergessenheit nicht verändert. Aber „von dahingegangener

---

[1] Vgl. Stadt- und Universitätsbibliothek (Hrsg.): *Begleitheft zur Ausstellung der Stadt- und Universitätsbibliothek Frankfurt am Main*, Neuaufl., Frankfurt am Main 1994, S. 8.

[2] Er war begeistert vom Rundfunk, den er als „Weltorchester" betrachtete. „Nur der überschauende, ganz menschliche, ganz künstlerische Mensch vermöchte schliesslich der Leiter des grossen Weltorchesters zu sein, das Rundfunk heisst." Vgl. Alfons Paquet: *Meine Rundfunkerfahrungen*, o. J. In: Nachlass Alfons Paquets, Teil II, A4.

[3] Alfons Paquet: *Skizze zu einem Selbstbildnis*. In: *Bibliographie Alfons Paquet*, Bearb. von Marie-Henriette Paquet, Henriette Klingmüller, Sebastian Paquet, Wilhelmine Woeller-Paquet, Frankfurt a. M. 1958, S. 9-20. Hier S. 18.

Popularität zeugt die stattliche Reihe seiner Bücher, die in jeder Bibliothek zu haben sind"[①].

① Dietrich Kreidt: *Augenzeuge von Beruf: Ein Porträt des Schriftstellers Alfons Paquet*, Köln 1986, S. 1 f.

图书在版编目（CIP）数据

来自德国的声音 ：阿尔方斯·帕凯与中国文化关系 ：
德文 / 陈巧著. -- 杭州 ：浙江大学出版社，2023.12
ISBN 978-7-308-24446-6

Ⅰ．①来… Ⅱ．①陈… Ⅲ．①文学－文化交流－中
国、德国－德文 Ⅳ．① I206 ② I516.06

中国国家版本馆 CIP 数据核字（2023）第 224586 号

来自德国的声音——阿尔方斯·帕凯与中国文化关系
STIMME AUS DEUTSCHLAND – ÜBER ALFONS PAQUETS BESCHÄFTIGUNG MIT
DER CHINESISCHEN KULTUR

陈 巧 著

责任编辑	陆雅娟
责任校对	杨诗怡
封面设计	周 灵
出版发行	浙江大学出版社
	（杭州市天目山路148号　　邮政编码　310007）
	（网址：http://www.zjupress.com）
排　版	杭州林智广告有限公司
印　刷	广东虎彩云印刷有限公司绍兴分公司
开　本	710mm×1000mm　1/16
印　张	10.5
字　数	238千
版 印 次	2023年12月第1版　2023年12月第1次印刷
书　号	ISBN 978-7-308-24446-6
定　价	68.00元